カッティング・エッジ

下

ジェフリー・ディーヴァー
池田真紀子訳

文藝春秋

目次

第三部　ソーイング　三月十五日　月曜日（承前）　9
第四部　ブルーティング　三月十六日　火曜日　149
第五部　ブリリアンティアリング　三月十七日　水曜日　295
謝辞　341
訳者あとがき　342

主な登場人物

リンカーン・ライム……………………科学捜査の天才
アメリア・サックス…………………ライムの妻　ニューヨーク市警刑事
トム・レストン…………………………ライムの介護士
ロン・セリットー………………………ニューヨーク市警重大犯罪捜査課　刑事
ロナルド・プラスキー…………………同　警邏課巡査
メル・クーパー…………………………同　鑑識技術者
ロドニー・サーネック…………………同　サイバー犯罪対策課　刑事
フレッド・デルレイ……………………FBIニューヨーク支局捜査官
エドワード・アクロイド………………ミルバンク保険の損害調査員　元スコットランド・ヤード
ジャティン・パテル……………………ダイヤモンド販売店主　インド出身
ヴィマル・ラホーリ……………………パテルの弟子　ダイヤモンド加工職人　カシミール系移民
アディーラ・バドール…………………ヴィマルの恋人　医学生
ディープロ・ラホーリ…………………ヴィマルの父
ディヴィヤ・ラホーリ…………………ヴィマルの母

キルタン・ボーシ……………ヴィマルの友人　ダイヤモンド加工職人
デヴ・ヌーリ……………ダイヤモンド加工・販売業者
アルバート・ショール……………地中熱ヒートポンプ建設現場の監督
デニス・ドゥワイヤー……………ノースイースト・ジオ・インダストリーズのCEO
エゼキエル・シャピロ……………環境保護団体〈ワン・アース〉の代表
C・ハンソン・コリアー……………アルゴンクイン電力CEO
ドン・マクエリス……………ニューヨーク州鉱物資源局調査官
バリー・セールズ……………ライムの元同僚　刑事
エル・アルコン……………メキシコの麻薬王　本名エドゥアルド・カピーリャ
ハンク・ビショップ……………ニューヨーク東部地区連邦検事　エル・アルコン裁判を担当
エリック・ファロー……………同事件を担当するFBI捜査官
トニー・カレーラス＝ロペス……………エル・アルコンの主任弁護士
ウラジーミル・ロストフ……………元ダイヤモンド鉱山労働者
ダリル・マルブリー……………諜報機関〈代替諜報サービス（AIS）〉長官

カッティング・エッジ　下

第三部　ソーイング　三月十五日　月曜日（承前）

35

午後三時。

昨日、エドワード・アクロイドが来ているあいだに、リンカーン・ライムはメールを送信した。その相手と電話で話そうと約束した時刻が午後三時だった。

相手は、驚くなかれ、スパイだ。

リンカーン・ライムはアメリカのスパイ・コミュニティに人脈を持っている。その関係は流動的で、しかも日常的に連絡を取り合っているわけではないが、人脈には違いない。

殺人と傷害の罪で公判中のメキシコの麻薬王エル・アルコン事件に一枚加わることができなかったのは、ワシントンDCで新しい諜報機関の創設に協力していたからだ。

ライムとサックスは、少し前に関わった事件を通じてCIAと縁ができた。二人と代替《オルタナティヴ》諜報《インテリジェンス》サービス（AIS）は、AISがイタリアのナポリで実行したある隠密作戦をめぐって角《つの》を突き合わせた。ライムとサックスは、ＡＩＳの面目を保ったうえ、何人かの命を救った。二人の科学捜査の潜在力にいたく感心したＡＩＳ長官は、二人を雇い入れようとした。

しかしＡＩＳの仕事をするとなれば、国外に出る回数が激増するだろう。ＡＩＳでの仕事には魅力を感じたものの、ライムの身体的な負担を考えてその話は断った。それに、ニューヨーク市にいれば捜査しがいのある事件に事欠かない。わざわざよその池で釣り糸を垂れる必要はなかった。加えて、ニューヨーク市はライムとサックスのホームグラウンドでもある。それでもライムは、ＡＩＳに法科学と物的証拠を情報源として活用する新しい部門を創設するに当たって助言がほしいと頼まれると、大喜びでワシントンＤＣに飛んだ。

ワシントンでの最初の会議の席で、ＡＩＳの創設と予算確保に携わった下院議員の一人が言った。「いらしてくださって光栄ですよ、ライム警部、サックス刑事。物的証拠情報の分析と武器化における新たなダイナミクスを確立するに当たって初期条件を要因化するのに、お二人の助言がぜひとも必要ですから」

言葉数が多いわりに何が言いたいのかよくわからないうえ、〝要因〟という名詞が強引に動詞として使われているのを耳にすれば、ふだんのライムなら言葉を武器にした決闘を挑むところだが、ここは地理的にも比喩的にも政界のど真ん中なのだからと自分に言い聞かせ、議員の言葉を聞き流すことにした。基本概念は冴えていた――新設される部門では、現場鑑識や証拠分析のスキルを活かして情報を収集し、分析評価して……物的証拠を、そう、〝武器化〟する。

　フランクフルトのアメリカ総領事館内部にいるスパイを特定したいが、総領事館員全員がポリグラフ検査にパスしたとしたら？　在フランクフルト中華人民共和国総領事館《ゲネラルコンズラート・デア・フォルクスレプブリーク・ヒーナ》で採取されたものと一致する微細証拠が身辺から検出される者がいないか、検査すればいい。

　東京に潜伏している北朝鮮の暗殺チームを逮捕する根拠がほしい？　彼らが違法な武器を所持していることを示す微細証拠や靴跡を日本の警察庁に届ければ、彼らはまっすぐ刑務所行きだ――しかも当面は出てこられない。スナイパーを差し向けるよりはるかに人道的だ。しかも、うれしいことに、汚れ仕事はアメリカ政府以外の誰かが片づけてくれるのだ。

　部門名はＥＶＩＤＩＮＴ。〝evidence intelligence〟（証拠情報）をもとにライムが考えた造語だった。スパイ語の典型例ともいえる。たとえば人間《human》から集まる情報《intelligence》はＨＵＭＩＮＴ、電子的《electronic》な情報ならＥＬＩＮＴ。

　未詳四七号はロシア出身者らしいとアクロイドから聞いてライムがメールを送信した相手は、ＡＩＳ長官のダリル・マルブリーだった。マルブリーからは午後三時に電話すると返信があった。

　スパイは時間に正確な人種らしい。時計が３：００：０２を表示したところでライムの電話が鳴り出した。

「やあ、リンカーン！」声を聞いて、ライムの脳裏にマルブリーの姿が浮かんだ。青白い肌、細身の体つき、やや薄くなりかけた明るい茶色の髪。発音の癖から判断するに、南北カロライナ州のどちらかか、テネシー州あたりの出身だろう。初めて会ったときのマルブリーの印象は、規則に縛られた下っ端外交官だった。外見と、一歩引いた物腰からは、一億ドル規模の情報収集活動を統率している人物とは思えなかった。誰かがこの世から消えたほうが好都合だと判断されれば、可能なかぎり手間をかけずにそれを実現できる戦術チームも、彼の指揮下にある。

「なかなか手が空かなくてすみませんでした。ヨーロッパでちょっとした騒ぎ《ブルーハーハー》がありましてね。だいぶバタついてました。ようやく片づきましてね。完全にではありませんが。これについて詳しくはまたのちほど。どんなご用件でしたかね。秘蔵っ子のEVIDINTの成長ぶりを知りたかったとか？　すいすい進んでいますよ。〝すいすい〟という表現が私にはよく理解できませんがね。だって、泳ぐのはそこまで簡単なことじゃありませんから。溺れる危険だってあります」

「これは別件だ。緊急を要する」

マルブリーはライムの短気に慣れている。「聞きましょう」

「いま捜査している事件の容疑者は、どうやら最近アメリカに来たばかりの人物らしい。私の診立《みた》てでは、相当にイカレた男だ。ダイヤモンドに病的な執着を持っている。数百万ドル相当のラフを盗んだ。業界では未加工の原石をラフと呼ぶそうでね。無関係の市民が何人も殺害されている。うち何件かでは拷問までされた」

「拷問？　いったいなぜ？」

「基本的には、目撃者の名前を引き出すためだ。だが、拷問自体を楽しんでいるところもあるのではないか」

「人相や特徴は」

「わかっていることは少ない。ロシア国籍、モスクワ出身、そこそこ流暢《りゅうちょう》な英語。白人、目の色は青。平均的な身長に平均的な体格。ファッションの傾向は、ダークなカジュアル。既製品だ。仕上げにスキーマスク」

「あなたは本当に愉快な人ですね、リンカーン。しかし窃盗の動機は何です？　テロ組織の資金調達とか？　それともマネーロンダリング？」

「異様なのはそこでね。ダイヤモンドを冒瀆から救おうとしているらしい。捜査に協力してくれているイギリス人コンサルタントは、犯人を〝奇人《ナッター》〟と形容した」

「そいつはボルシチ恋しさに母なる祖国に帰ろうとしているんですかね、それともアメリカでまだおいたを続けるつもりかな」

「帰国の意思はなさそうだ。少なくとも当面は」

「最近入国したばかりとおっしゃいましたね。どのくらい最近です？」

「わからない。似た手口の事件をデータベースで検索したが、一致する事例はなかった。

それを考えると、そう、ここ一週間から十日といったところだろう。かなり思い切った推測だがね」

「殺人の凶器は」

「グロックと短銃身の三八口径とカッターナイフ」

「銃を持っているわけか。軍で訓練を受けた可能性は」

「あるかもしれないが、それも推測にすぎない。しかし、利口ではある。防犯カメラに顔が映らないよう用心しているし、物的証拠もほとんど残さない」

「わかりました。過去二週間から十日のあいだにアメリカに入国した、経歴や渡航動機の疑わしいロシア人《ルースキー》のリストをご所望ということですね」

「そのとおり」

「ロシア人、ダイヤモンド、サイコパス。銃を調達できるコネがある。可能なかぎり調べてみましょう。うちの者に伝えて、ボットに検索させます」キーボードを叩く音が聞こえてきた。古い線路の継ぎ目を猛スピードで越えていく列車の走行音のように速かった。

マルブリーが電話口に戻ってきた。「少し時間がかかるかもしれません……しかも長いリストになるかもしれない。ロシア人だからといって、入国審査がとくに厳しいわけではありませんからね。冷戦は終わったんですよ。ご存じでしたか」

これにはライムも笑わずにいられなかった。

「ところでリンカーン、せっかく電話がつながってるんですから、一つうかがわせてください」

そういえばマルブリーはさっきこう言っていた。

詳しくはまたのちほど……

「何だね」

「さっきちょっとお話しした件です。パリ郊外の過激派グループを一網打尽にしました。作戦は成功しましたが、その過程で、直接の容疑とは無関係な通信を傍受しましてね。パリ、中米、ニューヨーク市のあいだのやりとりです。この三角形が、テロ活動警戒フラグを立てた」

ライムは言った。「その経路では一日に百万通くらいメールがやりとりされていそうだが」

「ええ、おっしゃるとおりです。しかし、ちょっと特殊なんですよ。十二進法アルゴリズムで暗号化されていたんです。事実上、解読不能ですよ。それでうちも神経を尖らせているわけで」

科学のエキスパートであるライムは、十二進法を知っている。二進法では数字が二つしかない。0と1だ。十進法では十個——0から9。十二進法は十二個で、0から9に加えて、AとBを使う。

マルブリーが続けた。「この暗号化パッケージは——ギークな連中の表現を借りるなら——〝本物〟で、うちの組織ではこのソフトウェアを武器として扱っています。国務省が定めた武器国際取引に関する規則の軍用品に当たります。ニューヨークもメッセージの発信元の一つなので、ニューヨーク市警でも十二進法で暗号化された電子メールやテキストメッセージに遭遇したことがあるのではないかなとちょっと思いまして」

「ないな。聞いたことがない」ライムは顔を上げてクーパーを見た。「メル、これまでに十二進法で暗号化された通信を扱ったことは？」

「ないよ」

「ロドニーに電話して、何か聞いていないか確認してくれないか」また電話に戻った。「市警の専門部署に確認する。少し時間をくれ」

「ありがとうございます。うちでも悩みの種になっていましてね。彼または彼女または装置がどこからメッセージを送信したか、いま調査中です。これもまた難問ですよ。当然のようにプロキシが使われていますから」また笑い声。「なんと言っても相手は〝本物〟ですしね」

「何かわかったらすぐ連絡するよ」

互いに別れを告げて電話を切った。

なるほど、興味深い話だ。暗号化に十二進法を使うとは。ライムの専門は主に化学だが、数学にも深い関心を持っていて、十二進法のほうが理解しやすく、計算も容易であると考える数学者が数多くいることも知っていた。十二進法の時計に関する文献も読んだことがあった。十二進法の一分は、十進法の五十秒に相当する。たとえば、十二進法の時計が7：33：4Aを表示していれば、時刻は現在私たちが慣れ親しんでいる時計の2：32：50ということになる。

実に興味深い問題だ。

しかし、もちろん、いまの捜査には関係がない。ライムはその件を思考から追い出した。マルブリーの役に立てれば何よりだが、いま優先すべきは未詳四七号だ。と、ライムの電話が鳴った。見覚えのない番号からだった。

発信者の精神衛生を慮《おもんぱか》り、電話セールスではないことを祈りながら、ライムは応答した。「もしもし？」

「ミスター・ライム？　ライム警部でいらっしゃいますか」ほんのかすかではあるが、スペイン語の癖が聞き取れた。

「そうだが」

「トニー・カレーラス＝ロペスと申します。メキシコの弁護士です。いまニューヨークにおりまして、ちょっとお時間を拝借できないかと」

「いまたいへん忙しい。どのような用件かな」

「私のクライアントの一人が現在、こちらで公判中でして」豊かでよく響く声だった。

「そこで浮上した問題についてご相談できないかと思いました。あなたにも関係があるお話です」

「そのクライアントとは」

「国籍はメキシコ。最近のニュースをごらんになっているなら、名前をご存じかもしれません。エドゥアルド・カピーリャ。〝エル・アルコン〟という別名で有名です」

リンカーン・ライムはめったに驚かない。しかしこのときは、驚いて体がびくりとする代わりに頭のなかの血管が脈打った。あれほど関わりたいと思ったのに、ワシントンDCでダリル・マルブリーとAISに協力していたために参加しそこねた、まさにその事件の話だった。

「たしかに、聞き覚えのある名だ。話を聞こう」

カレーラス＝ロペスが先を続けた。「刑事裁判の手順はよくご存じでしょう。検察側は、公判の開始前に証拠事実をまとめて弁護士に渡す義務を負っています。アメリカの弁護士を経由して私どもが受け取ったその資料で、専門家証人候補としてあなたの名前がありました。ただ、あなたに断られたというメモ書きがついていました」

「検察側のアドバイザーとして手を挙げることは挙げたが、別件でニューヨークを不在にしていた」

「あなたのことを調べさせてもらいました、ライム警部。これまでの実績や専門知識に敬服しました。敬服などという言葉では足りないくらいです」カレーラス＝ロペスは少し間を置いてから続けた。「あなたが顧問をなさるのは、検察側に限られているのでしょうね」

「民事もたまに引き受けている。原告側でも、被告側でも。しかし刑事の場合は、そのとおり、基本的に法執行機関側に助言を行う」

クライアント名簿には、スパイも一人二人、交じっているかもしれないが。

「そうですよね。しかし、よろしければ簡単に説明させてください。公判が始まって、いまは検察側が冒頭陳述を行っている途中です。証拠の分析をした私たちの、つまり被告側の専門家が、気にかかる問題を一つ発見しました。証拠が、証拠の一部が、警察またはFBIの手で改竄《かいざん》されたおそれがあるというのです。私のクライアントは人望がなく――率直なところ、好人物とは言えません。これまで悪行を重ねてきました。しかし、だからといって、いま問われているような罪を犯したと決めつけることはできません」

「で、私を雇って、証拠が改竄されたことを証明させようというわけかな」

「多額の報酬を用意していますが、あなたは金銭にあまり頓着しない方とお見受けします。それよりも、ことの正否を重視する方でしょう。この裁判には何かおそろしく間違ったところがあります。それを証明したいのですが、手伝ってくれる人が見つかりません。これまでに元検事や元科学捜査官四人と現役科学捜査官二人に打診しましたが、全員に断られました」

「問題の証拠を裁判から排除するよう求めたかね？　審理無効を申し立てるとか」

「まだです。確証が得られてから動くつもりでいます」

ライムはすばやく思考をめぐらせた。「たしか、複数の容疑がかけられているはずだ」

電話の向こうから含み笑いが聞こえた。「ええ、そのとおりです。あなたと私とは依頼人と弁護士の関係にはありませんから、具体的にお話しするのは控えますが、一つ仮定の話をしましょう。ある容疑者が、五つの罪状で裁判にかけられています。そのうち一つについて有罪であることは確かです。ここでは不法入国としましょうか。これに関しては充分すぎるほどの証拠があります。陪審はまず間違いなく有罪の評決をするでしょう。しかしほかの四つ、より重い罪——暴行罪と殺人未遂罪については、完全に無実です。それらの罪を犯したのは別の人物であり、私のクライアント、私の仮説上のクライアントは、事件が発生した現場にそもそも居合わせていませんでした」

「正義の問題か」ライムはささやくように言った。

カレーラス＝ロペスが応じた。「そのとおり。いま問題になっているのはまさにそれです。ミスター・ライム、あなたに関する資料で読みました。あなたは以前、科学捜査ラボの分析官が意図的にＤＮＡ分析結果を書き換えたことを根拠に、服役中の男性の釈放を求めた裁判で証言していますね。あなたは法廷で、意図的なことであれ、単なる手違いであれ、科学捜査に携わる者が証拠分析過程で過ちを犯すことは許されないとおっしゃった。何より重要なのは真実である、と」

その件なら覚えている。身に覚えのない強姦罪で八年服役した男性の顔はいまも忘れられない。ライムの目を見つめる彼の目には、希望と、一条の光にすがる思いがあふれていた。男性こそ犯人だと信じて意図的に誤った分析報告書を書いた女性分析官は、床を見つめたまま一度も顔を上げなかった。

ライムは言った。「被告人が道徳的に見てどのような人物であろうと、私はそれについて判断を下す立場にない。いまは大きな事件にかかりきりになっているが、私のタウンハウスまで来てもらえるのなら、詳しい話を聞こう」

「本当ですか、ミスター・ライム。ありがとうございます」

「何も約束はできないが、とりあえず話だけは聞かせてもらいたい」

時刻を取り決め、ライムは住所を伝えて通話を終えた。

車椅子を操作して一覧表に近づいた。クーパーがクイーンズの鑑識本部のラボから届いたばかりの情報を記入しているところだった。雨水管で見つかったジャケットから、DNAと指紋は検出されなかった。グレーヴセンドで発生した傷害事件で採取された毛髪や、現場にあった物体を拭った綿棒も同じだった。

ホワイトボードに新たに加わった事実にひととおり目を通し、頭のなかのファイルにしまいこむと、たったいまメキシコ人弁護士から聞いたことについて考え始めた。未詳四七号事件の捜査に全力投球しているサックス、セリットー、クーパーらの顔を思い浮かべた。麻薬王を弁護する側に加わろうとしていると知ったら、彼らはどう思うだろう。

考えても納得のいく答えが出るわけではない。そこでライムは考えるのをやめ、目の前の証拠物件に注意を戻した。

36

〝寝たきり〟という語は、現代にはなじまない。過去の言葉だ。

遠い遠い過去。

ジェーン・オースティンの時代。ブロンテ姉妹の時代。クレア・ポーターが大学時代の、そして卒業後のひところ愛読し、何度も読み返した小説の時代。最近も何冊か読んだ。

寝たきり。

そういった本の登場人物はしばしば、羽布団や分厚い毛布でくるまれ、焼けるほど熱くなった額に湿布を当てられている。原因不明の名もない病気で伏せっているからだ。または疲労によって引き起こされた、いわゆるノイローゼで。当時、ノイローゼはよくある病気の一つだった。一八世紀や一九世紀の人々の生活ぶりを本で知るたびに頭に疑問が浮かんだ。当時のいったい何がそれほどのストレスになったのだろう。何週間も床に伏せっていなくては回復できないほど。あるいは（上流階級の人なら）船で長旅に出なくてはならないほど。

上流階級。それも過去の言葉の一つだ。

私の寝たきり生活には、上流階級っぽいところなんて一つもないし——三十四歳のクレアは考えた。

ブルックリンの一角にある一階のアパートの寝室で、シーリーのポスチャーペディック・ベッドに横たわったクレアは、窓の向こうに見えるキャドマン・パークを見やった。今日の公園は、彼女の気分がそのまま反映されたかのように、モノトーンで、雨に濡れて、薄ら寒く見えた。

すらりとした体つきに濃い茶色の髪をした、バリスタとして働くクレアが寝たきりでいるのは、ノイローゼが理由ではなく、小説家が作り出した名もない病気のせいでもなかった。犬につまずいたせいだ。自分の飼い犬でさえない。夫と一緒にジョギング中に、リードがはずれて彼女の目の前に飛び出してきた他人の飼い犬だ。クレアはとっさに身をよじった。その瞬間、足首からぱきんという音が響いた。クレアは転倒した。

しまった、捻挫《ねんざ》しちゃった——

そうではなかった。悪夢のように複雑な骨折だった。

治療は二度の手術から始まり、感染症との闘いがそれに続いて、またもや手術を受けて足首にスチールのボルトやプレートを入れた。ついにサイボーグ化か、と夫はふざけていたが、クレアの怪我のひどさに動揺していることは顔を見ればわかった。加えて、無理からぬことではあるものの、新たに引き受けざるをえなくなった責任にたじろいでいた。ミッドタウンでグラフィックデザイナーとして働いている〝パパ〟は、事実上、昼も夜もぶっ通しで働くことになった。足首に無用の負担がかかるのを避けるため、これから最低でも半年は〝親密な行為〟を控えたほうがいいでしょうと医師から言われてうなずいたときの夫のこわばった笑みは、いま思い出すのもつらい（よく考えると、〝親密な行為〟もどことなくヴィクトリア女王時代の香りのする言葉だ）。

松葉杖の助けを借りれば、最低限のことはかろうじて一人でできた。トイレに行くこと。この客用の寝室にサムが置いてくれたミニ冷蔵庫を開けること。冷蔵庫から飲み物や、彼女のベッドの隣のベビーベッドで寝ているエリンの固形食を取り出すことはできる。だが、怪我が治るまではそれくらいしか自分ではできない。大好きな料理もできず、走ることも、バリスタとして働くこともできない。店に来る風変わりで個性的な客たちとの軽口が恋しかった。

だが、あと一月《ひとつき》は寝たきり生活だ。

クレア・ポーターは、いい子にしていよう、医師の指示を守ろうと決めていた。この状態でまた転んだりしたら、怪我はなおも悪化する。感染症、皮膚の壊死《えし》。考えただけでぞっとした。医師は切断の可能性に触れなかったが、グーグルは触れていた。その可能性があると知ったときから、それはヒルのように彼女の心に吸いついて離れなくなった。

オンラインで勉強を続けられるのがせめてもの救いだった。いまはバリスタとして働いているが、二年後には小さな外食コンサルティング会社を興《おこ》すつもりでいる。Ｍａｃのノートパソコンを腹の上に置き、ベビーベッドをちらりと確かめた。天使ね、ぐっすり眠っててくれて！　娘のバターキャンディ色の髪にキスしてやりたいところだった。しかしいまの彼女にとってそれは大仕事だ。

寝たきり。

Ｍａｃを起動し、勉強を始めたところで、やれやれ――尿意を催した。バスルームに行かなくては。

人間とはおもしろいもので、どこをどうすると痛みに襲われるか、実に正確に予測できる。クレアは、本能という振付師の指示に従って一方の脚を動かし、次にもう一方を、その次に上半身や両腕を動かす複雑な手順を踏んで、ベッドの上で体を起こした。涙が出るような痛みは襲ってこなかった。

吐いたりもせずにすんだ。

体を起こすところまではさほど苦労せずにできた。松葉杖にも易々と手が届いた。

いざ、立ち上がろう。

深呼吸を一つ。よし、準備は万端だ。まずは上半身を前に倒す。

次は……ゆっくり、ゆっくり……立ち上がる。

体重五十キロほどのクレアは、地球の引力が自分を下へ、下へ、下へと引っ張るのを感じた。松葉杖のせいだ。自分がまるで煉瓦の塊になったように感じる。それでも転倒せずにすんだ。何歩か進む。視界が波打った。いったん立ち止まった。頭がくらくらする。下を向いて深呼吸をし、次からはもっと時間をかけて立ち上がろうと思った。気絶？　壊れやすい足首がどんなダメージを食らうことやら。

ふらつきが治まるのを待って、廊下を目指して歩き出した。ベビーベッドの脇でちょっと立ち止まってエリンの様子を確かめる。赤ん坊らしく、ぐっすりと眠っていた。夢を見ているとすれば、きっとシンプルで幸せな夢だろう。

クレアはバスルームを目指してよちよちと歩いた。サムはバスルームを改装してくれていた。バスタブにシャワーシートが置かれ、壁に直付けされて動かせなかったシャワーヘッドは手持ちのものに交換されている。便座にはハイシートを設置し、足に負担がかかりにくいようになっていた。

怪我をしてありがたいことも一つある。ファッションに迷わずにすむことだ。昨日もスウェット、今日もスウェット、明日もスウェット……パンティと一緒にターコイズ色のスウェットパンツを下ろし、座るだけ。あっというまに任務完了だ。

立ち上がるのはもう少し困難だが、やりかたは心得ている。

予測して……

よし、痛みを感じることなく立ち上がれた。骨がくっつくころには、右脚はこわばって木の棒のようになっているに違いない。

手を洗っていると、建物全体が揺れ始めた。窓ががたがたと音を立て、ガラスのコップが棚から落ち、タイルのフロアにぶつかって粉々になった。

クレアは悲鳴をのみこんだ。

いまの、何？　また地震？　そのニュースなら一応知っていた。掘削工事が原因だという話だった。ここから一キロくらい先の工事現場だ。大規模な抗議運動が行われている。環境保護団体と大企業のにらみ合い。だが、正確なところは思い出せなかった。

ニューヨークで地震！　そうそうできる経験ではない。次に母から電話が来たら、教えてあげなくちゃ。地震の規模としては大したことがない。壁にも窓にもダメージはなかった。

だが、これは問題だ。

かなりの大問題だ。

裸足。ガラスの破片。

もう、バカバカ――自分を責めた。ちゃんとスリッパがあるのに（複数形ではなく、単数形のスリッパだ。痛めたほうの足はスリッパさえ履けない）、面倒だからと履いてこなかった。そしていま、廊下までの一・五メートルの距離に、障害物がある。

床を見た。ガラスは相当な勢いでタイル床に叩きつけられたらしい。

困った。自分で片づけるのはまず無理だ。立ったまま腰を曲げることはできない。松葉杖の先で大きな破片を通り道からどかすくらいはできるが、白いタイルの上には小さな破片が無数に散らばっている。

そうだ、タオル。ガラス片の上にバスタオルを置いて、いいほうの足で大きな塊のないところだけ踏むようにすればいい。小さい破片はタオルを貫通しないだろう――たぶん。

厚手のタオルをラックから何枚か取り、ドアまでの道筋に敷き詰めた。

まず一歩。よし。

次の一歩を置くべき場所を探そうとしたところで、クレアは凍りついた。

何だろう？　天然ガスの臭いがする。

「うそ。うそよね……」

最初の地震の直後に流れたむごいニュースを思い出す。揺れが原因のダメージはさほど大きくなかった。窓ガラスが何枚か割れた程度のことだ。しかしガス管が破損した。爆発が起き、それに続いた火災で、死者が二人出た。自宅が炎に巻かれて、脱出できなくなった。

自分と娘は、絶対に同じ目に遭いたくない。

ここは一階だ。エリンを抱え、松葉杖に頼って、とにかく外に出よう。この建物のほかの住人にも、大声で危険を知らせよう。

さあ、急いで。急いで！

また一歩進む。

次の一歩。そのとき、ガラスの破片がサソリの毒針のようにタオルを突き破って、彼女の踵《かかと》を刺した。

クレアは悲鳴を上げ、後ろざまに転んだ。とっさに松葉杖を離し、その手で後頭部をかばった。ぎりぎりのところで、陶器のバスタブのへりに頭を打ちつけずにすんだ。激痛が全身を貫いた。視界がまたもや波立つ。今度は痛みのせいで。まもなく視界は戻ったが、涙でぼやけていた。

ガスの臭いをいっそう強く感じた。クレアの顔は、バスルームの配管を納めた点検口のちょうど前にあった。配管は地下室に延びている。きっとそこのガス管に亀裂が入ったのだろう。

急がなくちゃ！　何としてでも寝室に戻り、娘を助けなくては。

ガラスの破片の上を這ってでも行くのよ！

脳裏にイメージが浮かんだ。ニュース番組で見た映像。最初の地震後に炎に包まれた建物。オレンジ色の炎の舌、油のようにねっとりとまつわりつく真っ黒な煙。

あの子を助けなくちゃ。

「エリン！」思わずそう叫んだ。

その声が聞こえたのか、あるいはガスのいやな臭いですでに目を覚ましていたのか、娘が泣き叫ぶ声が聞こえた。

「泣かないで、エリン。ママが助けに行くからね！」クレアは腹ばいになろうとした。娘のところまで這っていくつもりだった。

しかし、折れたほうの足首が、洗面台の下の隙間に入りこんでいたことに気づいていなかった。向きを変えると同時に、それを感じた。音が聞こえた。触っただけでも折れそうだった骨が砕ける音。息も忘れるほどの激痛が全身に響き渡った。

まだ赤ん坊の娘の泣き声とクレアの悲鳴が重なった。足首を見た。ついこのあいだ外科医が入れてくれたスチールのプレートが皮膚を突き破り、血まみれになって足の上部からはみ出していた。吐きそうになった。次の瞬間、頭がタイル床にぶつかる鈍い痛みがあって、ねっとりとした黒い煙のような暗闇が視界を埋めた。

37

ヴィマル・ラホーリは、大好きなバスターミナル、ポート・オーソリティにいた。

前回より居心地がいい。傷の痛みは軽くなっている。殺人事件の恐怖は薄らいだ。金も持っている。

ゆうべ、地下のアトリエで父と〝腹を割って話す〟前に、セーターを取りにいくという口実で二階に行った。事実、セーターも取ってきたが……ほかに三千ドルも持ってきた。ヌーリから受け取ったヴィマルの三千ドルだ。自分の財布も回収した。ついでに父の財布から二百ドル抜き取った。ヴィマルが貸した金のようなものだからだ。父がこれまでヴィマルをダイヤモンドカッターに〝貸し出して〟得た報酬は、二百ドルどころではすまない。自分の携帯電話も持ってきた。髭剃《ひげそ》りと歯ブラシ、歯磨き粉に、アディーラからもらった消毒剤も。それに絆創膏《ばんそうこう》。もちろん、本も忘れなかった。それは何より大事な宝物だった。

初めからそのつもりでいた。両親がゲームを始めるか、ベッドに入るかするのを待って、家を抜け出そうと考えていた。父とのあいだに漠然とした平和条約を結びはしたものの、本気で守る気はさらさらなかった。父のほうも同じだったとまもなくわかった。パパが嘘をついているとなぜ気づかなかったのだろう。地下の牢獄に息子を閉じこめようとしていると、なぜ見抜けなかったのだろう。大量のボトル入りの水、冷蔵庫に食料、寝袋も用意されていた。そうだ、ライトビールまであった。

人を馬鹿にするなよ。

怒りで体が震えた。

ヴィマルはグレイハウンドバスの切符売場をあとにした。片道切符は三百十七ドル五十セントもした。ニューヨークから、ロサンゼルスの七番ストリート一七一六番地のバスターミナルまでは六十五時間の旅だ。

これからのことを考えると、悲しくなった。不安に駆られた。

しかし、そういった感情よりも高揚感が勝っていた。これでいいのだと思えた。携帯電話の電源を入れ、愛しているというメッセージを母に送った。弟にも同じメッセージを書き、ニューヨークではない場所からまた連絡すると付け加えた。

それから炭酸飲料を買った。チェリーコークの大ボトル。それはヴィマルのひそかな楽しみだった（父からカフェイン入りの飲み物を禁じられていた。どういうわけか父は、カフェインをとると手が震えるようになって、ダイヤモンドのファセットに狂いが生じると信じこんでいた）。ピザも一切れ買った。汚れたハイテーブルで立ったまま食べ、飲んだ。この店に客用の椅子は用意されていなかった。〝ダイニングルーム〟の回転率を上げるためだろう。

雑貨品店で一ドルで買い、乏しい持ち物を詰めこんだキャンバス地の鞄をのぞき、ポート・オーソリティに負けない安心感を与えてくれる品物を引き出した。

本だ。彼にとっては聖書のような本。毎日のようにページを開く本、彼の心を慰めてくれる本。見るたびに新しい驚きをもたらす本。

『ミケランジェロ――スケッチ全集』は、もう何十年も前、一つ前の世紀の前半に出版された画集だ。ヴィマルはミケランジェロこそ歴史上もっとも偉大な彫刻家だと信じている。ヴィマル自身の志を思えば、ミケランジェロと彼の作品に引きつけられるのは当然のことだろう。ミケランジェロは、ヴィマルにとっての神だ。ポップミュージックやマンガも好きだし、父に禁止されていなければ、何エピソードも一気に見ずにはいられないようなドラマだってきっと好きになっていただろう。だが、ミケランジェロに関しては〝好き〟などという言葉では語れない。祖先の母国の宗教を支える概念——生まれ変わり——を素直に受け入れられそうに思える瞬間には（めったにあることではなかった。たいがいはワインを飲んだあとだ）、ミケランジェロの魂が、少なくともその一部が、歳月を超えてヴィマルのなかに生きていると空想することさえあった。

むろん、ミケランジェロは天才だった。『ダヴィデ像』や『ピエタ』を製作したとき、まだ三十歳にもなっていなかった。いまのヴィマルはまだその域に達していない。大理石や花崗岩《かこうがん》やラピスラズリで製作した作品をニューヨーク市周辺のコンテストに出品すれば、たいがいは金賞や銀賞を取れるという程度だ。

しかし少し前、あることに気づいて愕然とした。ミケランジェロにこれほど惹きつけられるのは、自分でもうまく理解できない理由、潜在意識に刻みこまれた理由があるのではないか。ある日、ミスター・パテルの店の休憩時間に画集のページをめくったとき、そこに掲載されているミケランジェロのスケッチの大部分は、すばらしいできばえでありながら、いずれも未完成であることに気づいた。

ミケランジェロは、スケッチを最後まで仕上げることができなかったかのように思える。

一五〇八年の『アダムの創造』の習作には、頭部と胸部、そして宙に浮かんだ二本の腕しか描かれていない。『ミネルヴァのキリスト』のスケッチは、ほとんど顔のないキリストだ。

未完成……

ミケランジェロのスケッチは、僕と似ている——ヴィマルはそんな風に考えるようになった。ただ、〝生まれ変わり〟説は、無責任なテレビ番組で紹介される大衆向けの無責任な心理学レベルであることは自分でも否定できない。

ミケランジェロとヴィマルには、さらにもう一つ共通点がある。それをアディーラに話すと、彼女は困ったような笑みを見せた——それ本気？　いくらなんでも行きすぎじゃない？

いや、そんなことはない。

共通点とはこうだ。ミケランジェロは、自分の本業は彫刻家であると考えていた。絵画の依頼を引き受けることがあっても、いやいやながらだった。だからといって、絵画の才能がなかったわけではない。システィーナ礼拝堂の天井画はたった四年で完成させているし、『最後の審判』ほか数十の傑作も残している。しかしミケランジェロの情熱は絵画以外のところに向けられていた。カンバスではなく、大理石に。そしてヴィマルの場合は、ジュエリーではなく大理石だ。

神が、あるいは神々が、あるいは何であれ何かが人をこの世に遣わした目的に力を注いでいるとき、その人の胸のうちでは情熱の炎が燃えさかるものだ。しかし、絵画とダイヤモンド加工が二人の情熱に火をつけることはない。

脂っぽいピザを食べ終え、チェリーコークの最後の一滴まで飲み干したところで、父に対する怒りがまたもや大きくふくらんだ。それを押さえこみ、『ポセイドン』の彫刻の写真をもう一度だけ見たあと、本を閉じて鞄に戻した。

うつむいたままピザ店を出て――ヴィマルは黒い野球帽をかぶっていた――警察官の集まっているところを避けながら、待合室に向かった。バスの発車時刻はまもなくだ。

プラスチックの椅子に腰を下ろす。隣には二十代後半くらいの感じのよい女性が座っていた。持っている切符をさりげなくのぞくと、少なくとも最初の区間は、彼が持っている切符で指定されているのと同じバスに乗るようだ。女性のギターケースに貼られた行き先ステッカーにはイリノイ州スプリングフィールドとある。ヴィマルは中西部に詳しいわけではないが、女性の外見はいかにも中西部出身という風には見えなかった。髪は緑と青で、鼻ピアスが三つ、フープ形の眉ピアスも一つ。ニューヨークの劇場やナイトクラブのステージに立つという夢が破れたのだろうとヴィマルは思った。彼女の感情を殺したような表情もそのことを裏づけていた。大切なものをなくしたが、探し回るのにはもう疲れたといったような、あきらめの表情。それは単に悲しいというレベルを超えた、もっと悲しいものに見えた。

だがヴィマルはすぐに思い直した。それは彼の勝手な想像で、この人はもしかしたら数日間だけ郷里に帰ろうとしているのかもしれない。大学時代のルームメートと集まり、箱入りのワインをがぶ飲みし、近所のバーで知り合った男と一夜をともにして、生涯忘れられない休暇を過ごそうとしているのかもしれない。

真実はいったい何だろう。年齢を重ねるごとに、真実はいっそう曖昧になっていく――ヴィマル・ラホーリはすでにその現実を知っていた。

雑音混じりの性別不明の声がスピーカーから聞こえ、バスの出発準備が完了したと告げた。ヴィマルは床に置いていた鞄を持って立ち上がった。

「どこに行ったか、見当はつかないのか」

「ええ、まったく」自宅の〝監獄〟から脱走したヴィマル・ラホーリの行方についてライムが確かめると、サックスはそう答えた。彫刻を研磨しているかのように思わせて、その実、鉄格子を切断していたのだから、なかなかしたたかな若者だ。

それにしても、父親が自分の息子を監禁するとは、胸糞の悪い話ではある。

サックスが続けた。「父親の三千ドルを持って家を出てるの――といっても、母親によると、本来はヴィマルのお金みたいね。ディープロ・ラホーリは息子がダイヤモンド加工の仕事で手にした報酬を全部預かって、銀行口座に入れてたそうよ。息子にはお小遣いを渡してたんですって」

「あの年齢の息子に？　いやはや」

玄関の呼び鈴が鳴って、トムが応じた。まもなくエドワード・アクロイドを伴って居間に戻ってきた。アクロイドは、完璧にプレスされた、明るい灰色の地にピンストライプが入ったツーピーススーツを着ていた。その下に白いシャツを着て、赤と青のストライプのネクタイを締めていた。この出で立ちのままで、ダウニング街一〇番地の英国首相官邸での会議にも出席できそうだ。

「リンカーン。アメリア」

　ようやく〝サー〟〝マアム〟という敬称をいちいち添えるのをやめたようだ。スコットランド・ヤード流の礼儀作法はなかなか抜けないものなのだろう。

アクロイドはクーパーにも挨拶の声をかけた。

「あれから何か手がかりは」アクロイドが尋ねる。

ライムは最新情報を伝えた。

「ヴィマル・ラホーリ」アクロイドはうなずいた。「これでまた捜査が少し進みますね。しかし、自宅の地下室に閉じこめられていたとは」そう言ってつかのま顔をしかめた。

「しかも、脱出するなり姿を消しましたか。自分の命が危険だと知らないとか？　いや、いや、訊くだけ愚かな質問でした。知っているに決まっています。なのになぜ保護を求めないのか」

　サックスが言った。「それについては地下室が手がかりになりそう。ヴィマルは未詳四七号から逃げたいのと同じくらい、父親からも逃げたいんじゃないかしら。警察に保護されれば、父親から逃げられなくなる」

　トムがコートを預かろうと申し出たが、すぐにおいとましますからとアクロイドは答えた。このあと別のクライアントとの打ち合わせが入っている。

アクロイドはサックスに言った。「あなたは彼の家族と話をなさったわけですよね。ヴィマルがどこにいるか、家族なら一つや二つは心当たりがありそうなものですが。友人宅、親戚の家」

「ええ、何人かの名前が挙がったけれど、誰も何も知らなかった。ヴィマルは家族の誰にも行き先を話していません。父親は五百ドルの謝礼金を用意していたみたい。それで、ヴィマルが仕事を請《う》けていたダイヤモンドカッターの息子が密告した」サックスは肩をすくめた。「父親は今度も同じことをするんじゃないかしら。そこから手がかりが得られる可能性もありそうね。何かあれば私に連絡してもらえることになってる」

「どうかな」ライムは言った。「次もまた閉じこめようとするかもしれんぞ」

「公務執行妨害の切り札をちらつかせておいた。おそらく約束を守ると思う」

アクロイドは、自分の調査はあまり進展していないと話した。「未詳四七号、プロミサーがパテルの店から盗んだダイヤモンドの原石についてはそれきり何の情報もありません。つまり、プロミサーは異様な信念を持った男で、原石を溜めこんでいるということでしょう。プロミサーから連絡があったという報告、見習いについて訊かれたという報告はあれきり一件もない。業界の人々はこれまで以上に口が重くなっています。事件のおかげで誰もが怯えている。婚約指輪の売上が二割も減っているという話も耳にしました」

未詳四七号は精神に異常を来した人物かもしれないが、神聖なダイヤモンドを汚すなというメッセージを広めることが犯行の目的であるとするなら、かなりの成果が上がっていることになりそうだ。

「この程度の報告なら電話でもよかったんでしょうが、ぜひ立ち寄りたい理由が別にできまして。あなたに贈り物があります」アクロイドはライムに言った。提げていたビニール袋から十五センチ×二十センチほどの箱を取り出した。光沢紙でできた箱のてっぺんに電子デバイスの写真が印刷されていた。アクロイドはビニール包装を剝がし、箱のなかからタブレット端末のようなものを引き出した。ライムの車椅子の隣に置き、側面のボタンを押す。デバイスが起動し、メニューが表示された。「電子版のクロスワードパズルです。暗号クロスワードばかり、易しいものから超難問まで、一万種類以上入っています」

ライムは、アクロイドと夫が競技クロスワードパズルを趣味にしていることをサックスに話した。暗号クロスワードについても簡単に説明した。

ゲームに関心がないという点でサックスはライム以上だったが、それでも暗号クロスワードはおもしろそうだと言った。

アクロイドが続けた。「この端末ですが、音声認識ソフトも搭載しています。ちょうどあなたのような……」

「〝身障者〟〝かたわ〟でかまわない。私はいつもそう言っている」

「いえ、〝ハンディキャップのある人〟と言おうとしたんですよ。それも政治的には正しくないのかもしれませんが」

「それに対する私の返答は、〝sから始まる四文字の語、I don't give a ＿＿.の空白に当てはまる語〟だ（解はshit、I don't give a shit.は「知るか」「かまわん」といった意味）」

アクロイドは愉快そうに笑った。

「ありがとう、エドワード」ライムは本心から礼を言った。チェスならときどきプレイする。チェスよりさらに複雑なアジアのボードゲーム、碁もやってみたことがある。しかし暗号クロスワードを試してみて、これこそ自分好みのゲームではないかと感じた。もともと言葉そのものにこだわりを持っているし、複数の言葉が組み合わさって新しい意味を生む点にも興味をそそられる。クロスワードパズルは頭のエクササイズになるだろう。それにライムの天敵——退屈を追い払う盾にもなりそうだ。

アクロイドが帰っていくのと入れ違いに、ロドニー・サーネックから電話がかかってきた。ヴィマルの携帯電話を探知したという。「ニューヨーク周辺を離れてますね。GPSのデータによれば、ペンシルベニア州内の高速道路を移動中。西に向かってる。時速九十キロといったところです。車を運転してるか、バスに乗ってるかじゃないかな」

「きっとバスね」サックスが言った。「ラホーリ一家が所有してる車は一台だけだし、家に見張りをつけてあるから、もしヴィマルが車を取りに戻ってきたなら、かならず報告が来るはず」

「友達の車に乗ってるって可能性も」クーパーが言った。

「土曜日にポート・オーソリティから警察に通報しているな」ライムは指摘した。「バスの時刻表を確かめにいっていたのかもしれない。きみとロン・セリットーで追跡を開始しろ。ペンシルベニア州警察とも連携してくれ」

サーネックの電話を切り、今度はロン・セリットーに電話をかけてバスを高速道路上で押さえる手配を頼んだ。

またしても呼び鈴が鳴って、ライムはインターフォンのモニターを確かめた。背が低くて丸っこい体つきをした、毛髪の薄い男が玄関前に立っていた。見覚えはなかったが、誰なのか見当はついた。

トムがライムの視線をとらえた。ライムは言った。「いいぞ、案内してくれ」

ほどなく、訪問者が居間の入口に現れた。ラボにぐるりと視線をめぐらせ、驚いたというより感心し、満足したような表情を浮かべた。

「ライム警部」

ライムは訪問者をほかの者には紹介しなかった。「客間で話そうか。廊下の向かいの部屋だ」

訪問者の正体について疑問に思っていたとしても、サックスもクーパーも顔には出さず、やりかけていた仕事を再開した。よしよし、好都合だ。

麻薬王を弁護する側に加わろうとしていると知ったら、彼らはどう思うだろう……

38

トニー・カレーラス＝ロペスは、インターフォンのモニター越しの印象ほど太ってはいない。ただ、がっちりした体形ではあった。若いころはウェイトリフティングかレスリングでもやっていたのではないだろうか。年齢は五十代後半くらい。いまも体力はありそうだが、同じ体重でも筋肉より脂肪が増えたといった風に見えた。

だいぶ乏しくなった黒い髪は、オールバックにしてスプレーかクリームで固めてある。太い鼈甲縁《べっこうぶち》の眼鏡が団子鼻にちょこんと載っていた。好奇心に満ちた目は、せわしなく動いている。

二人は玄関ホールをはさんで居間と向かい合う小さな応接室にいた。三方の壁を書棚が埋め、四つめの壁には一九世紀のニューヨーク市を描いたペン画が並んでいた。カレーラス＝ロペスが言った。「電話でお話ししたように、私はミスター・エドゥアルド・カピーリャ、別名エル・アルコンの代理人ですが、米国弁護士資格を持っていません。しかし今回も弁護団を取りまとめる立場で参加しています」

「アメリカ側では誰が弁護を？」

カレーラス＝ロペスは三人の名を挙げた。いずれもマンハッタンに事務所を置く弁護士だが、裁判は、ロングアイランド、スタテン島、ブルックリン、クイーンズを管轄するニューヨーク東部地区で行われている。弁護団長を務める人物はライムも知っていた。有能で信望の厚い刑事弁護士だが、彼が弁護人を務めた裁判でライムが専門家証言をしたことは一度もない。

それが利害の対立に当たるかどうかはわからないが、不適切の疑いが濃厚なのは確かだ。このまま進めるなら、エル・アルコンの弁護団とは接点を持たないほうが安心だろう。担当検事はハンク・ビショップ。彼が担当した公判にもライムは一度も関わったことがなかった。

「というわけで、ライム警部、話を始める前に……」

「市警はすでに退職している。〝リンカーン〟でけっこう」

「では、私のことはトニーと呼んでください。話を始める前に、大事なことを片づけてしまいましょう。これを」カレーラス＝ロペスは封筒をライムに差し出した。「着手金の千ドルが入っています。この時点から、あなたは弁護団の依頼を受けた専門家ということになります。つまり、あなたにも守秘義務が適用されることになる」

これまでとは違い、仮定として話をせずにすむということだ。

カレーラス＝ロペスは一瞬ためらってから領収書を差し出した。目はライムの腕を見つめていた。

「サインはできる」ライムは弁護士が差し出したペンを取って領収書に署名した。「さて。詳細を聞かせてくれないか」

「ええ。まずは肝心な点から。私の依頼人は、アメリカに不法入国しました。これについては罪を認めています。商用便でカナダに飛び、適法に入国しました。そこからヘリコプターでロングアイランドに飛び、アメリカに不法に入国しました。ヘリコプターがレーダーに探知されない高度を維持したのは事実ですが、飛行機と違い、ヘリコプターの場合、それは違法ではありません。最低高度は定められていないので。つまり、連邦《F》航《A》空《A》局が定める規則に違反していません。ロングアイランドでは、エル・アルコンが購入予定だった倉庫の所有者が雇ったボディガードが出迎えました。パイロットを待機させておいて、車で倉庫に行きました。ミスター・カピーリャが現地を確かめ、所有者と売買交渉をするためです」

「規制薬物はからんでいるのか」

「いいえ。それはまったくありません。倉庫は、私の依頼人がアメリカで設立しようとしていた運輸会社が使用するためのものでした」

「この件で逮捕される前、エル・アルコンに逮捕状は出ていたのか」

「いいえ」

「それならなぜ、不法に入国を？」

「私の依頼人のメキシコでの職業は広く知られているからです。アメリカに大量の麻薬が流入した背景に、ミスター・カピーリャがいると疑われています。入国審査で手続き上の不備などを指摘されて、拘束されるのではないかと恐れていました。何らかの罪をでっち上げられて投獄されるのではないかと」

「それで」

「依頼人は倉庫で所有者と会って――」

「その所有者の名は」

「クリストファー・コーディ。売買契約の詳細を確認したあと、依頼人は倉庫を見て回りました。ところが、コーディは武器密売の容疑で警察の捜査対象になっていました。私の依頼人とはまったく関係ない容疑で。エル・アルコンはこのことを知らなかった。このときも地元警察が張り込みをしていました。私の依頼人とボディガードが倉庫にやってきたのを見て、張り込み中の刑事は疑念を抱きました。二人は武器密売の取引相手かもしれないと思ったわけです。そこで私の依頼人の写真が本部に送られ、本部はFBIに連絡した。FBIが私の依頼人の身元を突き止め、国境警備局に照会したところ、不法入国が判明しました。FBIと地元警察の合同チームが倉庫に急行し、銃撃戦になりました。ミスター・コーディとボディガードが死亡し、FBI捜査官一名と、写真を撮影した地元警察の刑事が重傷を負いました」

　ここまでの事実はライムも知っていた。

「検察側の主張は」

カレーラス＝ロペスは肩をすくめた。「いつもどおりですよ。警察側が倉庫に接近して降伏を呼びかけたところ、倉庫内にいた者が先に発砲した」

「あなたの依頼人は何と？」

「相手側が警察であることを知らせもせずにいきなり発砲し、倉庫内にいた者が応戦したと言っています。強盗かギャングだろうと考えた。いずれにせよ、私の依頼人は銃撃戦に参加していません。そのときはトイレにいました。流れ弾に当たらないよう床に伏せて隠れていたんです。正直なところ、怖くて動けなかったそうです。現に、銃声がやむまでそこから動きませんでした。ようやく出ていったところで何が起きたか知り、そのまま逮捕されたわけです」

「倉庫内で彼と一緒にいたほかの者の証言は」

「ミスター・コーディは銃弾を頭に受けて現場で死亡しました。ボディガードは、意識不明のまま翌日死亡しました」

「改竄された証拠について聞かせてくれないか」

「私の依頼人は逮捕されたあと、倉庫の床にうつ伏せにされていました。そのうちにFBI捜査官か刑事が来て――顔は見えなかったそうです――ボディチェックをした。そのとき、両手に何かを押しつけられたそうです。布のような感触だったと。コーディの手から採取された射撃残渣《ざんさ》を自分の手になすりつけたに違いないと話しています。何をしているのかと尋ねると、その人物はこう答えました。〝うるさい、黙ってろ。うちの者が二人もやられた。おまえは二度と娑婆《しゃば》には出られない〟」

ライムは言った。「とすると、コーディが射殺されたあと、エル・アルコンはコーディの銃を拾って警察の人間を撃ったというのが検察側の主張かな」

「そのとおりです」

「銃から摩擦隆線――指紋は検出されているのか」

「コーディの指紋だけで、私の依頼人のものは付着していませんでした。銃を握るのに使われた可能性のある手袋やぼろ布などは付近で発見されていませんが、検察側は、シャツの袖口のボタンをはずし、袖で手を覆っておいて銃を握ったのではないかと主張しています。それで射撃残渣には説明がつきますが、指紋が付着していないのは不自然です」

「利口な理屈だな。具体的にはどのような容疑がかけられている？」

「アメリカへの不法入国――条文では〝不適切な時または場所での入国〟とされています。罰金と最長で六カ月までの懲役刑が科されます。連邦法上の軽罪です。ほかは、まあ、教科書どおりの容疑が並んでいます。銃器所持、警察官に対する傷害、警察官に対する殺人未遂。コーディの死亡――重罪の謀殺。不法入国容疑を争うつもりはなく、依頼人も有罪を認めるつもりでいます。私たちの状況はそんなところです」カレーラス＝ロペスはライムをしげしげと見つめた。「お忙しいというお話でしたね。大きな事件を抱えているとか」

「そう、そのとおりだ」

「少しでも時間を割いて、証拠を見ていただけないでしょうか。現場にいた警察官が射撃残渣を捏造したことを証明できないかどうか」

ライムはヘッドレストに頭をもたせかけた。一瞬、天井を凝視する。さまざまな考えが渦を巻いた。

やがて言った。「証拠に関連したすべての資料が必要だ。弁護側のもの、検察側のもの」

「資料のコピーを届けさせましょう。三十分で。ありがとう《グラシアス》、ミスター・ライム。神のご加護がありますように」カレーラス＝ロペスはそう言ってコートを着ると、帰っていった。

ライムはロナルド・プラスキーに電話した。エル・アルコンの証拠改竄疑惑を自分一人で追及したいところだが、それは不可能だ。現地に行かなくてはわからないこともある。

「リンカーン？」

「一つ頼みがある」

「何でも言ってください。未詳四七号の件ですか」

「いや、別件だ。三十分後に資料がここに届く。あとで来て、それを家に持って帰ってくれ」

「家？」プラスキーが訊き返した。「僕の自宅ってことですか」

「そうだ。銃器、衣類、靴跡、微細証拠。すべて完全に分析してもらいたい」

「わかりました、リンカーン」

「それと、もう一つ頼みたいことがある」

「何です？」

「この件は他言するな。誰にも、一言たりともしゃべるんじゃないぞ。いいな？」

沈黙。

「いいな、ルーキー？」

「はい」プラスキーはささやくような声で答えた。それ以上大きな声で話したら、それだけでルールに違反することになると恐れてでもいるように。

39

「また地震らしいぞ」

そう言ったのはメル・クーパーだ。ライムはクーパーのほうを見た。クーパーはテレビを見つめていた。

ライムもテレビに視線を向けた。放送局のカメラが何台も集まって、炎と煙の餌食になろうとしているブルックリンのアパートを撮影する様子が映し出されていた。最初の地震で発生した火災と同じく、原因は二度めの地震によるガス管の破損だ。

映像が切り替わり、今度は市庁舎で行われている記者会見が映し出された。ライムはクローズドキャプションで画面に表示される市長の言葉を目で追った。二つめの地震の発生を受け、ニューヨーク市は、ノースイースト・ジオ・インダストリーズ社から出されていた、地中熱ヒートポンプ掘削の限定的な再開の許可申請を却下した。前回と同じゲストが画面に現れた。環境保護団体ワン・アースの顎髭を生やした代表エゼキエル・シャピロ、ノースイースト・ジオ社のCEOデニス・ドゥワイヤー、アルゴンクイン・コンソリデーテッド電力会社のCEO、C・ハンソン・コリアー。

三人が議論を始める一方、映像は燃えさかるアパートに切り替わった。何台もの消防車や救急車が集まっていた。

画面最下部のテロップによると、三人の死亡がすでに確認されている。いずれも焼死だった。

玄関の呼び鈴が鳴った。トムは買い物に出ている。ライムはインターフォンのモニターを確かめた。ロン・セリットーだった。合鍵は持っていないのか？　もう何年もこの家に来ているのに？　この際一つ作って渡してしまえば面倒がなくてよさそうだ。ライムはオートロックを解除した。

「おい、覚悟はいいか。腰を抜かすなよ」

ライムは溜め息をつき、片方の眉を吊り上げて先を促した。

セリットーはテレビのほうに顎をしゃくった。たくましい腕のように伸びて身をくねらせる炎、真っ黒な煙の奔流。

画面下のテロップ——「複数の死傷者が出ている模様」。

セリットーが言った。「リンカーン、火事は地震のせいじゃない。どれも放火だ。地震が原因で起きたと見せかけてるだけでな」

「え？」メル・クーパーが言った。

「ついさっきの地震。二つめの地震な。直後に、震源に近いキャドマン・プラザの住人の女性が、強烈なガスの臭いに気づいた。地震でガス管に亀裂が入ったんだ、爆発が起きると考えた。自宅にはもう一人、娘がいた。まだ赤ん坊だ。だが幸いなことに、女性は足首を骨折してた。何やらひどい骨折でな。転倒して、その足首がまた折れた。女性は失神した」

幸いなことに……？

「数秒後に意識は戻ったが、動けない。で、どうしたと思う？」

「いいから話を先に進めてくれ、ロン」

「いいことを思いついたんだよ。自力じゃ出られない、歩けないが、もしかしたらガス爆発を防げるんじゃないか。で、バスルームの点検口を開けた。ほら、配管を点検するための扉があるだろ、あれだ。で、手持ち式のシャワーヘッドを引っ張ってきて、地下室に向けて水を浴びせた。それで温水器の口火が消えてくれるかもしれないと考えたわけだな。水を浴びせてるあいだも、火事だと声をかぎりに叫んだ。それを誰かが聞きつけて、消防と警察に通報した。ガスを止めて、女性と赤ん坊とほかの住人を救出した」

ライムはテレビ画面を一瞥《いちべつ》した。炎のサイクロンのようだった。「とすると、この火事はまた別か」

「そうだ」セリットーは苦い顔をして付け加えた。「死者三名。クレアの家からは二ブロック離れてる」

「誰だって？」

「クレア・ポーター。シャワーで火事を防いだ女性。頭の回転が速い《シンク・オン・ハー・フィート》」セリットーは顔を歪めた。「まずい表現だったな。まあいい、いま緊急手術を受けてる。足首の治療だ。火災調査官が地下室に下りてガス漏れ箇所を調べた。そこで何が見つかったと思う？」

ライムはまた片方の眉を持ち上げた。

「〝眉は口ほどに〟ってか」

「そのとおりだ。私の眉は口ほどに物を言う。ほら、話を先へ進めろ」

「ガス管にＩＥＤが仕掛けられていた」

その一言が即座にライムの関心を独占した。即席爆発装置《IED》。「ガス管を破断し、どのくらいだろう——数分か？　数分たってガスが充満したところで引火するような仕掛けか」

「十分だ」

「しかし、その女性が水をかけたおかげで装置が働かなかった」

「ご名答だ、リンカーン。おまえ、たまに冴えてることがあるよな。装置はプラスチック製で、温度調節器《サーモスタット》の筐体《きょうたい》に入ってた。ちゃんと機能してガスに引火してたら、装置は跡形もなく消えてただろう。火災調査官が見つけたとしても、焼け跡に溶けて黒焦げになったサーモスタットが転がってるようにしか見えない。放火としちゃ完全犯罪だよ。証拠はない。燃焼促進剤もない」

またも呼び鈴が鳴った。黒いスーツ姿のたくましい男だった。大きな段ボール箱を抱えている。ライムはインターフォンのボタンを押した。「トニーからの荷物か」

カレーラス＝ロペス。エル・アルコンの弁護士。

男はインターフォンに口を近づけて言った。「そうです」

証拠が捏造されたという主張に関して、ライムが頼んでおいた資料だ。ライムはセリットーのほうをさりげなくうかがったが、セリットーはいまのやりとりを聞いていなかったようだ。セリットーもクーパーも、火災の現場が映し出されているテレビを凝視している。

「玄関を入ってすぐのところに置いておいてくれ。テーブルがある」

「わかりました」

ライムはオートロックを解除した。男はエル・アルコン裁判の資料を置いて立ち去った。

「火災調査官は、最初の地震の現場も調査し直したのか」ライムはセリットーに向き直って尋ねた。

「ああ。二度の地震後に起きた火災、全部の現場から、サーモスタットに見せかけた残骸が見つかった。クレアのアパートとまったく同じだ」

精巧な即席爆発装置を使った連続放火事件。いったいどういうことだ？

「それだけでも妙な話なのに、ここからますますおもしろくなるぞ。火災調査官は、放火だって判明すると同時にRTCCに連絡して、近隣の街頭監視カメラの映像を数週間分チェックさせた」

市警本部ワン・ポリス・プラザに設置されたリアルタイム犯罪センター（RTCC）のことだ。

セリットーは携帯電話の画面をライムに向けた。「そうしたら、先週、クレア・ポーターのアパートの地下室にいったい誰が侵入してたと思う？」

画面には、黒っぽい着衣にニット帽をかぶった男のスクリーンショットが表示されていた。オレンジ色の安全ベストを着て黄色い工事用ヘルメットをかぶっている。肩に鞄をかけていた。重そうだ。

同じ日の後刻、地中熱ヒートポンプ建設現場から地下鉄駅にむかっているところをとらえた映像とまったく同じ男だ――ただし、そのときは鞄を持っていなかった。

セリットーが言った。「ＲＴＣＣに言って、クレアのアパートと建設現場のあいだに設置されてるカメラの映像を端から調べさせた。奴はまっすぐ建設現場に歩いていって、ヘルメットとベストを着けて建設現場に入った。現場を出て地下鉄駅に向かったのは、その一時間後だ。ガス漏れから火災が発生した建物周辺の映像もチェックしてもらった。二時間のあいだに、未詳四七号は全部の建物に出入りしてた。一つ残らずな」

驚きだ。未詳は地震後に火災が起きたと見せかけるために、ガス管に爆弾を仕掛けて回ったということか。その目的はいったい何だろう。ライムは言った。「その爆発装置を見たい。ここに届けさせろ。いますぐ」

「もう頼んでおいたよ。おまえならそう言うだろうと思って。そろそろ届くだろう」

「鑑識の者に指示して、ミズ・ポーターのアパートの装置が仕掛けられていた周辺をグリッド捜索させろ。おそらく目も当てられないくらい汚染されているだろうが、何か一つくらいは見つかるかもしれない」

「了解。手配しておく。ありがとうな。俺は行かないと。市長が報告をお待ちだ。おまえのいつもの天才的な閃きが訪れたら、俺にも知らせてくれよ」

ライムはうなり声で答えた。

セリットーはフックからジャケットを取って出ていった。ちょうど入れ違いにロナルド・プラスキーが来てセリットーに軽く会釈をし、玄関ホールに入ってきた。ライムは車椅子を操り、廊下に出てプラスキーを出迎えた。

プラスキーは鼻をひくつかせた。「ガスの臭いがしませんか」

たしかに、かすかだがガスの臭いがしていた。「おそらくロンだな」クレア・ポーターのアパートのガス管を切断したIEDの件をプラスキーに話した。「引火する前に解除された。だが、そばに行った者にはガスの臭いが移っただろう」爆発しやすく、しかも呼吸困難を招きやすい天然ガスは、本来は無臭であるため、腐った卵のような臭いのする硫黄ベースの化学薬品を添加して、ガス漏れに気づきやすくしてある。

地震後の火災はどれも放火だったと判明したこともプラスキーに伝えた。

プラスキーは眉をひそめた。「仕掛けたのは誰です？」

「どうやら……この語を強調したい。どうやら未詳四七号のようだ」

「信じられないな」プラスキーがつぶやく。

「調べはこれからだ」ライムはカレーラス＝ロペスの使者が置いていった資料の箱にうなずいた。「エル・アルコンの裁判資料だ。今夜のうちに分析してもらえるか」

依頼の形式はとっているが、実際は命令だ。

「はい」

「現場のグリッド捜索も頼みたい」

「現場って？」

「ロングアイランドだ。エル・アルコンを巻きこむ銃撃戦が起きた倉庫。詳細は資料を見ればわかる。忘れるな——」

プラスキーが小声で言った。「誰にも一言もしゃべるな」

ライムはウィンクをした。見慣れぬものを見たプラスキーが目をしばたたく。

プラスキーは他聞をはばかる任務が詰まった箱を抱え上げて出ていった。

居間に戻る。プラスキーが箱を持たずに来たこと、箱を持って帰ったことに、誰も気づいていない。

またしても呼び鈴が鳴った。見知った人物だった。ライムはセキュリティシステムに命じてロックを解除した。

グリニッジ・ヴィレッジの第六分署に本部を置く爆発物処理班の刑事が居間に入ってきた。

「やあ、ブラッドリー」

「リンカーン」小柄だががっちりした体格に灰色の髪をしたブラッドリー・ゲフェン警部補は、居間の奥へ進み、ライムの不器用ながら動かせる右手をためらいなく握った。

障害を持つ人物を前にすると怖じ気づいてしまう人々も少なくないが、ゲフェンは、ピンセットとネジ回しを持って腹ばいになり、一つ間違えれば自分を赤い霧に変えかねない即席爆発装置を解体するのが日常の一部という人物だ。ちょっとやそっとのことではたじろがない。ゲフェンの筋張った彫りの深い顔やクルーカットの頭、鋭い目を見て誰もが連想するのは、おそらく新兵を訓練する鬼軍曹だろう。

ゲフェンはほかの面々にも挨拶代わりにうなずいたあと、検査テーブルの一つに歩み寄った。

「どんな様子だ?」ライムは尋ねた。

「うちの者に調べさせたんですがね」ゲフェンはアタッシェケースから証拠品袋を取り出した。「こんなものは初めて見ましたよ。しかしよくできてます」

ライムにも見やすいよう、すぐ目の前に袋を差し出す。どこの住宅にもあるような白いプラスチックでできたサーモスタットの筐体が入っていた。ほかにも金属やプラスチックの部品があるが、ライムにはどれが何のパーツかわからなかった。

ゲフェンは袋を裏返した。「これです。ここの穴。タイマーで、ここにはまってた栓が抜け、酸が漏れ出して、ガス管を溶かす。十分くらい経過したころ、ここの部分が……」ゲフェンは電極が二本ついた小さな灰色の箱に軽く触れた。「火花を散らすわけです。それでガスと、可燃性の溶剤の両方に引火する。十分の間《ま》を設けたあたり、抜け目ないですね。漏れたガスは充満するが、空気を完全に追い出すまではいかない」

その空間にあるのがガスだけである場合、爆発しないことも少なくない。どのような火災にもいえることだが、酸素と燃料の両方がなくては出火しない。

「ここからは私たちが引き継ぐよ、ブラッドリー。ありがとう」

ゲフェンはうなずいて玄関に向かった。足取りはぎこちない。ある婦人科クリニックで解体処理作業中に即席爆発装置が破裂した後遺症だ(犯人の中絶反対派グループにとっては皮肉なことに、彼らは二つのビルのあいだに爆発物を仕掛けた。婦人科クリニックと——おそらくグループは気づいていなかったのだろう——教会付属の保育所のあいだに。もし両方のビルにいた人々を退避させていなかったら、クリニックよりも保育所のほうに大きな物的・人的損害が出ていたに違いない）。

クーパーは証拠物件保管継続カードに必要事項を記入してから分析に取りかかった。指紋は検出されなかった。ＤＮＡのサンプルを分析に回し、酸性の物質をガスクロマトグラフ／質量分析計（ＧＣ／ＭＳ）にセットした。

「デジタルタイマーで起爆する仕組みだね」クーパーはピンセットと探針を手に、爆発装置を調べながら言った。「バッテリー寿命は二カ月」

「しろうとの手作りとは見えないな」ライムも装置を観察して言った。

「そうだね。これはプロが組み立てたものだ。兵器市場で売買されてるんだろう」

「どこで作られたものかわからないか」

「無理だ。こんなものは見たことがない」クーパーはＧＣ／ＭＳの結果を眺めて言った。

「ガス管を溶かすのに使った酸の正体がわかった。厳密には酸じゃない。トリクロロベンゼンだ。ガス管の材質はたいがいポリエチレンだから、ほとんどの酸じゃ溶けない。でもベンゼンの派生物なら溶ける。それに——」

「ありえん。絶対にありえない」ライムは証拠物件一覧表をにらみつけていた。

「何がだ、リンカーン」

ライムの頭のなかに芽生えた可能性は、ありえないものと思えた。少なくとも、ガス管に即席爆発装置を仕掛けたのは未詳四七号かもしれないと判明していなかったら、ありえないとしか思えなかっただろう。

「ロンを呼び戻せ。エドワード・アクロイドの電話番号はわかるか」

「そのへんのどこかに」

「探せ。すぐに来てもらってくれ。大至急」

「了解」

「サックスに電話」ライムは自分の電話に音声で指示した。

まもなくサックスが電話に出た。「ライム」

「きみに捜索を頼みたい現場ができた、サックス。正確にいうと、すでに捜索が完了している現場だが、別のものを探してもらいたい」

「どこ?」

「地中熱ヒートポンプ建設現場。例の掘削サイトだ」

サックス本人は何も言わずにいるが、ライムの考えでは、サックスが生き埋めになりかけた現場だ。

しばし沈黙が続いた。

有能な鑑識員はほかにもいる。同じようにグリッド捜索をし、おそらくはライムが探している手がかりを見つけられるだろう。しかしアメリア・サックスほど信頼できる鑑識員はいない。彼女に頼みたい。彼女以外には考えられない。

「サックス？」

「わかった」サックスは平板な声で答えた。「今回は何を捜せばいい？」

40

四十分後、セリットーとアクロイドが居間に顔をそろえた。メル・クーパーもいる。アメリア・サックスも戻ってきて、廊下と居間を仕切る優雅なアーチ形の入口に現れた。生き埋めになりかけた現場にふたたび行くことにはなったが、心理的なダメージはなかったようだ。少し前まであったうつろな表情は完全に消え、いまはハンターを思わせる鋭い顔つきに変わっている。ジーンズは跳ねた泥で汚れていた。

セリットーが言った。「いったい何があった、リンカーン」

「みなの意見を知りたい。まだ仮説にすぎないが、とりあえず私の話を聞いてくれ。未詳四七号はダイヤモンドにも関心があるようだが、別の動機がもう一つある。地震の黒幕は奴だ」

エドワード・アクロイドが短い笑い声を漏らした。「地震の黒幕？　それは……未詳四七号が地震を引き起こしたということですか」

「まさしく」

セリットーが言った。「詳しく説明してもらわないことには何も言えないな、リンカーン。話の空白を埋めてくれ。いまのところ空白だらけだ」

ライムは天井を見つめた。額に皺《しわ》が寄る。「私たちの……私の考えが至らなかった。未詳四七号がわざわざヘルメットを手に入れてまで建設現場に入り、何者かから銃を調達する理由はなんだ？　バーで会うか、その辺の通りで取り引きするかしたほうが簡単だろう。銃を買うために行ったんじゃない。建設現場に入ることそのものが目的だったんだよ」

「何のために？」セリットーが訊く。

ライムはサックスを見た。サックスが言った。「たったいま、建設現場をもう一度調べてきた。掘削坑の何カ所かの付近で、微量のＲＤＸが見つかった」

ＲＤＸはＣ４プラスチック爆弾の主材料だ。

「建設現場で？」セリットーが言った。「Ｃ４は商用に使わないはずだろう」

Ｃ４は軍用爆薬だ。

「しかも現場監督の話によれば、作業員の一人と連絡が取れないそうなの。未詳四七号が現場に入った直後から。それに、〈エリア７〉のパレットから半トン分のグラウトがなくなってる」

「グラウト?」クーパーが尋ねた。

ライムは説明を再開した。「未詳四七号の目的はこれだ。奴がニューヨークに来た理由はこれだよ。ガス管に仕掛けた爆発装置とC4爆薬を使って、地震に似た揺れを起こすことだ。先週、地中熱ヒートポンプ建設現場周辺の建物のガス管に爆発装置を仕掛けた。そのあと、ヘルメットと安全ベストを着けて建設現場に入り、いま行方不明になっている作業員と会った。作業員は奴を〈エリア7〉に案内した。未詳はC4爆薬を掘削坑の一部か全部に仕掛け、作業員はその上からグラウトを注ぎこんだ。爆発音を封じこめるためだ。そのあと未詳は空になったショルダーバッグを処分して立ち去った——監視カメラの映像にあったように、地下鉄駅に向かった。それから、おそらくその日の夜だろう、作業員を殺して死体を始末した」

「かなり突飛な話だな、リンカーン。そんなことはありえるのか? 爆弾で地震を起こすなんて、やれるのか?」

「その点を確認したくて、専門家に来てもらった」ライムはエドワード・アクロイドに視線を向けた。「炭鉱で爆破作業が行われたせいで地震が起きたという理由で保険金の請求が行われた事例が過去に一度でもあれば、きみなら知っているだろう」

アクロイドは、前日にちらりと話していたことを繰り返した。水圧破砕や高圧水ジェット掘削といった工法が地震を引き起こした事例は存在する。「しかし、爆発ですか。私は聞いたことがありません。同僚のリサーチ員にもう一度確認してみましょう。アメリカかロンドンの誰かに調べてもらえばすぐにわかると思います」

「ぜひ頼む」

アクロイドは部屋の隅に行って携帯電話を取り出した。短いやりとりのあと、戻ってきた。「あいにく、主任リサーチ員は爆発によって地震が起きた事例は聞いたことがないそうです。ロンドンの本社にも問い合わせると言っています。営業開始時間になったら、ほかの支社にも。現時点での私の意見は、〝ありそうにない〟です」

見ると、サックスがバッグから何かを取り出そうとしていた。名刺だった。そこにある番号に電話をかけた。

相手が出るまでのあいだに、サックスは一同に向かって言った。「ドン・マクエリス。州の鉱物資源局の調査官」

相手の声が聞こえた。「もしもし、アメリア。あれからいかがです？」

「もう大丈夫です」サックスは簡潔に答えた。「スピーカーフォンになっています。私のほかに、ニューヨーク市警の捜査顧問リンカーン・ライムほか数名が聞いています」

「ああ。わかりました」

「ダン、リンカーン・ライムだ」

「ドンよ」サックスが小声で訂正する。

「爆弾で地震を起こすことが可能かどうかを知りたい」

短い沈黙があった。「昨日からの地震は自然に起きたものではないと？」

「まだ確かな話ではない。爆発で地震は起こせるかね」

「理屈の上では、ええ、可能でしょう。ただし、核爆発装置クラスの威力が必要です。最適の地点に、最適な爆発力の装置を仕掛けなくては。そうでなければ、答えはノーです」

「C4では無理か。C4は知っているかね」

「プラスチック爆薬でしょう。しかし、C4では無理です。断層線上でC4を一トンや二トン爆発させても無理ですよ。地震発生の仕組みを考えればね。ただ……」

沈黙。

「もしもし?」ライムは言った。

猛烈な勢いでキーを叩く音が伝わってきた。「ああ、やっぱりそうか。誰かのメールアドレスを教えてください。見てもらいたいものがあります」

クーパーがアドレスを教えると、まもなく着信音が鳴ってメールが届いた。

マクエリスが言った。「地震記録を二つ送りました」

クーパーの機敏な指がキーボードの上を跳ね回り、まもなく地震記録が表示された。テレビを所有している人、自然災害ものの大作映画が好きな人ならかならず目にしたことがあるグラフだ。「表示しました」

マクエリスが続けた。「上にあるのが今日発生した地震の記録です」

地震計の記録針が描いた黒い線は、左端から数分間はかすかに上下しているだけだった。しかしグラフのなかほどに差しかかったあたりで急に上下に激しく動き、鋭い山と谷を描いている。時間の経過とともに角度はなだらかになり、振幅も小さくなって、地震前の落ち着いた状態に戻っていた。

「今度は二つめを見てください。これは本物の地震、カリフォルニア州で発生した地震の記録です。そっくりに見えますが、一つだけ微妙な違いがあります。本物の地震では、本震の二秒ほど前に、ほんのわずかな揺れが記録されています。しかし今日の地震のグラフにはそれがありません」

ライムは言った。「とすると、爆発は地震を引き起こしたわけではなく、地震に似た揺れを起こしたにすぎない」

「そのとおりです」一瞬の間があってから、マクエリスは続けた。「ですが、火災はどう説明……ああ、待てよ。それも爆薬で起こしたわけか。地震とは別に。本物の地震らしく思わせるために」

これには誰も答えなかった。するとマクエリスは、やや不安げな声で言った。「アメリア、これはいったいどういうことなんですか」

「私たちにもまだわからないの、ドン。でも、できれば——このことは内密にお願いします」

「ええ。わかりました」

サックスがライムに視線を向ける——ほかに訊きたいことは？

ライムは首を振った。サックスはマクエリスに礼を言って通話を終えた。

ライムはマクエリスと同じことを繰り返した。「これはいったいどういうことか。未詳の目的はいったい何だ?」

「テロ」サックスはそう言ったものの、すぐに首を振った。「犯行声明が出ていないわね。それに、自然災害に見せかけた攻撃をしても意味がない。テロリストはそんなことはしないわ」

セリットーが言った。「一つ思いついた。放火の件を隠すために地震を起こした。保険金目当てで所有物件に放火したい大家の依頼を受けた」

アクロイドが言う。「お言葉ですが、警部補、もしそうなら、人類史上もっとも無意味に手間のかかった保険金詐欺になってしまいますよ。それにプロの放火犯は、殺人罪や傷害罪を問われるリスクを負わないものです。無人の建物にしか放火しない」

「たしかに」

ライムは言った。「少し視点を変えてみよう。マクエリスはこうほのめかした。火災は飾りにすぎない、地震をもっともらしく見せるための演出だと。つまり、誰かが疑いの目を持って地震のグラフを精査するおそれをあらかじめ防いだわけだ。未詳は地震を本物と思わせたかった……とすると、こう考えられないか。犯行の目的は、地中熱ヒートポンプ建設を阻止することである」

セリットーが言った。「そうなると、容疑者は? エネルギー関連企業は、地中熱ヒートポンプ施設を脅威と見るだろうな。あとは掘削現場の土地を狙っている誰か。あそこは一等地だ」

「環境保護活動家もだな」クーパーが言う。「あの団体。ワン・アースだっけ？　ただ、環境保護活動家《ツリー・ハガー》とＣ４爆薬は結びつかないな……人がいるとわかってる建物に放火するってのも」

サックスが言った。「目的はどうあれ、未詳四七号は殺し屋か傭兵じゃないかという気がする。兵器市場からＣ４や即席爆発装置を調達してるし、銃の扱いにも長けてる。人を殺すことにも抵抗がない。誰かに雇われてるのよ、きっと」

おそらくそのとおりだろうとライムは思った。「ここが思案のしどころだな」

サックスがうなずく。「公表するか、伏せておくか」

「地震は偽物でしたって発表するかどうかってことか？」クーパーが訊く。

「そう。まだ使っていない爆発装置が掘削坑にいくつも残ってるかもしれない」

セリットーが言った。「公表したらパニックが起きるだろうな。テロだと誰もが思う」

「世間は何だってテロだと考える」ライムは言った。「公表すべきだと私は思うね。掘削現場周辺の住人に、自宅のガス管に爆弾が仕掛けられているかもしれないと知らせるべきだ。それぞれ自分で確かめてくれと。次に地震が起きたら、即座に退避するか、ガス漏れがないかチェックするよう知らせたほうがいい」

「最終的に決めるのは市警本部と市役所だが、公表すると、捜査の手の内を明かすことになるぞ」セリットーが言った。「犯人は速攻で逃げるかもしれない。証拠も一緒に逃げる」

〝証拠も一緒に逃げる〟か。ライムは愉快に思った。ライムから証拠を隠し通すのはかなりの難題だろう。

「一つ意見を申し上げても？」アクロイドが言った。

「もちろん」セリットーが促した。

「この犯人の精神は錯乱していて、ダイヤモンドに病的な執着を抱いていることは間違いないと思います。しかし、基本的には単なる傭兵だとすると、つまり掘削を邪魔するために金で雇われているのだとすると、捜査の手が迫っているとわかれば、できるだけ早く私のクライアントの原石を売却してニューヨークを離れるでしょう。もう一度、私からディーラーに連絡して、その可能性を探ってみましょうか」

セリットーとライムはその提案に同意した。アクロイドはオーバーコートを着ると――英国警察の切れ者の警部といった印象をこれまで以上に強烈に残して――その手がかりを追跡するために出ていった。

セリットーもジャケットを着た。「市警本部長と市長と話してみるよ。地震や火事はおそらく偽物だって公表するよう進言する。それと、緊急出動隊《ESU》と爆発物処理班を地中熱ヒートポンプ建設現場に派遣しよう。掘削坑にロボットを送りこんで爆発装置があるか調べさせる。あれば、安全化させる」

ライムにも、片づけておくべき仕事があった。さっそく首都にいるスパイにふたたび電話をかけた。

41

J・T・ボイル巡査には、ペンシルベニア州警察での十四年のキャリアのなかで、奇妙な任務を命じられた経験が数え切れないほどある。酔っ払った非アーミッシュ大学生に乗っ取られたアーミッシュの荷馬車の追跡。警察官なら誰でも一度は経験があるだろう、木に登って下りられなくなった猫の救出（「本来は警察の仕事ではありませんが、まあ、やれるだけのことはやってみましょう」）。急に産気づいた妊婦に付き添ってにわか助産師を務めたことまである。

しかし、長距離バスに停止を命じるのは初めてだ。

ニューヨーク市警から依頼された仕事だ。過去に捜査で協力した経験もあり、ボイルはニューヨーク市警に好印象を抱いているが、彼らの言葉遣いはどうなのかと思う。いまボイルが追っているグレイハウンドのバスには、〝逃走中の目撃者〟が乗っている。なんと、こちらのニュースでも——少なくともラジオ局ＷＫＰＫでは——さかんに取り上げられている注目の事件の目撃者だという。プロミサー、婚約指輪を購入したばかりのカップルを狙う連続殺人犯。相当なイカレ野郎に違いない。

ニューヨーク市警の刑事によれば、その目撃者はこのバスに乗っている。サイバー犯罪専門の部署が目撃者の携帯電話を探し当て、何やらハイテクな技を使ってGPS機能だけを有効にし、その位置情報を使ってコンピューター上で追跡し続けている。ただ、市警が彼の行方を追跡していることを誰かが知らせようとした場合でも通じないように、電話の発着信機能はオフにした。携帯電話の画面には〈圏外〉と表示されているはずだ。その状態がしばらく続けば不審に思うかもしれないが、いまとなっては関係ない。ボイルがこうして問題のバスを発見したからだ。

バスのすぐ後ろにつき、回転灯を一瞬だけひらめかせた。バスはインディアナポリスに向かっている。その目撃者、ヴィマル・ラホーリという男が購入した切符によれば、インディアナポリスで乗り換えて、次はセントルイスに向かう。そうやって乗り継ぎながら、はるばるロサンゼルスまで行こうとしているらしい。旅程がわかっているのは、携帯電話の位置情報からニューヨーク市のポート・オーソリティ・バスターミナルにいたことを突き止め、切符売場の窓口に設置されているカメラの映像を調べた結果、ヴィマルに人相特徴が一致する男がロサンゼルス行きの切符を買ったことが判明したからだ。

しかし、ヴィマル・ラホーリは、ここから十五キロほどのところにある郡の拘置所より先に行くことはない。あくまでも当人の安全のためだ。プロミサーとやらにヴィマルの存在は知られている。しかももう一人の目撃者はすでに殺害された。とはいえ、プロミサーがわざわざペンシルベニア州まで追いかけてくる可能性は限りなく低いのではないかというのがボイルの個人的な意見だった。

バスが減速しながら路肩に寄って停止すると、ボイルはパトロールカーを降りた。ペンシルベニア州警察の標準的な制服を着ている。黒いスラックス、灰色のシャツ、黒いネクタイ。顎ひも付きのつばの広い灰色の制帽をかぶって、まっすぐバスに近づいた。

扉がしゅっと開いた。

車内の乗客をさっとうかがう。明白な脅威は認められない。まあ、そうだろうとは思っていた。「乗客のなかのある人物を探しています」ボイルは低い声で運転手に告げた。

痩せ型のアフリカ系アメリカ人の運転手は、不安げな表情をボイルに向けた。ニューヨーク市警の判断により、バスの運転手にあらかじめ無線や電話で連絡していない。運転手がどれだけの演技力の持ち主かわからないからだ。運転手のおどおどした態度に目撃者が気づき、バスを飛び降りて逃げるような事態は避けたかった。「その人物は武器を持っていません。その点は心配ありません」

「わかりました。どうぞ」

少なくとも、ニューヨーク市警のだみ声の刑事からは、目撃者は銃を持っていないと聞いている。たいがいの目撃者は武装などしていないが、銃を持っている例がないわけではない。今回の若者は、非武装のカテゴリーに入りそうだ。それにインディアン――

ネイティブアメリカンのインディアンではなく、インド人のほうのインディアン――だ。ボイルはそこまで経験豊富とはいえないが、それでもインド系のアメリカ人に、銃を振り回すイメージはそぐわない。

ヴィマルの顔写真は記憶に焼きつけてある。自然な表情を心がけながらバスの通路を奥に向けて進み、乗客の顔を確認していった。誰もがテロかと考えているだろう。このバスに爆弾が？　それとも誰かがいきなり銃を抜いて乱射するとか？――アラーの名を叫んで、あるいは何の大義もなく。

笑みを見せる乗客がいればボイルはうなずき、「何かあったんですか」「どうかしたんですか」と訊かれれば「すぐに終わりますので」と応じた。

しかし――どういうことだ？　目撃者の若者は見当たらなかった。肌の色が濃い目の男性は二人いたが、年齢がずっと上だし、インド系ではなくラテン系のようだ。

ボイルはバスの先頭に戻り、ニューヨーク市警のだみ声の刑事に電話をかけた。

「はい？」ロン・セリットーが電話に出た。

警察官にあるまじき応答ではないか。だが、相手はニューヨーカーだ。別世界に暮らす人間だ。

手本を示すかのようにボイルは言った。「セリットー警部補、先ほどお電話いただいたペンシルベニア州警察のJ・T・ボイル巡査です。いま問題のバスに乗っておりまして、全乗客を確認しました。目撃者はいません」

「ええ、便所も確認しました、警部補」

「——運転手に、途中の停留所で降りた者がいないか確認したか」

ボイルは口ごもった。運転手に向き直り、途中で降りた客がいたかと尋ねた。

「いいえ、いませんでしたよ」

「いません、警部補。一人も降りていません」ボイルはそう答えてから付け加えた。

「あの、警部補。かけてみていただけませんか」

「何を?」

「電話です。目撃者の携帯電話に」

「ああ、目撃者のな。それはいい考えだ。ちょっと待ってくれ」

回線が切り替わるかちりという音が聞こえて、まもなくセリットーが電話口に戻ってきた。「携帯電話を追跡しているサイバー犯罪課の者と電話をつないだ。ボイル巡査? サーネック刑事と替わる」

「どうも」別の声が聞こえた。背景でロック音楽ががんがん鳴っている。

いやはや、いったいどうなっているんだ、ニューヨークの連中は。

「刑事……」名前は何と言っていた? 「こちらはペンシルベニア州警察のJ・T・ボイル巡査です」

「やあ、巡査」

「あーはい、こんにちは。携帯電話を鳴らしてみていただけませんか」

「いいよ。電話機能を復活させる」

まもなくｉＰｈｏｎｅの初期設定の着信音が鳴り始めた。前から三列目の席から聞こえている。三列めに行ってみると、乗客の一人が眉をひそめ、バッグのサイドポケットを探っていた。ｉＰｈｏｎｅを引き出して画面を見つめる。

「あなたの電話ではない。そういうことですね？」

乗客が顔を上げた。髪を青と緑に染めた若い女性はきれいな顔立ちをしていたが、ボイルの個人的な意見では、スタッド形のノーズピアスとフープ形の眉ピアスがせっかくの美貌を台無しにしている。「はい。でもどうして私のバッグに？」

ロナルド・プラスキーが居間に入ってきた瞬間、ライムは二つのことに目を留めた。成果があったらしい。そして、ひどくびくついている。

「ルーキー？」

プラスキーはうなずいた。大きく、だがおずおずと。相反するその二つをなぜ両立させられるのか。しかし、こいつは一生かかってもスパイにはなれないだろう。

「客間に」ライムは言った。それから背後を窺《うかが》った。

麻薬王を弁護する側に加わろうとしていると知ったら、彼らはどう思うだろう……

一人は歩いて、もう一人は車輪を回転させて玄関ホールを横切り、客間に入った。

「聞こうか」

「なんだかいやな予感がします、リンカーン」

「いやいや、大丈夫だ」

「〝大丈夫だ〟。気休めとしか聞こえませんよ、ほら、〝心配はいらない〟と一緒で。本当は大丈夫じゃないとき、何か心配なことがあるときに出てくるせりふです。そりゃそうですよね、法を破ったのはあなたじゃない」

プラスキーは、エドゥアルド・カピーリャ、〝エル・アルコン〟がらみで発生した銃撃戦の現場となった倉庫に行って戻ったところだ。

「きみだって法を破ってはいないと思うが」

「思う。いいですか、立入禁止のテープがひらひらしてたんですよ。知ってたんでしょうに」

「犯罪の現場だからな。立入禁止になっているだろうとは思った。だが、見張りはいなかっただろう」

「ええ、テープだけです。侵入禁止って貼り紙と。ちなみに、無断で立ち入ると連邦法違反になるって書いてありました」

「まさかそんな脅しを本気で受け取ったわけではあるまいな、ルーキー？」

「脅し？　連邦法違反ですよ。僕が本気で受け取るものがあるとすれば、その筆頭に挙がるのが連邦法違反の警告でしょうね」

ライムは愉快になった——言うことがますます私に似てきたな。

「本題に入ろうか。何を見つけた？」

プラスキーは鞄を開け、レターサイズの紙の束を取り出した。「検察側の弾道検査と微細証拠分析結果、それに弁護側の報告書。現場写真、見取り図」

「いいね。そこに並べてくれ」

プラスキーは猫足形の脚のついたウォルナット材の古びたテーブルに資料を並べた。

ライムは資料にざっと目を通してから言った。「ロングアイランドで採取したサンプルは」

エル・アルコン裁判に関する依頼を隠密に進めるため、ライムは民間の科学捜査ラボを押さえておいた。プラスキーは倉庫で集めた証拠をすでにそのラボに預けていた。そのラボで受け取った封筒から分析報告書を取り出して並べた。

「悪いが、ページをめくってもらえるか、ルーキー」

「あっと、すみません」

ライムはびっしりと並んだ文字を追った。

「ＰＥＲＴの資料を頼む」

「現場に不法侵入するほどのものはありません。ひどいですよ、ＦＢＩ本部で盗みを働かせるなんて」

「きみは何も盗んでなどいないだろう、プラスキー。大げさに言うな。写真を撮った、それだけのことだ」

「それじゃあまるで、メイシーズ百貨店の宝飾品売場にあった腕時計を借りただけだって言い張る万引き犯じゃないですか。いや、まあ、それは極端な例かもしれませんけど」

カレーラス＝ロペスの使者が玄関に置いていった箱には、警察とＦＢＩの鑑識報告書のコピーがすべてそろっていたわけではなく、公判に提出される分だけしかなかった。しかしライムはすべて確かめたかった。

プラスキーは別の封筒から十数枚の資料を引き出した。ＦＢＩの証拠保管室で携帯電話のカメラを使って撮影した画像を印刷したものだ。それもライムの前に並べると、ピアニストのかたわらについて譜めくりをするように、ライムが読み終えるペースに合わせてページをめくっていった。

よし。おおよそのところはわかった。資料をすべて足し合わせると、ライムが知りたいと思っていた詳細がほぼそろった。エル・アルコンの手や着衣から検出された射撃残渣を含む微細証拠、倉庫の床に残っていた微細証拠、発射された無数の弾丸の発見場所――壁、天井、床、犠牲者の死体。ここにあるデータは、カレーラス＝ロペスが話していたように、エル・アルコンの指紋は問題の銃に付着していなかったことを裏付けていた。しかし射撃残渣は、彼のシャツの袖口から――エル・アルコンの証言によれば、彼を逮捕した警察官または捜査官が布切れをなすりつけたとされる箇所から検出されている。

　ライムはすべての資料にもう一度目を通した。

「何が気になるんです、リンカーン」

　プラスキーの目にも明らかなほど表情や態度に出したつもりはなかったが、ライムは資料から読み取ったものに困惑していた。

　このような失態を許すわけにはいかない。エル・アルコンの弁護士に感謝すべきだろう。ライムに相談を持ちかけ、証拠が偽装されたかもしれないという疑問を提示したカレーラス＝ロペスに。あの丸っこくて言葉つきの柔らかなメキシコ人弁護士が疑問を抱いていなかったら、この不始末が明るみに出ることはなかっただろう。

　プラスキーがたたみかける。「何か問題でも？」

「いやいや、私はきみがいなくてはやっていけないよ、ルーキー」

「それはいやみですか」

「本気さ。私には、そんな気はないのにいやみのような言いかたをしてしまうことがある。誰しも言葉には気をつけなくてはならんな」

「それなら、素直に喜んでおきます。だけど、教えてくださいよ。今回のことで僕が罪に問われたりしませんよね」

「崇高な目的のために働いて、罪に問われるなどということがあると思うか」

　プラスキーは思いきり顔をしかめた。「父によく言われたんですよね、リンカーン。

質問に質問で答える相手を信用しちゃいけないって」

42

「ハンク、問題発生です」

この発言の主、赤ん坊のような肌をした痩せ型の青年検事補は、〝問題発生〟と言いつつもさほど深刻な様子ではなかった。おかげで、ニューヨーク東部地区連邦検事ハンク・ビショップの晴れやかな気分が陰ることはなかった。エル・アルコン裁判の準備は万端だ。基礎固めはすみ、科学捜査の専門家の助言を得て、鉄壁の証拠を提示せんとしているところだ。

ビショップ自身も痩せ型で、百九十センチを超える長軀だが、実際以上に線が細く見える。金髪で、髭は生やしていない。毎日のエクササイズを欠かさないおかげで、ブルックスブラザーズのスーツの下の筋肉はたくましい。手もとのリストの項目に一つ印をつけたあと――印をつけなくてはならない項目はまだまだ残っている――顔を上げた。

「どんな」

ビショップが〝主席アシスタント〟と考えている検事補、ラリー・ドブズが言った。

「たったいま、PERTから電話がありました」

　PERTは、鑑識課に相当するFBIの部署だ。

　ビショップは冷ややかな声でドブズに言った。「話は具体的に頼む。いいな?」

「はい」

「よし。では聞こうか。具体的に頼むよ」ビショップのオフィスの窓からはブルックリンが見渡せる。地平線に薄く煙がたなびいていた。地震後に起きた火災の現場だろう。地震はここからそう遠くない地点を震源として発生した。このオフィスにいても揺れを感じた。

　折り目正しい若い検事補が言った。「ニューヨーク市警の制服警官が来て、事件について質問していったそうです」

「うちの事件か」

「そうです」ドブズがうなずく。

「エル・アルコン事件だな」

「すみません、ハンク。エル・アルコン事件です」

「ただの〝事件〟ではわからんだろうが。事件は数えきれないほどあるんだ」

　ドブズは広大なデスクをはさんで直立している。「エル・アルコン事件です」

　ビショップは思案をめぐらせた。「ニューヨーク市警。質問をしていった。ふむ」

　エル・アルコンには連邦法と州法の両方に違反する容疑がかけられているが、ニューヨーク州は捜査権を連邦に譲った。ビショップがエル・アルコンの有罪を勝ち取ったあと、州刑法違反で改めて訴追されることになるだろう。しかしそれはケーキにのせる飾りのようなものにすぎない。エル・アルコンは連邦刑務所から死ぬまで出られない――つまり州の刑務所で服役することはないのだから。ニューヨーク市警が関心を持つ理由がわからない。エル・アルコンとニューヨーク市には何の関係もないのだ。

ドブズが言った。「PERTに来た制服警官ですが、コード番号も、案件番号も、関係者の名前も、ファイル番号も知っていたそうです。物証の記録を閲覧したいと言われて、管理官《ゲートキーパー》はすべて見せたとか。警察の制服を着ていて、しかも事件のことを何もかも知っていたから」

「〝ゲートキーパー〟か。その言いかた、言葉の選びかた。責任はそのゲートキーパーに転嫁できそうだということだな」

ドブズは体をゆっくりと前後に揺らした。痩せ型だが、エネルギーに満ちあふれている。「ええ、僕もそれは考えました。証拠物件管理室のゲートキーパーが、名簿に名前が載っていないパトロール警官を入室させ、記録を閲覧させたわけですから」ドブズはそう言ってから付け加えた。「いけない子ですよね」

この男が冗談を言うとは。ビショップは尋ねた。「管理官は誰だ。FBIの捜査官か」

「いいえ。司法省の一般職員です」

「それなら好都合だ。いざとなれば解雇で解決できる。実際、首が飛ぶだろうな。まあいい、先を続けてくれ」

「制服警官は、合同捜査だからと言ったそうで」

「合同捜査？　ニューヨーク市警と？　ありえない。ナッソー郡警察ならまだわかる。しかしニューヨーク市？　ニューヨーク市警に捜査権はない。で、そいつは何と言ったって？」

ドブズは答えた。「何も。ただ資料を閲覧したいとだけ。コピーしたいと言ったそうですが、ゲートキーパーが許可しませんでした。しかし携帯電話で写真を撮った可能性は高いでしょう」

「何だと？」ビショップは吠えた。

「閲覧を終えたあと、電話をかけたそうです。ゲートキーパーは――」

「もういい、〝やつ〟ですませろ。そのほうが短くてすむ」

ドブズはほくそ笑むような表情で先を続けた。「彼女によると、制服警官は電話でこう言っていたそうです。〝リンカーン、必要なものは入手しました。ほかには？〟」

ほう。ゲートキーパーは女なのか。女の首を飛ばすのは難しいが、やってやれないことはないだろう。

脱線しかけた思考を引き戻す。

ドブズが続けた。「リンカーン。おそらくリンカーン・ライムでしょう。ライムはニューヨーク市警の顧問をしていますし、ＰＥＲＴにも詳しいですからね。創設に関わっている人物です。科学捜査や鑑識に関する本も書いていますし。車椅子に乗っていた一人でもありますし」

ていた一人でもありますし。科学捜査や鑑識に関する本も書いています。車椅子に乗ってい

「車椅子か」ビショップはつぶやいた。「うちの証拠を見たがるのはなぜだ？　許可なく写真撮影をしてまで？」その理由を考えてみた。見当もつかなかった。手を振ってドブズを椅子に座らせると──ずっと所在なげに突っ立っていた──つきあいのあるニューヨーク市警警視に電話をかけ、何か知っているかと尋ねた。しかし、市警はエル・アルコン事件を捜査していないとの返事だった。市警もエル・アルコンを人でなしと思っている。エル・アルコンがニューヨーク市内で人命を奪っていることは否定できないが、いずれも彼の商品を過剰摂取したためであり、今回の銃撃戦は市の境界線外で発生したものだ。

ビショップは電話を切り、窓の外を見やった。濃い灰色の煙はまだ消えていない。よほどの火災だったのだろう。

ライムが首を突っこんでくる理由は何か。いくつかの仮説がビショップの頭のなかを跳ね回った。といっても、事実、ライムが関わっているとすればの話だが。

「ライムはもう退職しているんだな。車椅子に乗っているときみはさっき言った」

「ええ、ハンク。もう何年も前です。現在の肩書きは顧問」ドブズはまさに野心の塊を絵に描いたようだった。

「ニューヨーク市警の捜査顧問だ。たしかうちでも仕事をしている」

「はい」

「過去に弁護側の顧問をしたことは」

「わかりません。あるかもしれませんね。そういう専門家はいくらでもいます」

「エル・アルコンの弁護団とその取り巻きには監視をつけている。そうだったな」

ドブズは言った。「ええ、可能な範囲で。向こうは大勢いますから。メキシコシティから十何人もぞろぞろ来ています」

「そのなかにライムの自宅やオフィスに出向いた者がいないか確認しろ」

「はい」

「いますぐ」

「はい」ドブズは電話をかけた。簡単なやりとりのあと、電話を切った。「おもしろいことがわかりましたよ、ハンク」

いちいちもったいをつけるな。そう言いたくなったが、黙って眉を吊り上げるにとどめた。

ドブズはいよいよ熱を帯びた調子で言った。「トニー・カレーラス＝ロペス。メキシコから来ている、エル・アルコンの主任弁護士です。カレーラス＝ロペスには連日二十四時間態勢で監視をつけています。今日、セントラルパーク・ウェストのライムの自宅に行ったそうです。しかもその前に、その直前にですよ、銀行に立ち寄っています。チェース銀行です。そこに十五分ほどいたあと、ライムの自宅を訪問し、滞在先のホテルに戻りました」

「金か。引き出したのか、振込をしたのか」

「わかりません。令状を取って銀行に記録を出させようにも合理的な根拠がありませんから」

カレーラス＝ロペスは弁護側の顧問にライムを雇い、証拠の穴を探させようとしているのか。

検察側の証拠に。

私の事件に。

ビショップは動きを止め、つかのま目を閉じた。どこかに穴があるだろうか。一つも思い浮かばない。もちろん、どんな鑑識員も完璧ではない。科学捜査ラボの分析官も完璧ではない。ライムのような人間の手にかかれば、裁判そのものを頓挫させるような大穴が見つからないともかぎらない。

その結果、エル・アルコンという、人の命を何とも思わない極悪人が法の網を逃れるのに手を貸すことになりかねない。

しばしの思案ののち、そのような事態を確実に防ぐ方法が一つあることに気づいた。

受話器を持ち上げてある番号にかけた。

「はい、ビショップ検事？」

「私のオフィスに来てくれ」

「すぐ参ります」

まもなく、灰色のスーツをぱりっと着こなした三十五歳の男が現れた。ビショップとドブズにうなずく。

「かけてくれ」

男が椅子に落ち着くのを待って、ビショップは言った。「犯罪捜査を開始してくれ。至急。今夜」

「はい、検事」FBI捜査官エリック・ファローはポケットから手帳を取り出し、ペンのキャップをはずした。

43

代替諜報サービス（AIS）のダリル・マルブリーから電話がかかってきた。

「もしもし、リンカーン。いよいよおもしろくなってきましたよ！　そちらの事件の未詳――何号でしたっけ」

「未詳四七号」

「ミスター四七号は凄腕ダイヤモンド泥棒で、プロミサーを名乗るサイコパスの殺人者かと思われましたが、その後、ブルックリンで悪質な工作をして回っている傭兵らしいとわかったんでしたね。ですが、サイコパスというのは結局当たっていたようですよ。まったく息つく暇もありませんよね」

「ダリル」

低い笑い声が聞こえた。「はいはい、要点をさっさと話せとおっしゃりたいんでしょう。まず、あなたのロシア人。ただの〝ロシア人〟と言うべきかな。それとも〝どこかのロシア人〟？　いや、〝あなたのロシア人〟でいきましょう。まず、背景情報を少し。工作員や協力者が特定の国、たとえばロシアを出国してアメリカを目指すルートというのがいくつかあります。なかでもよく使われるのが、モスクワ、トビリシ、ドバイ、バルセロナ、ニューアークというパターンです。切符は四枚、ＩＤも四種類。今回のロシア人はこのルートでアメリカに入国したようです。すべてのフライトに共通する人物はいません。切符の名義は別々、ＩＤも別々です。しかし搭乗明細表をのぞいてみたら――のぞいたことは秘密にしておいてくださいよ――四便に共通する点が一つありました」

「預け入れ荷物か」ライムは言った。

サックスがうなずく。「飛行機を乗り換えるたびにいちいち荷物を預け直したけれど、重量がすべて同じだった」

マルブリーがいかにも楽しげに笑った。「ああ、リンカーン、アメリア。言いましたよね、あなたがた二人はＡＩＳにぜひとも欲しい人材だって！　そのとおりです。四人の男が四つの飛行機に乗って、四人がそろって十二・三キロの荷物を預け入れる確率はいったいどのくらいでしょうね。まずありえませんよ。写真があれば確実ですし、そちらでも顔写真を手に入れたいところでしょうが、うちでは入国審査の監視カメラの写真には手を出せない。国家安全保障局《ＮＳＡ》を通さなくてはいけませんし、国内の事件の捜査にデータを提供するとなると……〝違法〟というキーワードが頭のなかを漂います。とはいえ、この人物は今回の未詳であることは間違いないでしょう。

最後の便で使ったパスポート、ニューアークで提示したパスポートは、ジョージア国発行のものです。ヨセフ・ドビンズ。危険人物のブラックリストには載っていません。アメリカ国内での滞在先住所は、ニュージャージー州パターソンですが、架空でした。四つのフライトで使用された氏名をこのあと送ります。ホテルの宿泊者名簿と照合してみてください。おそらく、これまでに使っていないＩＤで宿泊しているんじゃないかと思いますが」

「パスポートを五つ所持しているということ？」サックスが訊く。

マルブリーは愉快そうに低く笑っただけだった。

ライムはメル・クーパーのメールアドレスを伝え、パスポート名義のリストを送ってくれるよう依頼した。

「さて」マルブリーが話を続けた。「もう一つ、お問い合わせの爆発物の件ですね。一週間ほど前、東海岸で武器の密輸入が行われたという情報がうちに入っていました。C4爆薬の一キロのパックが三つ、レハーバーが一ダース」

「何だって？」

「ガス管の爆発装置ですよ。レハーバー。ヘブライ語です。意味は二つ。〝炎〟と、〝槍などの武器の先端〟」

なるほど、とライムは思った。小さいが威力のある物体をよく表している。「モサドの発明品か」

スパイの世界に片足を突っこむようになって、世界各国の諜報機関に関する知識をひととおり仕入れた。武器製造とその使用にもっとも優れているのは、イスラエルのモサドだ。

「そうです。あなたがおっしゃっていたとおりの用途のために考案されたものです。ガス漏れから爆発が起きたように見せかけるための装置。いったい何人のハマスやヒズボラのメンバーの自宅が〝事故〟で全焼したことか」

三キロ分のC4爆薬。そのうちのどれくらいがノースイースト・ジオ社の掘削坑の即席爆発装置に使われたか知るすべはない。少なくともあと一回は〝地震〟を起こせる分が未詳四七号の手もとにある前提で考えるしかないだろう。まだ使っていないレハーバーもあるはずだ。いったい何人殺すつもりでいるのか。

マルブリーが尋ねた。「教えてくださいよ、リンカーン。いったい何がどうなってるんです？」

「ニューヨークで地震が起きたことは知っているか。その後に火災が発生したことも」

「ええ、知ってますよ。どこも大々的に報じてますからね」

いずれも未詳四七号が引き起こした偽の地震で、火事も実際は放火なのだとサックスが説明した。

「爆薬やレハーバーはそのためのものというわけだ。ふむ。そんな手があったか」代替諜報サービス長官であるマルブリーの任務は、言うまでもなく、従来とは異なる代替の手段で敵と戦うことだ。放火であることを隠すために偽の地震を引き起こすというのは、まさにＡＩＳが使いそうな手段だった。マルブリーは本気で感心しているらしい。「しかし、その目的は？」

ライムは言った。「それはわからない。いまのところ有力なのは、掘削を中止させることだ。地中熱ヒートポンプ施設の建設と稼働を好ましく思っていない人物。政治的なテロではなさそうだ」

マルブリーが言った。「ええ、私もそう思います。Ｃ４とガス管爆弾が密輸されたと知って、すわテロかと警戒しましたが――その類いの情報が入れば当然のことです――うちのプログラムが周辺を探ったところ、その爆薬と既知のテロ組織とを結びつける情報は見つかりませんでした。しかし、このあともテロ組織の線に目を光らせておきますよ」

「お願いします」サックスが言った。

「せっかく電話したので、ついでにいいですか」

「何だね、ダリル？」

「十二進法の暗号化に関するメールを受け取りました——ニューヨーク市警もＦＢＩニューヨーク支局も、この方式の暗号を使ったことがある人物を知らないという内容の。ああ、そうそう、調べてくださってありがとう。この件に関して、実は新しいことがわかりましてね。メッセージの解読はできませんでしたが、何通かの通信ルートは追跡できました。発信元は長期滞在型のホテルです。パリのセーヌ川近くのホテル。左岸です。行ったことは？」

「ないな。で？」

「あそこはいいですよ——空気のにおいや手触りまで違います。それに文化的な歴史もある。ヘミングウェイ、シモーヌ・ド・ボーヴォワール、ジャン＝ポール・サルトル、実存主義者たち。あっと、話がそれましたね」

大きく。

「ＥＶＩＤＩＮＴの者がそのホテルの部屋に入ったところ、いやはや、どこもかしこも洗浄されていました。文字どおりの意味で。大量《ボークー》の洗剤やらガラス洗浄剤やらを使ってＤＮＡや指紋が洗い流されていました。床に付着した何かをサンドペーパーで削り取った痕跡があるわ、微細証拠があった場所に接着剤を塗って引き剝がした痕があるわ。その人物またはグループは、おそろしく徹底しています。ただ、一つだけ見逃したものがある。金属の小さなかけらです。金属パーツのデータベースと照合しましたが、一致するデータはありませんでした。手製のようです。スキャンしたところ、放射線が検出されました。核兵器クラスの質ではありませんが、放射性物質を拡散する爆弾《ダーティ・ボム》の部品かもしれません。うちの者はみなナーバスになっています。ちょっと見てみていただけませんかね」

「かまわないよ、ダリル。とりあえず教えてくれ——どんな外見をしている？」

「ばねのようになります。色は銀色。機械式の起爆装置に使うようなものですね。最近じゃデジタル式は敬遠されるんですよ。デジタル式の起爆装置は電磁パルス《EMP》で止められますから」

「翌日配達便で送ってくれないか」ライムは住所を伝えた。

電話を切るなり、今度はライムの電話が鳴り出した。クイーンズの鑑識本部からだった。ライムはスピーカーモードにして鑑識本部の分析官と話した。キャドマン・プラザ近くのクレア・ポーターのアパートの地下室を捜索したところ、ガス管やその周辺から指紋が検出されたが、いずれも管理人のものか、歳月を経たもので、いずれもＩＡＦＩＳデータベースに一致するデータは登録されていなかった。錠前はごく一般的な工具で容易にこじ開けられる種類のもので、こじ開けた人物は工具を持ち去っている。最寄りの分署がそのアパートや近隣で聞き込みをしたが、ヘルメットと安全ベストを着けた不審な男を目撃した住人は見つからなかった。

ブルックリンの分署の刑事と話しているあいだに、ロン・セリットーからも電話がかかってきていた。

ライムは市警本部のセリットーに折り返し電話をかけ、スピーカーモードに切り替えた。

「あれからいくつか進展があった。ヴィマルは携帯電話だけをバスに乗せたようだ。州警察がペンシルベニアでそのバスを押さえた。どうやら面識のない若い女性客の荷物にまぎれこませたらしい。というわけで、ヴィマルはふたたび行方不明に逆戻りだよ。頭の切れる若者だ」

「そうか」ライムは溜め息をついた。たしかに利口だ。

サックスが言った。「ヴィマルがどこに向かってるにしろ、私たちは二時間遅れのスタートになる。アムトラックとか、公共交通機関でニュージャージー州にでも行って、規模の小さい発着所からグレイハウンドバスに乗るという手もありそう。あとはウェストチェスターとか」

ライムはマルブリーとのやりとりをかいつまんでセリットーに伝えた。クーパーに届いた、未詳四七号がロシアからアメリカに来るまでに使ったと思われるパスポートの名義は、すでに市警本部に転送してある。

「了解、リンカーン。市内のホテルの聞き込みを手配する」

ライムは付け加えた――未詳はその四つとはまた別のＩＤで宿泊しているだろうとマルブリーは推測している。

セリットーが言った。「たしかに、そうかもしれん。しかし、まずはその四つで調べてみるしかないだろう」

「ところで、興味深い話があったよ、ロン」ライムはマルブリーから報告のあった爆薬や爆発装置のことを説明した。

「イスラエルの諜報機関が作った爆弾だと？　おいおい、勘弁してくれ」

「いまダリルが引き続き調べてくれている」

セリットーが言った。「そうだ、忘れるところだったよ、リンカーン。ＥＳＵと爆発物処理班が市長と話し合ったが、地中熱ヒートポンプ建設現場の掘削坑にロボットを送りこんで爆弾を安全化するって案は却下された。代わりに、開口部に防爆シートをかぶせるそうだ。爆発で地震が起きれば、それが合図になって周辺住民を避難させる時間が十分確保できるわけだからな。消防本部が建設現場近くに消防車と消防隊員を待機させてる。そこが攻撃の中心地だ。また爆発が起きて、火災発生の報が入ったら、即座に駆けつける。それから……」

静寂。

「ロン？」

「くそ」セリットーがぼそりと言った。

「どうした？」

「いまちょうど速報が入った。四七号の被害者がまた出た」

サックスが訊いた。「今度も婚約者カップル？」

「違うな」速報に目を通しているのだろう、しばしの沈黙があった。「関連してるのは間違いなさそうだ。何らかのつながりがある。あるはずだ。被害者はキルタン・ボーシ。ヴィマルと同年代、インド系。ダイヤモンド加工業界で働いてる。ダイヤモンドカッター見習い。ヴィマルと同じだよ。偶然とは思えない」

「状況は？」サックスが尋ねる。

「ファッション地区のダイナーの地下。勤務先の店から一ブロックくらい先」また短い沈黙。「ついさっき店の従業員が死体を発見したばかりだが、殺されたのは今日の昼ごろらしい。声帯をつぶされてる。殺害の凶器はカッターナイフ」

「キルタンはきっとヴィマルの友達だったのね。ヴィマルの住所を知ってた。きっと未詳に教えたでしょうね」

「そのようだな。拷問されてる。現場は血の海だ。未詳四七号はキルタンの指を切断して口に突っこんだ。死んでからのようだが、それにしても、な」

「ああ、もう」サックスが言った。

ライムはサックスに目を向けた。

「私たち、ヴィマルを知ってる人を探してダイヤモンド地区の宝飾店は端から訪ねたし、ジャクソンハイツ、クイーンズやブルックリンでも聞き込みをしたわよね。ファッション地区にもダイヤモンド加工業者はいるのに、うっかり見逃してた。だけど未詳は見逃さなかった。私より向こうのほうが一枚上手だった」

私たちより、だ。ライムは心のなかでつぶやいた。私たちより向こうが一枚上手だった。だが、サックスにそう言ったところで、何の慰めにもならないだろう。捜査上の失敗があったとき、サックス本人にはほとんど責任がない場合であろうと、サックスは自分のミスと受け止める。

セリットーが言った。「未詳はラホーリ一家の住所は知っているが、ヴィマルが逃げ出したことは知らないはずだ。アメリア、ラホーリ一家の警備チームに、未詳四七号が現れるかもしれないから、目立たない位置に退却しろと伝えてくれ」

「わかった」サックスは言った。「これだけ利口な犯人だから、そんな罠には引っかからないだろうとは思うけど」溜め息をつく。「ダイナーのグリッド捜索をしてくる」

セリットーが番地を伝え、サックスは上《うわ》の空《そら》の様子でジャケットを羽織り、急ぎ足で居間を出ていった。まもなくエンジンが始動する音とタイヤの軋《きし》み音が聞こえて、サックスの車は走り去った。

ライムの目は音の消えた窓の外へと動き、夕暮れ時の陰気な空を見つめた。

未詳四七号は先週、朝から晩までかかってガス管爆弾を仕掛けて回った。放火を地震が原因で起きた火災と見せかけるために。まだ爆弾は残っているだろう。地震は人為的に引き起こされたものであると市当局が発表したところで、爆弾のタイマーが作動に向けて着実に時を刻んでいるという事実が変わるわけではない。

それに、いま計画が暴かれたところで、未詳が爆発装置を回収したり、そのありかを警察に教えたりする気になるはずがない。

44

プロミサーの、万が一に備えた第二のプラン。

ウラジーミル・ロストフは盗んだトヨタ車を慎重に走らせていた。ここはクイーンズ区——より具体的にいうなら、クイーンズ区のイーストエルムハースト地区だ。

ふだんよりは少しだけ慎重に運転していた。モスクワで車を運転するのには慣れている。モスクワでは慎重になる必要はあまりない。いつだって渋滞していて、高速で衝突する危険がほとんどないからだ。

いま車がわずかに蛇行しているのは、運転しながら助手席のシートを探っているせいだ。急ハンドルを切った拍子にロール・ン・ロースターのローストビーフバーガーが助手席とドアのあいだのスペースに落ちてしまった。

どこだよ。おい、どこに行った？

あった。包装紙の角を探り当てて引き上げた。歯で包装紙をちぎり、冷えてもうまいバーガーにかぶりついた。

モスクワにはなんでこういう食い物がない？

三分後、バーガーとフレンチフライは胃袋に収まっていた。げっぷをしてたばこに火をつけた。ロシアとは違い、アメリカには車でたばこを吸う人間をほとんど見かけない。ヴィマルとかいう獲物《クーリッツァ》を始末し、この車が用なしになったら、盛大に煙を上げさせてやる。冗談みたいな話だ。車に残った証拠を完全に消すには、車輪《リム》まで完全に燃やすしかない。実際、ロシアの犯罪者の一部で使われている慣用句の由来はそれだった。〝リムれ〟。犯罪組織のボスはそんな風に言う。〝フランベ〟される車に残っているのは証拠だけという場合がほとんどだが、たまに死体も乗っていることがある。少し悪戯《いたずら》っぽい気分でいるときなどには、まだ死体にはなっていない誰かを縛りつけておいてガソリンタンクに火を放つこともある。

赤毛の売女《クーリッツァ》、あの刑事がまた思い浮かんだ。頭のなかで空想が花開く。女刑事はカウガールの扮装をしている。ウラジーミル・ロストフは、アメリカの作家ルイ・ラムールが書いたウェスタン小説を愛読していた。どの作品もみごとに磨き上げられた宝石だ。西部開拓時代の暮らしぶりを垣間見ることのできる冒険小説。ロシアにはコサックがいる。モンゴルにはタタール人がいる。しかし、略奪行為を働く酔っ払いやレイピストには、ロマンなどかけらもなかった。ところがアメリカ西部には……英雄が活躍した時代があった！　ロストフは、セルジオ・レオーネ監督のマカロニウェスタン映画をコレクションしている。ジョン・フォード監督、ジョン・ウェイン主演の映画もだ。西部劇映画の最高傑作といえば、サム・ペキンパー監督の『ワイルドバンチ』で決まりだ。

あの時代に自分が生きていたらと空想することがある。メキシコにはドイツ人。中南米にはスペイン人とポルトガル人。カナダやカリブ海にはフランス人。

一九世紀の新世界のどこかに、ロシア人だって何人かはいたはずだ。

ああ、自分がそのうちの一人だったらどんなによかったか。

六連発の拳銃に馬。そうだ、バーボンも忘れちゃいけない。

尻軽女たちも。

空想の主役はカウガールの売女《クーリツァ》に戻った。赤毛の女、白い指にブルーダイヤモンドをきらめかせた女。

彼のブルーダイヤモンド。彼の白い指。

角を曲がって速度を落とす。ウラジーミル・ロストフは、カウガールの刑事よりも利口な自分を誇らしく思った。

なぜなら、ヴィマル・ラホーリがいまどこに行こうとしているか、彼は知っているからだ。

万が一に備えた第二のプラン。

ファッション地区のダイナーの地下室でキルタンとおしゃべりをしたとき、キルタンから聞き出したのはヴィマルの名前や自宅住所、家族構成だけではなかった。カッターナイフでこちらを切り、あちらを切った。そしてヴィマルにガールフレンドがいることを知った。

〝教えるよ、でも彼女を傷つけるな！〟キルタンはそう書いた（彼の声帯は使いものにならなかった）。

「よせよ、クーリツァ。髪の毛一本傷つけないさ。ヴィマルと軽くおしゃべりしたいだけだ。ヴィマルにも切り傷一つつけない。約束する。この約束、小便をちびっても破らない」

キルタンの返事を二度読み返さなくてはならなかった。彼の手はひどく震えていたからだ。内容はこうだった。〝彼女に手出しするつもりなら、彼女の名前を教える前に死んでやる〟。

ふむ。論理が破綻していないか？

「髪の毛一本、傷つけない。約束だ」

小便をちびっても破らない。とっさに出てきたフレーズだが、悪くない。またどこかで使おう。

ロストフはかがみこみ、カッターナイフをキルタンの爪にそって滑らせた。

所要時間は三分だった。ヴィマルのガールフレンドの名前はアディーラ・バドール。

クイーンズのイーストエルムハースト地区に住んでいる。ヴィマルの家から二キロくらいのところだ。

グーグルで確認すると、その番地にはモハンマド・バドールという人物の家がある。ああ、本当だ、娘が二人。アディーラとターリア。二十二歳と十歳。だが残念なことに、娘たちの写真はネット上に見つからなかった。世の中には、いまいましいほどセキュリティ意識の高い親が一部にいる。

「ほかには」ロストフはキルタンに訊いた。「ヴィマルと親しい人間はほかにいないのか」

キルタンはぶるぶると首を振った。それが最後の意思表示になった。ロストフはキルタンの喉をかき切った。それが情けというものだと自分を納得させた。ヴィマルとガールフレンドを売ったという罪悪感に苛まれながら一生を過ごすことになるのだろうから。

キルタンが死ぬと——時間のかかる苦しい死だった——ロストフは小指を切り落とし、滑稽なピンキーリングがはまったままのその指を、だらしなく開いたキルタンの口に突っこんだ。プロミサーの主張の対象を、強欲な婚約者たちの指を飾るダイヤモンドに限定する必要はない。

アディーラ・バドール……

まもなくその女の家に着く。

信号が変わるのを待つあいだに、ポケットからナプキンを取り出し、口に当てて咳をした。ちくしょう。頭のなかでそう吐き捨てた。ずっとこの咳につきまとわれている。たばこがいけないのはわかっていた。いつか禁煙しよう。そうすれば出なくなるはずだ。

　アディーラはセクシーな女だろうか。基本的には肌の白い女が好きだ。しかしペルシア人の女たち《クールィ》、キトゥンとシェヘラザードのことを夢想するうち、肌の色の濃い女、アラブ系の女と過ごしてみたい気になった。セクシーな女なら、肌の色はどうだっていい。彼は飢えていた。女が必要だ。いますぐにでも。

　それに、そう、プロミサーは、キルタンと交わした約束を小便をちびっても破らない。女にどんなことが起きようと、髪の毛は一本たりとも傷つかないだろう。

45

「冒険だと思えばいい」

「冒険、ね」アディーラ・バドールはヴィマルに答えて言った。その言葉の選択に明らかに当惑している。「どういうこと？　冒険の旅？　『ホビットの冒険』みたいな」

　二人はアディーラの家の裏庭にいる。バドール一家の住居はりっぱだ。赤い木の窓枠がアクセントになった煉瓦造りの一軒家は、ヴィマルの家から二キロほど離れたクイーンズのイーストエルムハーストにある。ラガーディア空港から近いため、風向きによっては四番滑走路に向けて降下するジェット機の甲高《かんだか》い音がすぐ上をかすめていく。しかし今日は比較的静かだ。

バドール一家の住居は、ラホーリ家の住居より大きい。アディーラの父はIT系大企業の給料のよい仕事に就いている。母親は、ヴィマルの母と同じで看護師だった。庭にはよく手入れされた花壇がある。庭にせよ花壇にせよ、この地区の家には珍しい。

だが、ヴィマルがこの家のどこが好きかといえば、独立したガレージだ。家の裏手にあって、近隣の住宅と共用の細い路地に面している。

好きなのは、ヴィマルとアディーラが初めてキスをした場所だからでもある。大胆にも、アディーラの母親のスバル車のバックシートで。もちろん、おとなたちが寝静まってからのことだ。手で触れ、舌で味わい、体を火照らせ、ボタンをはずしたり、ついにはジッパーを下ろしたりしたのも、ここだった。

しかし、今夜の気分はその夜とはまったく違っている。議題は一つだけ——逃走計画だ。

ヴィマルはアディーラをガレージに誘った。人目を避けるためだ。スキーマスクの男がここまで追ってくるという心配はしていないが、絶対にありえないことではない。ただ、ヴィマルが恐れているのは、ヴィマルに気づいた近隣の住人が父に電話をすることだった。

アディーラは自分の車、深緑色の古びたマツダ車にもたれている（その車も甘い思い出と結びついているが、バックシートは笑ってしまうほど窮屈だった）。ガレージにはもう一台分のスペースはない。空いているスペースの大部分は、傷だらけの作業台や、内容物を書いたラベルが貼られたみすぼらしい段ボール箱などで占められていた。〈母の食器〉〈寄付用の衣類〉〈教科書／おむつ〉。

ヴィマルは言った。「別に、軽く考えてるわけじゃない。きみにとっても大きな変化になるだろうし」

「カリフォルニア？」アディーラが訊く。「どうしてカリフォルニアなの」

「行ったことある？」

アディーラは首をかしげ、探るような視線をヴィマルに向けた。「遠い昔、ここからはるか西に行ったところ、人間にはとうていたどりつくことのできない遠いところに、魔法のように希望が叶う国がありました」

ヴィマルは溜め息をついた。アディーラはシニカルな気分になっているらしい。「僕はただ――」

「ディズニーランド、レゴランド、サンフランシスコ、ヨセミテ。七月にマンモス・マウンテンでスキーをした」

「僕は何も、きみが、その……言葉をど忘れした」

「子供で、田舎者で、世間知らず？」

ヴィマルは溜め息をついた。ほんの小さな溜め息だ。それから気を取り直して言った。

「で？　カリフォルニアはいいところだった？」

「ヴィマル。当然でしょ。だけど、そんなこといま関係ない。だって、どうしていきなりカリフォルニアなの？　しかも私も一緒に――」

「来てくれなんて言ってない」

「――来ると思ってるなんて」

「UCLAの芸術学部には彫刻コースがある。医学部も有名だよね。調べたんだ」ヴィマルは彼女の手を取った。

「いまはそんなこと考えてる場合じゃないでしょ」アディーラは茶色の目を細めた。

「だって、あなたは殺人事件を目撃したのよ。わからない？　いまはふつうのときじゃないの。それくらいわかるでしょう？　冒険だなんて、冗談ばかり言って。まじめに考えなきゃいけないのに！」

「今日、一緒に列車に乗って行こうって言ってるわけじゃない。僕が先に行って、住む場所を見つけたり――」

「カリフォルニアまで列車で行くの？」アディーラの彫刻のように美しい額に皺が刻まれた。「ああ、そういうこと。要注意人物のリストに載ってて、飛行機には乗れないから。あのね、いまどきアメリカ大陸を列車で横断する人なんていないのよ、ヴィマル。それだけ非現実的な話なの、わからない？」

ヴィマルは黙りこんだ。「でも、考えてくれるだろう?」

「ねえ、ヴィマル。もうダイヤモンド加工はしないってお父さんに言えばすむことでしょう」

ヴィマルは手を放して彼女のそばを離れると、ガレージの側面の窓に近づいた。ガラスは黒くすすけ、抜いても抜いても生えてくる雑草にさえぎられて、向こうはよく見えない。ヴィマルはアディーラがいま言ったことに小さな笑いを漏らした。それは話の流れから浮いた発言と聞こえるが、実際のところ、ヴィマルの葛藤の核心はそこにある。ヴィマルの父。警察には、父からヴィマルを守ることはできない。

殺人鬼から命がけで逃げているのと同じように、人生を懸けて父から逃げている。

ヴィマルはアディーラ・バドールを愛している。一目で恋に落ちた。初めて会ったのは、グリニッジ・ヴィレッジのコーヒーショップだった。昔ながらのコーヒーショップ、スターバックスが出現するはるか前の時代のコーヒーショップ。アディーラは解剖学の教科書を開き、心臓の図解に見入りながら、静脈や動脈、筋肉の名前と思《おぼ》しきもの、医学部の学生が知っておかなくてはならないことがらを繰り返しつぶやいていた。医学生なら、心臓について何もかも知っていなくてはならないだろう。

ヴィマルはテーブルについてミケランジェロの画集を開いた。

会話の糸口になったのは、もちろん、解剖学だ。一人にとっては肉と血で、もう一人にとっては大理石で造られた人体。

ほどなく交際が始まり、以来、一対一のステディな関係が続いている。つきあい始めた直後から、結婚の二文字がヴィマルの頭を幾度となくよぎった。ほかの多くのカップルの場合と同じように、彼女との結婚は具体的な計画を積み重ねていけば到達できるゴールと思える日もあった。しかし、結婚式で誓いの言葉を交わすのは、腕を使って空を飛ぶのに負けないくらい実現不可能なことに思える日のほうが多い。

問題は、二人はロミオとジュリエットのようなものだということにある。

ラホーリ一家はカシミール出身のヒンドゥー教徒だ。インド亜大陸北部に位置する美しいカシミール地方は、長年の争いの中心地だ。インドとパキスタン、そして——本気度はさほどではないとはいえ——中国が領有権を主張している。一千年以上にわたり、カシミールの支配者はヒンドゥー教徒、イスラム教徒、シーク教徒のあいだで移り変わってきた。イギリスがインドを植民地統治していた時期もあり、そのころは藩王国《プリンスリー・ステート》と呼ばれていた。近年、サラスワット・ブラーマンが大多数を占めるカシミール地方のヒンドゥー教徒は、カシミール渓谷に居住している。カシミール地方の人口の二十パーセントを占める彼らは、穏健派のヒンドゥー教徒であり、宗教生活と世俗生活のバランスをうまく取って、一触即発の紛争から距離を置いた。

しかし平和と分離は長く続かなかった。一九八〇年代、主に急進的イスラム教徒から成るカシミール独立運動が民族浄化を目標に掲げてゲリラ闘争を開始し、一九九〇年、ヒンドゥー教徒十五万人がカシミールから逃げ出して難民となった。虐殺を恐れた人々だ。その後もカシミール渓谷にとどまったヒンドゥー教徒はわずか数千人しかいない。

　アメリカ生まれのヴィマルにはそういった出来事の記憶はないし、アメリカの学校の世界史の授業でカシミール紛争が取り上げられることもまずない。それでも独立運動やレイプ、殺人、難民については専門家のように詳しく知っている。父がヴィマルやサニーにたびたび話して聞かせるからだ。大勢がカシミールから逃げ出したとき、父はもうアメリカにいたが、大勢の親戚が家を、持てるすべてを捨て、人口過密で汚染の進んだインドの首都デリーに移住せざるをえなかった。おじやおばの何人かは天寿をまっとうできずに死んだ。移住が原因だと父は確信している。

　父は、世のイスラム教徒全員に深く激しい憎悪を抱いている。

　それにはアディーラ・バドールも当然含まれる――もし父が彼女を知っていたなら。バドール一家が何世代も前、父が渡ってくるはるか昔からアメリカで暮らしていて、先祖の誰もカシミール渓谷の過激派と縁がないとしても、関係ない。イスラム教徒とはいえ穏健派で、世俗的な世界観を持っているとしても、やはり関係ない。インドで暮らすイスラム教徒が、インドの人口の多数を占めるヒンドゥー教徒によって虐げられているという現実も、父には関係ない。

　まるで関係がない。

　皮肉としか思えなかった。父はこれまで息子たちには親が選んだ相手と結婚させると宣言していたが、しぶしぶながらではあるが、ついにその主張を引っこめた――ヒンドゥー教徒であれば、自分が選んだ相手と結婚してかまわない（とはいえ、父はことあるごとにアクバル大帝の話を引き合いに出した。ムガール帝国のもっとも有名な皇帝アクバルと臣下は、カシミールの女を好んで妻や妾《めかけ》に――信じがたいことではあるが、父は実際にそう言った――した。カシミールの女は美しいからだ）。

もしかしたら、母の陳情が功を奏して、いつか父もヒンドゥー教徒ではない女性との結婚を認めてくれるかもしれない。

しかし――イスラム教徒の女性？

ありえない。

だが、ヴィマルの心を奪ったのは、グリニッジ・ヴィレッジで紅茶を飲みながら人間の心臓の解剖図に見入っていたイスラム教徒だった。

ヴィマルはアディーラに向き直った。アディーラは腕組みをして車にもたれている。

アディーラが言う。「お父さんと話し合って。それしかないわ」

もう話はしたんだ、とヴィマルは思った。そうしたら、自分の家の地下室に閉じこめられたんだよ。

口に出してはこう言った。「父を知らないからそう言うんだ」

「私はイスラム教徒よ、ヴィマル。親がどういうものかはよく知ってる」

ガレージに沈黙が満ちた。まもなく、防音されていない屋根を雨粒が叩いて、その静寂をふいに破った。ヴィマルは天井を見上げた。もぬけの殻になった鳥の巣がぽつんとあった。

　あきらめを含んだ目で彼を見て、アディーラが言った。「したいようにすればいい。私はあと三年はニューヨークを離れられない。研修期間に入れば融通が利くようになる。カリフォルニアにだって行けるかも。そのときになれば何か方法を見つけられると思う。でも、あと三年はニューヨークを離れられないの」

　アディーラの言葉は、決して脅しではなかった。脅し文句を口にするような人ではない。否定しがたい事実を率直に、そして客観的に述べているまでだ——三年もあれば何が変わるかわからない。

「どうしても行くつもりなんでしょう」

　ヴィマルはうなずいた。

　アディーラは目を閉じた。そして彼をきつく抱き締めた。「お金はある？」

「まあね」

「私も少しなら——」

「だめだ」

「あとで返してくれればそれでいい。それに、グレンデールに知り合いがいる」

「グレンデールって？」

　アディーラは笑った。「ロサンゼルスの地名。そのくらいの予習をしてから行かなくちゃ。ニューヨーク大学で一年間教えてた人。ご主人もすごくいい人よ。ちょっとここで待っててくれる？　ターリアが家にいるの」

アディーラはヴィマルとの交際を両親には話していないが、妹のターリアとは仲がよく、ヴィマルと三人で映画を見に行ったり食事をしたりしたことが何度かあった。ただし急いで。こそこそと。目撃証人がいないに越したことはない。

作業台にアディーラの電話と車のキー、バッグがあった。それを見て、ヴィマルの頭に新たなプランが閃いた。彼女の車を借りてウェストチェスターかどこか郊外の街まで行き、そこの鉄道駅に車を駐める。アディーラにはあとから電車で取りにいってもらえばいい。ヴィマルはアムトラックの切符を買ってまずはオールバニーに行き、そこから西行きの列車に乗る。

車のキーをポケットに入れた。アディーラはきっとわかってくれるはずだ。

そこでふと動きを止めた。脇の路地に車が入ってくる気配が伝わってきた。ブレーキのきいという音がして、車が停まる。エンジンが切れた。窓から外をのぞいたが、車は見えなかった。

気にすることはないだろう。きっと近所の人が帰ってきたのだ。殺人犯がアディーラの家まで追ってくる確率はゼロに近いのだし、と自分に言い聞かせた。

そして作業台にもたれて、彼のジュリエットが戻ってくるのを待った。

46

どうしていま、こんなことに。

アディーラは裏庭から家に入る階段を上りながら考えた。父親から逃げ出したいというヴィマルの気持ちは理解できる。さっきヴィマルにも言ったとおり、アディーラの親も我慢できないほど高圧的になることがあるからだ。ただし、不思議なことに、どちらかといえば男性優位の文化背景があるのに、アディーラの両親の場合、父親より母親のほうが発言力が強い（ヴィマルの両親とは反対だ）。大学を卒業したら、アディーラは母親の手の届かない土地の病院でインターン研修をするつもりでいた。

しかしあまり遠すぎてもいけない。コネティカット州あたりがちょうどいいだろう（アディーラ・バドールは紅葉狩りが大好きだった。コネティカット州の紅葉は本当にきれいだ）。ロングアイランドでもいいかもしれない。

遠くといっても、それが限界だ。

カリフォルニア？　冗談じゃない。

ヴィマルにとってもそれは同じだ。それでも、とりあえずニューヨークを離れ、しばらく西海岸で過ごすのは悪くないだろう。犯人が捕まるまでのあいだだけなら。

リビングルームをのぞくと、ソファにターリアの姿が見えた。十歳の妹はテレビアニメ『フィニアスとファーブ』のキャラクターTシャツを着てジーンズを穿いていた。アディーラは思わず口もとをほころばせた。いまどきの子供ときたら！　耳を覆っているピンク色の巨大なヘッドフォンで携帯電話から大音量で流れる音楽を聴きながら、同じ携帯電話でメールをせっせと打ち、さらに消音モードにしたテレビでディズニー・チャンネルのアニメをちらちら見ている。

階段で二階に上がり、自分の部屋に入った。壁のポスターを見るともなしに見る。元素の周期表。元素にはそれぞれ日本のアニメのキャラクターが描かれている。水素はセーラームーン、ウンウンオクチウムはベジータ。ネット上で見つけた似たようなものを参考に、自分で創ったものだった。中学校時代、さまざまなポスターをテープで壁に貼って母親と喧嘩になったっけ。ボーイズバンドのポスターだったが、実のところ関心があったわけではないし、バンドの音楽を聴いたこともなかった。ただ反抗の象徴として貼っただけのことだった。

お子様もいいところ――いまではそう思う。

紙ばさみから小切手帳を取り、机の前に座った。銀行の口座にそこそこの額の貯金がある。高校時代からいくつもアルバイトをして貯めた。医学部の学費は恐ろしく高いが、大部分は学生ローンで借りている（返済期限はまだ先だ）。口座の残高を確かめた。溜め息。ヴィマルに宛てて二千ドルの小切手を書いた。

小切手を破り取る。その音はひどく異質で耳障りに思えた。外科の手当を連想した。ヴィマルの傷のこと、救急医療室で診察を受けるのを彼が頑として拒んだことを思い出した。

また溜め息が出た。

階段を下りてキッチンを通り抜け、勝手口から裏庭に出ようとしたところで、耳慣れたかちりという音が聞こえた。

玄関が開く音。

たいへん！　母親が予定より早く帰ってきたのだろう。でも、なぜ玄関から？　母親はいつもガレージの入口前に路上駐車する。

アディーラはキッチンの入口まで戻り、リビングルームのほうをのぞいた。その瞬間、凍りついた。喉から小さなひっという声が漏れた。

黒いコートとスキーマスクを着けた男がいた。右手にカッターナイフを握り、室内を見回している。ターリアに気づき、背後に忍び寄った。

やめて、やめて、やめて！

アディーラは入口から一歩下がり、キッチンに視線をめぐらせてアイランド型のカウンターに飛びついた。まもなく、刃渡り二十五センチほどの肉切り包丁を手に、意を決した足取りで玄関ホールに戻った。鋼鉄のように鋭い視線を男に向けた。

男は目をしばたたき、肉切り包丁を一瞥したあと、にやりと笑った。「やあ、小鳥ちゃん。それは何かな。おまえは姉貴のほう、アディーラか」

あの殺人犯だ。間違いない。

「それにちっちゃなかわいいターリア。小鳥が二羽」

どうして姉妹の名前を知っているのだろう。

「何が目当てなの」アディーラは落ち着いた声で言った。実際、恐怖などかけらも感じていなかった。この男は膿《う》んだ傷口、血管の弱くなったところ、砕けた骨のようなものだと自分に言い聞かせた。治療して解決すべき症状にすぎない。

男が近づいてくる。アディーラは包丁を腰の高さまで持ち上げた。鋭い刃を上に向けてある。スパイ映画で覚えたナイフの持ちかただ。

男がまばたきをして立ち止まった。

そして左手でポケットから銃を取り出した。

アディーラの覚悟が一瞬だけ揺らいだ。だが、すぐに気を取り直した。不思議なことに、顔に笑みさえ浮かんだ。「銃は大きな音がする。近所の人はみんな家にいるわ。聞こえてしまうわよ。あなたは捕まる」

男はターリアのほうに顎をしゃくった。ターリアはまだ、ピクセルとデジタル音の世界に没頭していた。男は聞き慣れない訛のある英語で言った。「妹が聴いてるもの。どうせいまどきの子供が聴くような音楽だろう。くそみたいな歌詞を垂れ流す。あんたもそう思うだろ？　俺は弦楽器が好きだ。なめらかな金管楽器の音が好きだ。楽器、知ってるな」

「目当てはお金？　テレビが欲しいの？」

男の目が一瞬だけテレビに動く。「六十インチのソニー。いいねいいね。車まで運ぶの、手伝うか？　助かるよ、小鳥ちゃん。ふん、そんなわけないだろ。俺が欲しいもの、知ってるはずだ。さあ、しゃべれ」

　男は銃口をターリアの後頭部に向けた。

「やめて」アディーラは低い声で言い、男に近づいた。包丁を腰の高さで構えたまま。

「そんなもの、妹に向けないで。どこかよそへ向けて」

「勇ましいな、だが、俺が撃たないと思ってるんだろ。音が怖いから。なのに、どうして心配する？」

「早く」

男はためらった。アディーラがどこまで本気か測りかねている。まもなく銃口を床に向けた。

「知りたいことを教えたら、帰ってくれるわけ？」

「親はいつ帰ってくる？」

「そろそろよ」アディーラは答えた。

「父親はどうせ、警察官か軍人で、でかい銃をいつも持ち歩いてる。そうだろ？　ブルース・リーみたいな空手の達人だ」

「違うわ。でも、人数が増えれば増えるほど、あなたの立場は弱くなる」

「はっ！　どうかな、俺が思うに、まだしばらくは誰も帰ってこないんだ。おまえはでかい包丁を持ってる。俺もナイフを持ってる。取っ組み合ってみるか？　どっちが先に刺されるか、やってみるか？」薄気味の悪い笑み。

ターリアはまだ、すぐうしろでドラマが繰り広げられていることに気づいていない。完璧な球のような小さな頭は、音楽に合わせてリズムを刻んでいた。

男は銃口を今度はアディーラに向けた。「お話につきあってる暇はないんだよ」笑みは消えていた。「ヴィマル。どこにいる？」

「知らないわ」

「いや、知ってるだろ」

男は銃をポケットに押しこみ、親指でカッターナイフの刃をさらに長く押し出した。ターリアの背後にまたにじり寄る。

アディーラも男にさらに近づいた。深い呼吸に合わせて胸が上下している。心拍数が上がっている。血圧は天井を突き破りそうに高い。場違いなほど冷静に自分の状態をそう分析した。アドレナリン・レベルも急上昇している。

男の青い瞳は大理石のように冷たい。アディーラと話をするのと同じ気安さで、子供の一人くらい殺すだろう。

だが、男の表情がふと曇った。ほんのわずかに首をかしげる。

遠いサイレンの音。かろうじて聞こえている。

やっと来た！

男の視線がアディーラの背後に動いてキッチンを見た。壁に設置された防犯装置の蓋が開いて、パニックボタンが見えていた。包丁を取ったとき、アディーラはそのボタンを押していた。

男の肩が持ち上がった。目に狂気が満ちた。ターリアのほうに大きく踏み出す。ターリアをさらい、あとでヴィマルと交換する気でいるのかもしれない。

それを許すわけにはいかない。アディーラは男に飛びかかり、包丁で切りつけた。特定のどこかを狙ったわけではなかった。戦略があるわけでもなかった。ただ包丁を男の顔めがけて振り回した。目にもとまらぬ速さで。

体格は男のほうがはるかに勝っている。体力も。刃物で闘うことにも慣れているはずだ。しかし、アディーラが切りつけてくるとは予期していなかったのだろう、後ろによろめいた。アディーラはターリアと男のあいだに立ちはだかった。

男が動きを止めた。銃を抜くだろう、自分と妹を二人とも撃ち殺すだろうとアディーラは確信した。何の理由もなく二人を殺すだろう。スキーマスクは着けたままだ。アディーラには男の人相を証言できない。それでも二人を殺すだろう——この男の頭は狂っているのだから。

サイレンの音が近づいていた。

男が顔をしかめた。「愚かな小鳥め。おまえのことは忘れない。また来るからな」男は玄関から飛び出した。アディーラはポーチまで追いかけたが、男は赤いトヨタ車に飛び乗り、猛スピードで走り去った。ナンバーは読み取れなかった。

アディーラは妹に駆け寄って立ち上がらせた。ヘッドフォンがすべり落ち、ターリアは驚きと恐怖の悲鳴を上げた。

「何？」

「いいから来て」

「どうして。いま――」

「いいから！」アディーラは命令口調で言った。

ターリアの丸い顔――アディーラよりも肌の色は濃い――がゆっくりとうなずく。目には恐怖だけが浮かんでいた。肉切り包丁を見つめている。

妹の手をしっかり握り、アディーラは勝手口を出てガレージに飛びこんだ。

ヴィマルは窓から外を見ていた。「サイレンの音が聞こえる。何――」そう話しながら振り返った瞬間、肉切り包丁と泣きじゃくるターリアに気づいて言葉をのみこんだ。

アディーラは早口でささやいた。「あいつが来た。あの男が来たの」

「あの男？」

アディーラは吐き捨てるように言った。「ほかに誰がいるのよ！」

「うそだろ！ いまどこに？」

「車で逃げた。警察に通報したから」

「大丈夫？」

なおも声をひそめて、そしてなおも怒りをこめて、アディーラは言った。「ナイフで闘ったばかりなのよ。大丈夫に決まってるでしょ」

「え？」ヴィマルが目を見開く。

アディーラは窓の外をのぞき、さっきの男が家の裏手に回っていないことを確かめた。

「行こう。逃げないと。早く。ウェストチェスターまで車で行こう。とりあえず一緒に来て。駅で僕を降ろして」

「だめよ」アディーラは言った。

「行こう、車に乗って。お願いだよ。やあ、ターリア。ちょっとドライブに行かないか」ヴィマルはこわばった笑顔で言った。

ターリアはアディーラの背後に隠れて涙を拭った。「何なのこれ」

「大丈夫、心配しないで」ヴィマルが優しい声で言った。

「ちっとも大丈夫じゃないわよ」アディーラは低い声で言った。

ヴィマルはガレージの扉を開けて外の様子をうかがった。

「誰もいない」そう言って運転席に乗りこむ。「ほら、乗って。携帯電話とバッグを忘れずに」そう言って作業台にうなずく。「警察ときみの両親には途中で電話しよう」

「いやよ」アディーラはささやいた。

「僕は行かないと！　きみをここに置いては行けない」

アディーラはヴィマルを見て小さく微笑んだ。そして車のウィンドウに近づくと、かがみこんだ。

ヴィマルが言った。「きみは来ないんだね？」

「行かないわ」

アディーラはウィンドウ越しに乗り出して彼にキスをした。

「愛してる」ヴィマルがささやく。

「私もよ」アディーラは応じた。

それから、肉切り包丁を前輪のタイヤに突き刺した。タイヤはかすかに震えたあと、しゅうと音を立てた。まもなく空気が完全に抜けた。

47

ヴィマル・ラホーリは保護拘置下に置かれた。ようやく。

プロミサー、あるいは未詳四七号は、ヴィマルのガールフレンドの住所を探り出して侵入した。拷問してヴィマルの居場所を聞き出すつもりだったのだろう。しかしガールフレンドは冷静に――そして勇敢に――警察に通報したうえ、男を撃退した。

ライムは、スタテン島にあるニューヨーク市警の保護施設でヴィマルと面会して事情を聴いたあとタウンハウスに戻ってきたアメリア・サックスから詳しい説明を聞いていた。

男の侵入からまもなく現場に到着したパトロール警官は、即座に本部に無線連絡して男の車の追跡を要請し――赤いトヨタ車、車種は不明――ヴィマルを保護した。

ヴィマルは納得がいかなそうな顔をしたものの、協力的だったとサックスは話した。スタテン島の保護施設に案内して、そこで話を聴いた。しかし捜査の手がかりになりそうなことは何も知らなかった。これまで警察に出頭せずにいたのは不安だったからだと話したが、ライムは、サックスがほのめかしていたとおり、家族のあいだのソープオペラじみたドラマのせいもあったのではないかと思った。ヴィマルはポケットに石を持っていた。ほかの現場で検出されたのと同じキンバーライトのようだ。ダイヤモンドらしき透明な結晶がいくつかきらめいていた。パテルの店から持ち出してきたのだろうか。自分の所有物ではない石を所持していたことも、警察に出頭するのをためらった理由の一つだったのかもしれない。

四七丁目の強盗殺人事件当日については、ミスター・パテルに頼まれた用事をすませて店に戻ったところ、凄惨な現場に出くわしてしまったと話した。そのあと九一一に電話をかけて、目撃した内容を伝えた。

ヴィマルは盗まれた原石のことは何も知らなかった。パテルとのあいだで、セキュリティが心配だというような話が出たこともなかったという。店の下見に訪れた人物がいたとか、不審な電話がかかってきていたというような話は一言も聞いていない。ダイヤモンドよりも防犯カメラや警備員を気にしているような一見の客が訪れたこともない。ヴィマルの知るかぎり、パテルを殺そうと考えるほどの商売敵はいなかった。また、断言はできないとはいえ、パテルは犯罪組織といっさい関わっていなかったし、高利貸しから金を借りたこともなかった。

サックスの質問に対するヴィマルの答えは、捜査チームの推理を裏づけていた。ヴィマルはアマチュア彫刻家で、アートの世界での成功を夢見ている。それはまた、翡翠やラピスラズリの微細なかけらが現場に残されていた理由をも説明していた。

エドワード・アクロイドのスコットランド・ヤード風のチャーミングな表現を拝借するなら、ほかの捜査《インクワイアリー》は、あまり進展していなかった。ホテルの宿泊名簿を調べたが、未詳四七号が使ったことが判明しているドビンズという偽名でチェックインした宿泊客は見つかっていない。ＡＩＳが入手したほかの偽名についても同じだった。

国土安全保障省とＡＩＳはテロ攻撃の恐れについて捜査を続行した。不審な動きはいくつもあったが、密輸入されたＣ４爆薬や〝レハーバー〟爆発装置やブルックリンの中心街で起きた偽の地震、周辺で発生した火災に関わりのありそうなものは一つとしてなかった。

このあと放火のターゲットにされそうな建物——地中熱ヒートポンプ建設現場から半径一キロ内にある木造アパートやビル——を一軒ずつ調べたが、ガス管にレハーバーが仕掛けられている建物は一軒もない。

エドワード・アクロイドからも、闇マーケットで原石を処分しようとしている人物がいるという情報は入ってきていなかった。

ライムは車椅子を操って窓際に行き、冴えない灰色の街を見つめた。常緑樹の緑さえ、漂白されたかのように白茶けて見えた。通りの向こう側のところどころ氷の張った歩道を、一人の男性が足もとに用心しながら歩いていく。連れている犬は——ふわふわした小型の犬だ——天真爛漫に氷を飛び越えていた。

ライムは焦燥を感じて目を閉じた。

そのとき、いつもではないとはいえ、まれに起きることが起きた——捜査の突破口が思いがけず向こうからやってきた。

それはロナルド・プラスキーの姿をして現れた。プラスキーは居間に入ってきてライムとサックスにうなずいて言った。「これ、手がかりになりますかね、リンカーン。未詳四七号の件で」

わざわざそう付け加えたのは、もう一つの件——隠密作戦、エル・アルコンの弁護士から依頼された件——と区別するためだろう。

「唐突にそう訊かれても答えられん。言ってみろ」

「掘削を中止させたい人物がいるとしたら、誰だろうと考えてみました。環境保護団体という話は出ましたよね。でも、あまりにも見え透いてます。それで、エネルギー関連の企業を調べてみました」

ライムはいくらか平静を取り戻して言った。「いいね。主体的に動いたか。で、何がわかった？」

「不公正な取引方法を禁止する規定に違反しているとして、公正取引委員会からアルゴンクイン電力に対して勧告が出されています」

ほう、それは興味深い。

「アルゴンクインはどうやらオッポ・ロビイスト事務所を――」

「何だって？」

「オッポ・ロビイスト事務所。対抗する企業や選挙の候補者をつぶすような情報を掘り返す――でっち上げる――ロビイスト事務所です」

「対抗《オッポ》か。なるほどな。しかしどういうわけか、その言葉は気に入らん。まあいい、話を続けてくれ」

「ロビイスト事務所を雇って、代替エネルギー源への不信感を煽ろうとした。従来の火力発電から得られるはずの利益を横取りしかねない新しいテクノロジーを否定させようとしたわけです。たとえば、風力発電所周辺でカモメが大量に死んでるとか、ソーラーパネルで重みが増した屋根は火災で崩落しやすくなるとかいう噂を流したり。実際に、別の場所で死んだカモメを風力発電所の近くに置いたり、屋根が崩落した原因はソーラーパネルじゃないのに、パネルを設置した建物が火事で燃えている写真を公開したりしたらしいです」プラスキーはここでにやりとした。「ほかには――」

「地中熱ヒートポンプ建設が地震を引き起こすかどうかの調査をした」

「そのとおりです」

「アルゴンクイン電力」サックスがつぶやいた。「昨日見たニュース番組にアルゴンクインの人が出てなかった？」

思い出したのはトムだった。「C・ハンソン・コリアー。重役だったか、CEOだったか」トムは眉根を寄せた。「でも、地中熱ヒートポンプ建設に賛成だって言ってませんでした？」

サックスが言った。「賛成だと言うしかないわよね。空とぼけて。いまの話で思い出したけど、〝地震が起きるとは考えにくい〟みたいなことを言ってなかった？　一般的には安全だとか、そんなようなこと。表面上は味方してるようでいて、実際には非難してた」

ライムはサックスに視線を投げた。

サックスはうなずいてプラスキーに言った。「ちょっとそこまでドライブに行きましょ」

アメリア・サックスは以前にもここに来たことがある。

しばらく前、ニューヨーク市内の電力網が関わる犯罪が発生し、クイーンズのアストリアに本社を置くアルゴンクイン・コンソリデーテッド電力会社の社員に容疑がかけられたことがあった。

サックスとライムはその事件の捜査を担当した。

ニューヨーク市一帯に電力と蒸気を供給しているアルゴンクイン電力の主な施設と本社は、マンハッタンのミッドタウンからイースト川をはさんだちょうど向かい側にある。何ブロックも占める大きな施設で、前面が赤と灰色のパネルで覆われた最大の建物は、地上六十メートルの高さがあった。何基もの蒸気タービンを有するこの建物こそ、施設の鼓動する心臓であり、そこから巨大なパイプや太く頑丈な電線があらゆる方角に延びている。

プラスキーを助手席に乗せてサックスが運転する車は施設に近づいた。頭上はるか高いところに、やはり赤と灰色に塗り分けられた煙突が四本そびえている。てっぺんで赤い航空障害灯が明滅して、低空を飛ぶ航空機に存在を知らせていた。夏季は煙突から吐き出される蒸気は見えないが、三月だというのに冬のように寒い今日は、白い蒸気が細く立ち上って曇り空に溶けこんでいくのが見えた。

ブレーキを踏んでメインゲート前でトリノ・コブラを停め、警備員に市警のバッジを提示してCEOと面会の約束があると告げた。曇った空のように青白い肌をした巨体の警備員はサックスと制服姿のプラスキーを一瞥した。内線電話をかけ、誰にともなくうなずいたあと、サックスに駐車位置を指示した。

ロビーで待っていた別の警備員は、数年前の事件捜査でサックスが訪れたときと同じ場所——役員オフィスが並ぶフロアに二人を案内した。茶と白とベージュの張り地や幾何学的なデザインが特徴の〝モダンな〟内装は、一九五〇年代からそのまま現代に持ってきたかのようだった。

往年の発電施設のモノクロ写真が飾られていた。

大部分を男性が占める従業員も、七十年前で時が止まったかのような服装をしていた。白いシャツ、濃い色のネクタイ、ダークスーツ。ジャケットの前ボタンをきちんと留めている者が多い。こざっぱりした髪型。サックスの父が愛用していたヘアクリームの香りまで漂ってきたような気がしたが、それはおそらく記憶が引き起こした錯覚にすぎないだろう。

警備員はCEOのC・ハンソン・コリアーのオフィス前の待合室に二人を通した。ライムと別の事件を捜査した際にサックスがここを訪れた数年前、コリアーはまだCEOではなかったが、もしかしたらあのとき、廊下ですれ違ったなかの一人だったのかもしれない。

腎臓の形をしたコーヒーテーブルに業界誌が何冊か並んでいた。『月刊送電』『電力時代』『ザ・グリッド』。

よれよれの『タイム』誌もある。半年ほど前の号だった。

「どんな戦術でいきます？」プラスキーが尋ねた。

「揺さぶりをかける」サックスは答えた。「公正取引委員会から勧告が出ていることを知ってるとほのめかして、反応を見る」

DNAや微細証拠が決め手となって事件が解決することもあれば、まばたきや汗の粒が真実を伝えることもある。サックスとライムの友人であり、捜査の協力者でもある人物が、カリフォルニア州捜査局にいる。キネシクス、すなわちボディランゲージ分析の専門家、キャサリン・ダンスだ。彼女ほどキネシクスに通じているわけではないが、元パトロール警官のサックスにも、その秘技の素質が少なからず備わっている。

いずれにせよ、それ以外に戦術らしい戦術はない。コリアーと地震や未詳四七号とを結びつける物的な証拠は何一つなかった。それどころか、コリアーが黒幕なのだとすれば、自ら手を汚してはいないだろう——実行犯に報酬を支払う手配くらいはしたかもしれないが、その裏づけがあるわけでもない。実行犯を雇ったのはオッポ・ロビイスト事務所で、コリアーは〝メディア分析および〝メディア対策サービス〟の請求書を受け取っただけということもありえる。

茶のスーツを着た生真面目そうな若い女性がドアロに現れ、サックスとプラスキーにこちらへどうぞと声をかけた。またも長い廊下をたどったあと、ようやくCEOのオフィスに着いた。なかに入るよう、アシスタントが身振りで伝えた。

コリアーは元炭鉱労働者といった風貌の人物だった。現在は電力会社のトップであることを考えれば、それなりに理屈の通った推測ではあるだろう。しかし、サックスはあらかじめ彼の経歴を調べていた。コリアーは大手衣料メーカーのＣＥＯを経て、現職に就いている。商品がブラジャーであろうと電力であろうと、商売の原則は変わらないのだろう。

「どうぞ、刑事さん。巡査」

自己紹介と握手のあと、コリアーは二人に椅子を勧めた。数年前に来たときと同じ椅子、同じソファ、同じコーヒーテーブルだった。

「さて、ご用件をうかがいましょうか」

サックスが口火を切った。「ミスター・コリアー、ブルックリンで地震が発生したことはご存じですか」

「もちろん知っています。よくわからない話ですよね」ダークグレーのスーツの前ボタンをはずす。襟のアメリカ国旗のピンは上下逆さまだった。「誰かが爆弾を使って偽の地震を起こしたという憶測もあったりして。しかし、動機は誰にもわからない。地中熱ヒートポンプ建設を中止させるためなんでしょうか。新聞や何かにはそう書いてありましたが。産業妨害と」皺だらけの青白い顔に、さらに皺が刻まれた。日に焼けてできた皺というより、年齢とともに自然に刻まれたもののようだ。いまも地中深くで働き続けているかのような――しかもそこで暮らしているかのような――印象だった。「こちらにいらした理由をうかがってもよろしいですか、刑事さん。私が想像しているとおりのことでしょうか」

「勧告の件です。公正取引委員会から御社に対して出されている勧告」

コリアーは何度もうなずいた。「たとえば死んだカモメの件ですが。誰も殺してはいません。弊社が雇った事務所の者が車で走り回ってカモメの死体を探したんですよ。初出勤日のインターン生に誰かがこう言うわけです。〝新人くん、鳥の死骸が必要なんだがね〟。ただ、発電用の風車のブレードに衝突して死ぬカモメは現実にいます。うちで雇った事務所は、もともとあった死骸にいくつか足しただけのことです――劇的な効果を狙って。ソーラーパネルと火災の件にしても、よく知られた話です。たしかに、あの写真はソーラーパネルの重みで崩壊した屋根を撮影したものではありません。しかし資本主義社会では表現の自由が許されていますよね。あなた方はおそらく、うちの社が爆発物を仕掛けて、掘削が地震を引き起こしたように見せかけようとしていると考えていらっしゃるんでしょう」

「実際のところはどうでしょう？　御社が雇ったオッポ事務所はそれについて調査をしていますね。それも勧告に書かれています」

「ええ、書いてありますね。しかし先日、私が出演した番組をごらんになったなら、おそらくごらんになっただろうと思いますが、私がノースイースト・ジオ社と地中熱ヒートポンプ建設を支持したことを覚えていらっしゃるのでは」

「私の質問の答えになっていません。御社は建設の妨害行為をしましたか」

「いいえ。これであなたの質問に答えたことになりますか」

「オッポ事務所がしたということは？」

「契約は一年前に解除しています。悪評と効果を天秤にかけたうえでの判断です。自然死したカモメ数羽。たったそれだけのことで、どれほどたくさんのヘイトメールが弊社に届いたことか」

「世間の反応を見て」プラスキーが言った。「御社はもっと用心深く立ち回らなくてはいけないと学んだのかもしれない」

「いやいや、巡査、もっと利口に立ち回らなくてはいけないと学びましたよ——代替エネルギー開発に関してね。弊社は、代替エネルギー開発会社をつぶしにかかるようなことはしません」

コリアーはデスクの抽斗《ひきだし》から会社案内を一部取り出し、二人の前に置いた。表紙をめくり、最初のページに掲載された文章を指し示す。アルゴンクイン電力は、メイン州の風力発電会社三社とソーラーパネル製造会社一社を完全子会社化している。

「つぶすのではなく、買収するんですよ」別の抽斗を開け、今度は分厚い法律文書を取り出すと、大きな音を立ててサックスの前に置いた。「この情報はご内聞《ないぶん》に。まだ発表しておりませんので」

サックスは文書の最初のページを見た。

株式譲渡契約書

アルゴンクイン・コンソリデーテッド電力会社（以下「アルゴンクイン」という。）とノースイースト・ジオ・インダストリーズ株式会社（以下「ノースイースト」という。）は、ノースイーストの発行済み普通株式の二十パーセントの譲渡に関し、次のとおり株式譲渡契約を締結する。

その先のページを確かめるまでもない。「株式を取得しようとしているわけですね」

「利益になるとわかれば、残りの株式もいずれ取得するつもりですよ。しかしその判断は、今後の業績を見てからです。火山活動による熱を利用した地熱発電は事業として成り立つことがわかっています。しかし地表に近い層の熱を利用する地中熱ヒートポンプについては、まだ未知数です。ご自宅の暖房はボイラーですか、それともヒートポンプ」

「ボイラーです」

「そうでしょう。ヒートポンプを導入するのは変わり者だけですよ。地中熱ヒートポンプも同じです。しかし、世間には環境保護にこだわる変わり者が大勢いる。投資の元は取れるでしょう。いまにわかります」

サックスの電話が着信音を小さく鳴らしてメールの受信を知らせた。サックスは画面をさっと確かめた。

そして立ち上がった。プラスキーはサックスのほうをちらりと見てから自分も立ち上がった。

「お忙しいなかありがとうございました、ミスター・コリアー」

「ミズ・エヴァンズがお見送りします」コリアーは椅子に座ったままそう言っただけで、すぐに紙ばさみを引き寄せて書類を読み始めた。

アシスタントが現れ、二人をロビーまで案内した。

駐車場に出て、従業員に聞こえないところまで来ると、プラスキーが小声で尋ねた。

「これで納得したわけじゃないですよね。契約書を見せられましたけど、地震の件で疑われたときに備えて作っておいただけのことかもしれない。コリアーは無関係だって断言はできませんよ」

「これ見て」

サックスは携帯電話の画面をプラスキーに見せた。ロン・セリットーから届いたばかりのメッセージが表示されていた。

「うわ。マジですか。ってことは、次はニュージャージー?」

「そうよ、次の行き先はニュージャージー」

48

そこは、大地と水が出会い、モノクロームの鮮烈な美を醸す場所だ。

そこは、岩肌がざらりとした手触りとなめらかな輝きをまとい、影と光の芸術を生み出す場所だ。

そこは、やぶや低木、高木が、見上げるばかりの岩壁をまるで煙のようにふわりと覆っている場所だ。

そこは、大地にその身を捧げた者が命を終えるのにふさわしい場所なのかもしれない。

ワン・アース代表のエゼキエル・シャピロの遺体は、消防局の救助バスケットに収められ、パリセーズ・パークの高低差三十メートルの崖の上にウィンチで引き上げられようとしていた。

冷え冷えとした日暮れ時、吐く息を白く濁らせながら、サックスとプラスキー、それにニュージャージー州警察の警察官たちは、消防局とレスキュー隊の引き上げ作業を見守っている。すぐそばに駐まっているシャピロの車は、黄色い立入禁止のテープに守られていた。

自殺は、究極的には、犯罪だ。

未詳四七号を雇った人物がシャピロであることを突き止めたのは、警察ではなく、保険会社の損害調査員エドワード・アクロイドだった。

その事実をアクロイドから伝えられたセリットーは、シャピロの事務所にパトロールカーを急行させたが、シャピロはそれを見て自らの犯罪が当局に暴かれたことを悟ったのだろう。

ネット上に遺書を投稿したあと、車でここに来て崖から身を投げた。

シャピロは未詳四七号を二つの目的のために雇った。一つは環境に悪影響を及ぼすとして地中熱ヒートポンプ建設を中止させること。もう一つは、ジャティン・パテルを強盗事件に見せかけて殺害すること。パテルが仕入れて加工していた石は、もともとそこに住んでいた人々を立ち退《の》かせ、集落や川に汚染物質を垂れ流すような鉱山で採掘されたものだったらしい。アクロイドの調査によれば、パテルの店から盗んだ原石を未詳四七号が売却し、シャピロはその利益を複数の環境保護団体に分配して、ダイヤモンド鉱山周辺で立ち退きに遭った人々を支援するつもりでいた。

環境保護活動家《ツリー・ハガー》とＣ４爆薬は結びつかないな……人がいるとわかってる建物に放火するってのも。

メル・クーパーは間違っていたようだ。

シャピロの遺書は、しかし、計算を誤ったと告白していた。ニューヨーク市民を震え上がらせたかったのは事実だ。しかし火災で人を死なせるつもりはシャピロにはなかった。それを思いついたのはシャピロが雇った男、精神に異常を来した男だ。シャピロと同じく地球環境を破壊する行為に対する怒りを抱いていたその男は、シャピロに断りなく放火装置を建物に仕掛けて回り、複数の死傷者を出した。

想定外のことだったとはいえ、人の命を奪ってしまった罪悪感から自殺を決意したのだろう。

「よう、アメリア」

振り返ると、サックスと同年代の背の高い金髪の警察官が立っていた。州警察の制服を着ている――外側の縫い目に沿ってオレンジ色のストライプが入った黒いスラックスと淡いブルーのシャツ、ネクタイ。ラテックスの手袋とシューカバーもつけていた。エド・ボルトンはニュージャージー州警察重大犯罪捜査局の現場鑑識課に所属する巡査だ。紫がかった青色の手袋をはずし、スラックスのポケットに押しこんだ。

ボルトンが現場の捜索を担当したのなら、安心だ。サックスに負けないくらい徹底した仕事をしたはずだ。

サックスは彼とプラスキーを引き合わせた。プラスキーが訊いた。「発見の経緯は？」

「ここに車が駐めっぱなしになっていることにうちのパトロールの者が気づいて、ナンバーを照会した。土曜と日曜に起きた地震や殺人事件の首謀者だって判明した直後から、全域手配されている車だった」

「身元の確認は？　シャピロで間違いないんですね」

「間違いない。うちの戦術チームがロープを使って崖を下りた。簡易な指紋採取と照合をした。確認が取れた。何年か前に抗議集会で逮捕されたとき、指紋が登録されていたんだ。それにしても、偽の地震を起こすなんてどうかしてるな」

サックスは尋ねた。「現場はどんな様子？」

「自殺を否定する証拠は見つからなかった。目撃者はいない。車で来てるが、ニューヨーク市内からだからね。料金所は一度も通過していない」

ニューヨークからニュージャージーに渡る橋やトンネルはすべて通行無料だ。別人が車を運転し、シャピロはトランクに押しこめられていたのだとしても、料金所の監視カメラにとらえられていることはない。もちろん、ありそうにない仮説ではある。シャピロを殺す動機を持った人物はいない。未詳四七号がダイヤモンドを自分のものにするために殺したというのでもないかぎり。たとえそうだとしても、シャピロを殺す必要はない。単にダイヤモンドを持ってロシアに帰ればすむことだ。

さらに、シャピロを本気で殺すつもりなら、自殺を装う理由がない。都合のよいタイミング、都合のよい場所で射殺するだけですむ。未詳四七号は利口だが、繊細さは持ち合わせていない。

サックスは訊いた。「証拠物件はもうハミルトンに？」

州警察の鑑識本部はハミルトンにある。

「そうだ。報告書が出たらすぐコピーを送るよ。検死報告書も」

バスケットにストラップで固定された遺体が崖の上まで引き上げられた。たくましい消防士——一人は男性、一人は女性だった——がバスケットを引き寄せてケーブルをはずし、待機していた救急車に遺体を運びこんだ。

よく晴れた日なら、崖の上から望むマンハッタンの眺めはすばらしかっただろう。しかし今日のマンハッタンはもやに覆われて、不気味な雰囲気を醸していた。高層ビルと低層ビルが描く輪郭は見て取れるが、濃い霧が街の灯を覆い隠している。まるでゴーストタウンだ。

「シャピロの自宅を捜索しましょう」サックスは言った。「何か見つかるかもしれない」

49

連邦検事のオフィスは静まり返っている。

平日の宵の口。ハンク・ビショップの好きな時間帯だった。建物はほぼ無人だ。補助スタッフの大部分は帰宅した。

この時間にまだ残っている者は、忠実で、勤勉で、仕事しか視界に存在しないかのように目的意識が高い。

引き締まった体つきをした、自らも認める堅物の検事、ビショップが好むタイプの人材だ。

この場所は、この十三カ月と半、一人で暮らしているアッパー・ウェストサイドのアパートにはない慰めを彼に与えてくれる。

ビショップは窓の外を埋める闇に目を凝らした。エル・アルコン裁判に関わる一ダースほどの事項が——いや、二ダースだ——思考を埋めている。どの裁判も重要だが、そのなかでもエル・アルコン裁判はとりわけ重要だった。メキシコの麻薬王が犯した罪、連邦捜査官と市警察官に対する危害は、いずれも憎むべきものだ。同じ麻薬王が今後犯すであろう罪、万が一無罪放免になってメキシコでのビジネスをアメリカでも展開した場合に犯すであろう罪を考えると、今回の裁判で是が非でも有罪にしなくてはならない。

未来の罪を裁いてはならない。それはこの業界で働く者が忘れてはならない戒《いまし》めだ。しかしハンク・ビショップは、未来の罪を裁く方法は一つだけあると信じていた。すでに犯した罪で裁き、可能なかぎりの長期刑を科せば、その人物が犯したかもしれない未来の罪を〝解決〟できる。

ビショップは、エル・アルコンをできるかぎり長く社会から遠ざける決意でいる。彼が率いるメキシコの麻薬カルテルがアメリカに進出するのを遅らせ、アメリカに流れこむドラッグの川の水量を激減させる。そしてエル・アルコンの帝国が副業として行っている警察官の殺害、目撃者の殺害、未成年者の売春、武器取引、マネーロンダリングを封じこめる。

この目標を考えると、検察側には一つ大きな不都合な事実があった。エル・アルコンのアメリカ側の協力者、麻薬王がメキシコに帰ったあとアメリカでの事業を引き継ぐであろう人物の正体が、判明していないことだ。銃撃戦の現場となった倉庫の本当の持ち主は誰なのか（銃撃戦で死亡したクリス・コーディは、表向きの所有者にすぎない）。

ハンク・ビショップは、なんとしてもその共謀者の首根っこを押さえたかった。しかしエル・アルコンを刑務所に放りこめば、少なくともメキシコの犯罪組織のアメリカでの事業展開を鈍らせることができる。

ドア枠をこつこつと叩く音がした。

FBIのファロー捜査官が入口に立っていた。

「入ってくれ」

捜査官はまっすぐ歩いて入ってくると、紙ばさみが山と積まれたビショップの大きなデスクの正面に置かれた椅子にしゃちほこばった姿勢で座った。

「で？」

ファローは持参した紙ばさみを開き、メモを確かめた。「どうやら安心してよさそうです。メキシコシティにうちの情報屋がいます。カレーラス＝ロペスのニューヨークでの側近の一人を知っていました」

秘密情報提供者――タレコミ屋は使いでがある。連中は臆病者か、良心を持ち合わせていないかのどちらかだ。いずれにせよ、極めて有用な性質だ。

ファローが続けた。「疑惑は事実のようですね。弁護側は、こちらの証拠を分析してあらを探すためにリンカーン・ライムを雇いました。チェース銀行で引き出した現金は前金で、いまはライムの手に渡っています。相当の額ですよ――成功報酬として五十万ドルを約束したそうですから。これはあとで振り込まれるようですね。ライムの銀行コードと口座番号を控えていますから。それに、こちらの不手際を見つけられなかった場合でも、二十五万ドルが支払われる」ファローは肩をすくめた。「しかし、違法行為は見当たりません。裁判に関わる検事や捜査官のいずれかとつながりがあれば利害の衝突に当たりますが、調べても何も出てきませんでした」

ビショップは鼻で笑った。「いったい何が見つかるつもりでいるんだろうな。証拠固めは万全だろう。隙などどこにもない」

ファローは何も言わなかったが、うなずいた。

「ライムはいったいなぜ検察側の主張をひっくり返そうとする？ エル・アルコンがどれほど邪悪な存在か、まさか知らぬでもあるまい」

おっと、少々芝居がかった言い回しだったかもしれない。しかしビショップは、誰に対しても――自分に対しても――陪審に向けて最終弁論をするような調子で話す癖があった。

「次の手は、ビショップ検事？」

「PERTの証拠管理室で資料をあさった制服警官の名はわかったか」

「ええ。ロナルド・プラスキー。正式には警邏《けいら》課の所属ですが、基本的に重大犯罪捜査課の仕事をしているようです。人事評価に問題はありません。勇敢な行為で表彰されたことがあります」

状況が違っていれば、ビショップは表彰経験のある警察官を刑務所に放りこむことに抵抗を感じただろう。しかしプラスキーがライムの指示で動いているとすれば、明らかな犯罪だ。しかも愚かな類の犯罪だ。あまりにも浅はかではないか。それにプラスキーは男で、おそらく白人だろう。その条件なら、キャリアをだいなしにしたところで非難の矛先がビショップに向くことはおそらくない。

「プラスキーは何の容疑でいきます？」ファローが訊いた。「がつんといく必要があります。ぎゃふんと言わせてやらないと」

ぎゃふんと言わせる？　ずいぶんと古臭い表現だ。とはいえ、趣旨には賛成だった。

ファローが続けた。「司法執行妨害。共謀」

「政府文書の窃盗もだな」

「いいですね」

「おそらくニューヨーク市警の機密保持規定や捜査規則にも違反しているだろう。だがそれは我々の問題ではない。市警の内部監察部にまかせておけばいい。まずはそいつを連邦刑務所に放りこむとしよう。出てきたあと、市警がどうしようとかまわん。出てくるのは十年後だろうな。逮捕状を取れ——プラスキーとやらを即刻逮捕しろ」

弁護側に雇われたプラスキーとライムが検察側の立証のあらを見つけ出す前に。ファローが尋ねた。「ライムのほうはこのまま……」おそらく〝泳がせておく〟と言おうとしたのだろうが、ライムの障害を考えて思い直したらしい。「無罪放免ですか」

「いや。不法に入手した政府文書を受け取ったわけだからな、告発する。奴を入れておける施設はあるか」

「拘置所の閉鎖医療棟があります」

「それだな」

「介護士がいますが」

「何だって？」

「介護士です。身の回りの世話をする人物」

ビショップは鼻を鳴らした。「そいつは娑婆に残していってもらう。拘置所にも世話を焼けるヘルパーやら看護師やらがいるだろう」

ファローが言った。「医療棟に相談しておきます」

ビショップは窓の外を眺めた。「それともう一つ。ライムが何をしでかしたか、アメリカじゅうのあらゆる法執行機関に伝えてくれ。捜査顧問など二度とできんように。退職後の生活資金をきちんと積み立てていることを願おう。出所後は、家に引きこもってソープオペラを眺めるくらいしかやることがないだろうからな」

第四部　ブルーティング

三月十六日　火曜日

50

「全部そろったんじゃないかと思う」サックスが言った。ライムは車椅子を居間の奥に進め、サックスに近づいた。

ライムとアクロイド、セリットーを前に、サックスが説明を始めた。ここまでにどのような証拠物件が集まっているか、それについてサックスとクーパーはどのように分析しているか。

「まず、環境保護団体の事務所。ワン・アースという団体ね。そこではこれといって何も見つからなかった。シャピロと結びつく微細証拠がいくつかあっただけ。といっても、シャピロは代表者だから、事務所に毎日行ってたはず。ニュージャージー州警察鑑識課の分析によると、パリセーズ・パークの自殺の現場では、未詳四七号やガス管爆弾と関連するものは何も出てこなかった。でもシャピロの車からは、微量のキンバーライトが見つかってる」

ライムは言った。「シャピロと地中熱ヒートポンプ建設現場、あるいは未詳四七号、あるいはその両方が結びついたわけか」

「そのようだな」セリットーはうなずいた。そして、キンバーライトの存在は捜査チームの推測を裏づけてはいるが、新たな情報が加わるわけではないと指摘した。

サックスが続けた。シャピロが一人暮らしをしていたマンハッタン北部の小さなアパートの部屋には新たな何かを示す手がかりは何一つ残されていなかったが、ほかの事実を説明するものはいくつか見つかった。

マットレスの下に地中熱ヒートポンプ建設現場の見取り図が隠してあり、エリア7の採熱シャフトに丸印がついていた。また五十万ルーブルの現金——八千五百ドルに相当する——もあった。おそらく、完了時に未詳四七号に渡すボーナスだろう。ほかにプリペイド携帯が二台。現在は使用できない状態で、発着信履歴は消去されていた。

「電話を調べたけど、指紋は付着していなかった。二台ともロドニーに預けてある。コンピューターの天才なら情報を吸い出せるかもしれない。シャピロが雇った人物について。ロシア人の男ね。お金で動く傭兵ではあるけれど、シャピロと同類だったんじゃないかしら。地球を救え、地球を傷つけた人間に復讐してやれって点で。ただ、ロシア人のほうがより過激だった。拷問したり、ガス管爆弾を仕掛けたり」

サックスは続けて、シャピロの部屋でかなりの量の微細証拠を採取したこと、シャピロがニューヨーク一帯のどこに行ったか特定できそうなものがいくつか含まれていることを話した。鉱物、土、砂、ディーゼル燃料、植物の細片。そのうちの一部は未詳四七号の靴に付着してシャピロの部屋に持ちこまれたものかもしれないが、いまある証拠だけから場所を特定するのは無理だ。

ライムは、少し前に自分で新しい情報を書き加えたばかりの一覧表を見つめているサックスの表情に目をとめた。物思いに沈んだような顔をしている。サックスが振り向いて、ライムの視線に気づいた。「悲しい現場だったから」

「悲しい?」セリットーがぶつぶつと言った。「五人だか六人だかを殺した人間だぞ」

「そうね、それはわかってる。主義主張が行きすぎた。理想に目がくらんで何も見えなくなった。でも、あの部屋に行ったら誰だって悲しくなると思うの」シャピロの部屋には大量の本があった。大部分は環境保護関連のものだった。薄汚れて傷だらけになった壁には、抗議ポスターや写真が何十枚とテープで貼ってあった。拘置所内で撮影されたシャピロと仲間の写真、抗議デモの結果、逮捕されたときの写真。催涙ガスで涙を流している場面を写したものもあった。きっと誇らしく懐かしい思い出としてそこに貼ったのだろう。

「自分の理想を祀《まつ》った神殿みたいだった。よいことだってたくさんしてきたのよ。今回の事件を引き起こすまでは」

だが、殺人は、どんな背景があろうと殺人だ。

ライムは、サックスがシャピロの部屋で撮影してきた写真の一枚に目をとめた。黒と金の陶製の骨壺だ。銅の銘板がついている。シャピロの妻の遺灰を収めたものだ。ライムが骨壺かとつぶやくと、サックスが言った。「奥さんのことも調べたわ。ガンで亡くなったそうよ。おそらく十代のころ起きた毒性廃棄物流出事故の影響で」

ライムは車椅子の向きを変え、エドワード・アクロイドに近づいた。今日の英雄は彼だ——事件解決の糸口を発見したのはアクロイドなのだから。アクロイドは、エゼキエル・シャピロに疑いの目を向けるきっかけとなった情報を提供したマンハッタン在住のダイヤモンド・ディーラーにふたたび連絡を取ろうとしていた。そのディーラーによると、シャピロからジャティン・パテルはどこからダイヤモンドを仕入れていたかと問う電話がかかってきたのだという。先住の人々を不当に扱っている鉱山から買っているというのは事実かと。

アクロイドは、同じディーラーがほかにも何か知っているのではないかと期待している。ひょっとしたら、シャピロが雇ったロシア人傭兵に関する情報を持っているかもしれない。

ライムは窓の外を見つめた。夜のあいだ着氷性の雨が降り続いたせいで、タウンハウスの前の植栽は分厚い雨氷で覆われていた。鋭い氷の結晶のせいで枯れてしまっただろうか。それとも、日射しを受けてダイヤモンドのように七色の光を放つ透明な氷の繭《まゆ》に葉や芽が一時的に覆われただけのことで、成長には何の影響もないのだろうか。

アクロイドが電話のやりとりを終えた。「うまい具合に連絡が取れました。例のディーラーです。まだ震え上がっていますが、罪悪感から解放されたくてしかたがないといった様子でした。パテルの仕入れ先に関してシャピロに話したとたんにパテルが殺されたわけですからね。ちょっと行って話を聴いてきます」

アクロイドは無駄のない動きでコートを着た。

それから付け加えた。「指を重ねて幸運を祈っていてください」

語尾がいくらか揺らいだ。ライムのほうをちらりとうかがった視線は、リンカーン・ライムは人差し指と中指を重ねることができないとふいに思い出したことをほのめかしていた。

二人の目が合った。それから、二人とも微笑んだ。

セントラルパークの小高くなった一画、饐《す》えたにおいのする茂みの陰から——どうやら都会の飼い犬たちに人気のスポットらしい——ウラジーミル・ロストフは、リンカーン・ライムという男が所有するタウンハウスから現れた、中肉中背の体をベージュのコートに包んだ砂色の髪の男を目で追った。男は、寒風を防ぐためだろう、コートの前をきつくかき合わせた。

寒いか？　え？　はっ！　こんなの寒いうちに入らねえよ、腰抜け《クーリッツァ》め。一月のモスクワに来てみな。

男は氷を踏まないよう用心しながら車椅子用のスロープをたどって歩道に降り立った。

北に向かって歩き出し、交差点で西へ、公園とは反対の方角へと向かった。

ロストフは茂みをかき分けて表通り側に出ると、タクシーのあいだをすり抜けて通りを横断し、急ぎ足で男のあとを追った。下を向いたまま着実に距離を縮める。いつでもどこでも街頭監視カメラに見られていると思っていたほうがいい。カメラには高解像度のレンズが装着されている。なかには顔認識ソフトウェアを搭載しているものもあるだろう。ただ、ロストフが知るかぎりでは、彼の顔は顔認識データベースに登録されていないはずだ。少なくともアメリカでは登録されていない。

クーリツァ、ちょっと待てってて。そう急ぐなよ。クーリツァのくせに歩くのが速いな。

ロストフの気分は上向いていた。前夜の失敗に対する怒りからは立ち直っている。カラスの羽みたいに真っ黒な髪をしたインド人の女、アディーラの家での失敗。おまけに、警察が来る寸前に逃げようとしたとき、裏のガレージがちらりと見えた。なんと、そこにヴィマル本人がいたではないか！　あの家にいたのだ。いまは警察に保護されているだろう。

あのときは腹が立った。だが、その怒りはもう遠のいた。

いまは目の前のことに集中している。

そうさ、プロミサーにはもう一つ予備のプランがあるんだよ、クーリツァ！　知らなかったろ？

ロストフが尾行している男は、グレーのフォード車に歩み寄ってリモコンキーのボタンを押した。車のライトが一瞬だけ閃く。男との距離はわずか六メートルほど。ロストフはうつむいたまま足を速めた。男がドアを開けて運転席に乗りこむタイミングに合わせ、助手席側のドアを開けて乗りこんだ。

「よう、クーリツァ！」

男が驚いてのけぞり、目をしばたたいた。二人の視線がぶつかった。

ロストフはにやりと笑った。それから手を差し出した。運転席の男は苦笑しながら首を振り、ロストフの肉づきのよい手を右手で握り、左手をロストフの上腕に置いた。留保つきの親愛のしぐさ。それは、かつて敵味方に分かれて闘ったことのある、そしてつかまた闘うことになるかもしれない二人の兵士、だが少なくともこの瞬間は同じ目的を共有する仲間のあいだで交わされる種類の挨拶だった。

51

「で、クーリツァ、あんたを何て呼ぶといい？　あんた、名前は何だ？　ミスター・アンドリュー・クルーガーじゃないだろ」

「本名を使うと思うか、ウラジーミル？　冗談だろう。エドワード・アクロイドだ」

「いいねいいね、いい名前だ。品がいい。本物の誰かの名前か」

クルーガーは、自分がなりすましている男、エドワード・アクロイドは実在の人物で、ダイヤモンドや貴金属の採掘会社や小売り会社の保険を引き受けているミルバンク保険会社の従業員であることを説明しなかった。リンカーン・ライムに話したとおり、本物のアクロイドは元スコットランド・ヤードの刑事で、現在はミルバンク保険に上級損害調査員として勤務している。クルーガーが本物のアクロイドについて知っているのはそこまでだ。それ以外のことはどれも作り話だった。たとえば性的指向もそうだ。偽のアクロイドはゲイだということにしたのは、そのほうがライムの警戒心を解くのに役立つと考えたからだ。見たところライムは寛容さを重視する人間と見えた（クルーガーは、自分の会社の南アフリカ人の共同経営者であり、百パーセント異性愛者《ヘテロ》であるテリー・デヴォアに、自分たちは結婚していることになっていると話した。デヴォアはそれを聞いてたいそうおもしろがった）。

暗号クロスワードパズルが趣味というのは事実だが、わざわざ持ち出したのは、ライムの歓心を買うためだった。クルーガーのクライアントにはイギリス人が多い。イギリス人を装うのは簡単だった。

レンタカーの運転席に座ったクルーガーは、上体をわずかに左に傾けてロストフとの距離を開けた。ロストフは、目を刺すようなたばことたまねぎ、浴びるようにはたきつけたらしい安物のアフターシェーブローションのにおいをさせていた。「そっちは？

ウラジーミル・ロストフを名乗っているわけではないだろう」

「そりゃそうさ」ロストフが笑う。「ここ一週間、数えきれないくらい名前を変えた……いまはアレクサンダー・ペトロヴィッチだよ。アメリカに来たとき、ヨセフ・ドビンズだった。いま、ペトロヴィッチ。こっちのほうがいいね。ドビンズはユダヤっぽい名前だ。アレクサンダーはいい名前だろ？　気に入ってる。ブライトンビーチの偽造屋、この名前のパスポートしか持ってなかったんだよ。目の玉が飛び出るような金、取られたな。ブライトンビーチはいいね。行ったこと、あるか」

ロストフは、ダイヤモンド・セキュリティ業界では何をしでかすかわからない問題児として有名だった。ついでに、頭のネジがかなりゆるんでいることでも知られている。やたらに口数が多いのはいつものことだ。

「なあ、ウラジーミル――」

「アレクサンダーだ」

「――俺は観光に来てるわけじゃない」

「だろうな。俺もあんたも旅行客、違う」

クルーガーの肩の力は抜け始めていた。ロストフから不意打ちを食らった衝撃は薄れかけていた。とはいえ、遅かれ早かれ現れるだろうと予想はしていた。イギリス風の話しかたをしなくていいのも気が楽だ。そろそろわずらわしくなってきたところだった。

南アフリカ国籍のクルーガーは、ふだんはアフリカーンス語の訛のある英語を話す。リンカーン・ライムやアメリア・サックスら捜査チームと話をするときは、イギリスの上流階級のアクセントを正確になぞらなければとつねに神経を張り詰めていた。

仮面の上に仮面を重ねる……気苦労の多い一週間だった。

捜査チームが未詳四七号と呼んでいる容疑者、ジャティン・パテルとサウル・ワイントラウブを殺害した犯人は、実のところ、ウラジーミル・ロストフではなくアンドリュー・クルーガーだ。そのうえでエドワード・アクロイドに化け、捜査チームにまんまともぐりこんだ。

〝プロミサー〟が現れてクルーガーを模倣し始めたときには——スキーマスク、手袋、カッターナイフ——唖然とした。しかし、おそらくロストフだろうと見当をつけるのに長くはかからなかった。ロストフか、モスクワにいるロストフの雇い主がクルーガーのパソコンや携帯電話に侵入し、クルーガーの会社や雇い主とのやりとりをのぞき見して、今回のニューヨークでの仕事の進捗をリアルタイムで追いかけていたのだろう。ロストフはクルーガーの仕事ぶりについて、警察より先に把握していたというわけだ。

クルーガーは携帯電話を新しいものに替え、利用するプロキシも別のものに変更したが、考えたあげくに、ハッキングされているとわかっている古い携帯電話をあえて使ってメールを送信した——〈ロストフへ。連絡をくれ〉。ただ、電話が来るものと思っていた。まさか突然、車に乗りこんでくるとは予期していなかった。ロストフはおそらくクルーガーの宿泊先を突き止め、そこから尾行してきたのだろう。

クルーガーはエンジンをかけた。「どこかでゆっくり話そうか。人目につかない場所で。俺たちは共通の問題を抱えているわけだろう、ウラジーミル。話し合って解決したほうがいい」

「いいねいいね。どっかレストラン、行こう。それから、忘れないでくれよ。ウラジーミルじゃない《ニェット》。アレクサンダーだ。アレクサンダー大王だよ！」

三十分後、二人はハーレムのレストランのテーブルについていた。

アンドリュー・クルーガーはニューヨークの地理に詳しくない。計画実行のために一週間前に来たばかりだ。ハーレムは基本的に黒人と労働者階級の街だと思い、ここなら捜査関係者に出くわすこともないだろうと考えた。ところが意外なことに、この質素な店の客は黒人と白人——いわゆる意識高い系《ヒップスター》が多い——がほぼ半々だった。

料理はまあまあといったところか。

しかしウラジーミル・ロストフにとっては天国らしい。マーサズ・オーセンティック・バーベキューを本気で気に入っている。クルーガーはスプライトをちびちびと飲んでいた。シングルモルト・スコッチの愛好家を装ったのは、ライムとアメリアの世界のさらに奥深くまで入りこむためだった。実際には酒はほとんど飲まない。飲むとしたら、南アフリカ特産のピノタージュの赤だ。

ロストフはバーボンの二杯目に取りかかっていた。咳の発作が出た。「たばこのせいだ」そう言ってグラスを持ち上げた。「こいつで少し楽になる。健康にいいんだぜ」

ロストフが若いころ、シベリアのダイヤモンド鉱山で働いていたことはクルーガーも知っていた。肺がぼろぼろなのは喫煙のせいではないだろう。少なくともそれだけではないはずだ。

クルーガーとロストフは過去にも何度も会ったことがある。剣を交えたこともあった。ロストフが伝説的な人物であり、大酒飲みであることも知っていた(ロシアと言えばウォッカだが、ロストフはウォッカを毛嫌いしていた)。食べるのも好きらしい。いまも大量に注文した料理に果敢に挑んでいた。目方が一キロくらいありそうな仔牛のバラ肉のグリル、小山のように盛られた南部黒人料理の付け合わせ。

クルーガーは自分が注文したサラダをつついた。危機感が勝っていて、食欲どころではない。

ロストフはウェイトレスの尻を目で追い回していた。長身で引き締まった体つきに、ちょうどいい具合に焼けたトーストと同じ肌の色をしている。ロストフが〝欲〟と名のつくあらゆる方面で意地汚いことは、クルーガーも知っていた。

「さっき、俺を何と呼んだ?」

「何の話だ?」

「車に乗りこんできたとき」

ロストフは笑った。大きな声で。「クーリツァ。俺のちっちゃなクーリツァ。ニワトリって意味だ。鳥のニワトリ。俺に言わせりゃ、この世の全員がクーリツァだ！　誰かにとっちゃ、俺もクーリツァかもな。俺はあんた、好きなんだよ、アンドリュー。俺の兄貴、俺の親父だ！」

店内にせわしなく目を配りながら、クルーガーは溜め息をついた。「アメリカ式に言うなら、音量を一レベル下げてくれないか」

「はっ！　いいよ、わかったよ」ロストフは黄色い歯で肉をはさんで骨から剥がし、咀《そ》嚼《しゃく》してのみこんだ。それから不気味な笑みを浮かべた。「まずは乾杯といこう！」そう言って自分のグラスをクルーガーのグラスに軽く打ちつけた。「友よ、あんたに乾杯だ。あんたに。あんた、天才だな。クソ最高な計画だよ！　天才だ！」

クルーガーは唇を引き結んだ。「期待したほど上首尾には運ばなかったがな」

問題を抱えている……

「で」ロストフは声をひそめた。「あんたを雇ったの、ヌエボ・ムンドだよな。ニュー・ワールド鉱業。グアテマラの」

ハッキングして知ったのだろう……ロシア人どもときたら、油断ならない。

クルーガーは言った。「そうだ。新しいクライアントでね。今回が初めてだ。知っているのか」

「噂、聞いてるよ。聞いてる」

「おまえは、言うまでもなくドブプロムに雇われてる」

モスクワに本社のある準国営のダイヤモンド採鉱専売公社だ。採鉱《ドブイチャ》と産業《プロムイシュレンノスチ》を合わせた社名だ。ダイヤモンド採掘と流通で世界一の規模を誇っている。ロストフはドブプロムが雇う常連トラブルシューターの一人だった。

「ほかにどこが俺、雇うと思う？　このけちくさい服を見な。安くさい食いもんばっかで脂肪たっぷりになったこの腹、見ろって。な、クーリツァ。ニュー・ワールドは前金、くれるのか」

「当然だろう。半額を前払いだ」

「くそ。前金なんかもらったことないぜ。マルクス、レーニン、スターリン。ろくなもんじゃねえよな！」ロストフは片目をつぶってみせ、バラ肉を頬張ってバーボンで流しこんだ。

クルーガーは溜め息をついた。

〝クソ最高な計画〟――と、この二人がここニューヨークで出くわすことになった背景――の始まりは、数週間前の不可解な出来事にあった。

ニュー・ワールド鉱業の取引先の一人――つまり金で雇われた〝トラブルシューター〟――からクルーガーに連絡があり、マンハッタンの有名ダイヤモンドカッター、ジャティン・パテルの手もとに、ノースイースト・ジオ・インダストリーズ社のブルックリンの地中熱ヒートポンプ建設現場から掘り出されたキンバーライトがあるという情報を伝えた。分析の結果、そのキンバーライトにはダイヤモンドが、それもきわめて高品質なダイヤモンドが豊富に含まれていることが判明した。キンバーライトが発見されるのは異例だ。ニューヨークでは蛇紋岩《じゃもんがん》は多く見られるが、蛇紋岩を主体としてダイヤモンドが含まれるキンバーライトが見つかることはない。

しかしもしその鉱床が大きく、しかも分析されたサンプルと同等の高品質なダイヤモンドが含まれているとして、土地の所有者がその事実を知れば、採掘権を譲渡するだろう――むろん、アメリカの採掘会社に。しかもアメリカのダイヤモンド鉱山は、外国の鉱山よりもマーケティングのうえではるかに有利だ。アメリカ国内で採掘されたダイヤモンドなら、疑問の余地なく社会や環境に配慮された〝正しい《エシカル》〟製品だ。第三世界産出の倫理的に怪しいダイヤモンドをあえて選ぶ消費者はいないだろう。国外のダイヤモンド鉱山にとっては悪夢だ。世界のダイヤモンド消費の半分以上をアメリカ一国で占めている。アメリカ人は年に四百億ドル分のダイヤモンドを購入しているのだ。

クルーガーに連絡してきた人物は、ニュー・ワールド鉱業は、アンドリュー・クルーガーの会社が得意分野で力を発揮してくれれば百万ドルの報酬を出すと言っていると伝えた。その得意分野とは――〝生産量を減らす方向に調整する〟ことだ。

その人物が提案した計画は、冴えに冴えていた。クルーガーは、キンバーライト発見を知っている人物の名を聞き出したあと、ジャティン・パテルを殺す。知っている人物も始末する。ノースイースト・ジオ社の従業員を金で釣って建設現場に案内させ、集められるかぎりのキンバーライトを集めて処分する。採熱シャフトの一部に爆薬を落としてグラウトで埋め、周辺の建物にガス管爆発装置を仕掛ける。C４爆薬は、それぞれガス管爆発装置が作動するタイミングに合わせて爆発させる。地震が発生し、それが原因で火災が起きたように見せかけられる。

ニューヨーク市は、さらに地震が起きるリスクがあるとして建設を中止させるだろう。キンバーライトが採掘されることもなくなる。

クルーガーは爆発物を仕掛けて回ったあと、キンバーライトのことを知っている人物を始末する仕事にかかった。

刃物で脅されたジャティン・パテルは、サウル・ワイントラウブの名前を吐いた。キンバーライトのことを知っているのは自分とワイントラウブだけだと断言した。ところがパテルが息絶えた直後、若い男――のちにヴィマル・ラホーリと判明した――が店に入ってきた。オートロックの暗証番号を知っていたことからして、店の従業員であることは明らかだった。キンバーライトのことを知っているのも明らかだ。弾丸が当たった紙袋には、キンバーライトが入っていたのだから。

その若い男はすぐにでも九一一に通報するだろう。急いで手を打たなくてはならない。若い男の身元を突き止めようにも、パテルの書類をあさっている時間はなかった。ざっと見ただけでは何もわからなかった。単純な強盗事件と見せかけるためにダイヤモンドが入った白い紙封筒を床にばらまいたとき、あるアイデアが閃いた。

警察をだまし、若い男をはじめキンバーライトが発見されたことを知っている人物を探すのを手伝わせればいい。

ダイヤモンドおよび貴金属業界で長く傭兵として働いてきたクルーガーは、たびたび窃盗を一種の道具として利用してきた（ロストフもそうだ）。このときも同じ手を使うことにした。

パテルの店で未使用の封筒を探し、数百万ドル相当の原石の四つの名前と詳細なデータを書き、実在する南アフリカのダイヤモンド採掘会社グレース-カボットの名も加えた。このとき書いた電話番号は、南アフリカでの共同経営者テリー・デヴォアのプリペイド携帯のものだった。

その封筒を作業台に置き、監視カメラのデータが入ったハードディスクを盗んで逃走した。

次にケープタウンにいるデヴォアに連絡し、プリペイド携帯の留守電サービスの応答メッセージをグレース-カボット社を名乗るものに変え、盗まれた原石に関する警察からの問い合わせに備えるよう伝えた。テリーはルウェリン・クロフト役を演じる――グレース-カボット社に実在する役員の一人だ。〝クロフト〟は原石が盗まれたと聞いて衝撃を受け、契約している保険会社の損害調査員に連絡を取ってくれと警察に頼む。損害調査員は盗難ダイヤモンド追跡の経験豊かなプロで、警察の捜査を支援できるはずだ。

クルーガーはこの役を自分で引き受けた。エドワード・アクロイド。ミルバンク保険の実在の損害調査員で、過去にもこの人物になりすましたことがあった。アクロイドはクルーガーとほぼ同年代、イギリス人で、スコットランド・ヤードの元刑事だ。ミルバンク保険のウェブサイトにアクロイドの顔写真は掲載されていない。もともとミルバンク保険のアクロイド名義の名刺を作ってあった。電話番号は自分のプリペイド携帯のものになっている。

どう考えても危なっかしいプランだ。いつ崩壊してもおかしくない。成功する確率は、ナイフの刃のように薄いだろう。しかしリスクを承知でやるしかなかった。

幸運は続いた……しばらくは。警察は彼の偽りの身分を信じた。C４爆薬は予定どおり爆発し、火災は数人を死なせ、ニューヨーク市は掘削を中止させ、クルーガーはサウル・ワイントラウブを見つけ出して始末し、パテルの見習いの追跡も進展を見せ始めていた。

ところがそこで壁にぶち当たった。リンカーン・ライムとアメリア・サックスが、彼の計画のうちの決して結びつけてはならない二つの要素を結びつけたのだ。パテルを殺害した犯人が地中熱ヒートポンプ建設現場に行ったことを突き止めた。それだけならまだしも、偽の地震を引き起こしたのも同じ犯人であることを見抜いた。ライムに呼ばれてあの居間に行ったときのことがありありと蘇る。街頭監視カメラの映像も手伝い、彼らの狙いが何だったのか、ライムは細部に至るまで完璧に説明してみせた。

未詳四七号の目的はこれだ。奴がニューヨークに来た理由はこれだよ。ガス管に仕掛けた爆発装置とC４爆薬を使って、地震に似た揺れを起こすことだ……

平静を保つだけでせいいっぱいだった。いまにもライムが彼を見て、「犯人はおまえだな！　逮捕だ、アメリア」と言うのではないかと思った。

ところが、そうはならなかった。アクロイドの作り話は持ちこたえた。そして、ありがたいことにライムとサックスは、彼の真の目的は地中熱ヒートポンプ建設現場で発見されたダイヤモンド鉱床を隠すことにあるとまでは看破しなかった。石がキンバーライトであることまでは突き止めたが、それ自体に特別な意味があることには気づかなかった。

しかし悪いことは重なるもので、何をしでかすかわからないうえに出しゃばりのロシア人、ウラジーミル・ロストフが彼の計画に首を突っこんできた。

「いいだろう。おまえは俺のドッペルゲンガーになろうと思いついて――」

「え？　何になるって？」

「もう一人の俺だよ。おまえは俺の真似をした。俺の電話の会話を盗み聞きして、俺が目撃者を始末しようとしていることを知って、俺を手伝ってやろうと思いついたわけだ」

「そうさ。そうだよ。ナシムとかいうイラン人を見つけた。そいつがヴィマルの仲間のキルタンを探してきた。キルタンはヴィマルの名前とガールフレンドのアディーラのことを吐いた。な、俺はなかなか優秀な探偵だろ。コロンボ刑事だ！」ロストフは肩をすくめた。「あと一歩だったのになあ。うまくいかなかった。悔しいよ」

クルーガーは率直に尋ねた。なぜそんなことをしたのか。ドブプロムの目的はニュー・ワールドと同じはず——ダイヤモンド鉱床の存在を秘密にすることだ。なぜクルーガーにまかせておかなかった？

ロストフは残っていたバーボンを一気にあおると、爪楊枝の先でクルーガーを指した。
「いいか、友よ。こんなこと言っても気を悪くしないでくれよな。こいつは大勝負だ。あんた、失敗したらどうなる？　ここのキンバーライト、すごいぜ。分析結果を読んだ。一トン当たりのカラット、あんたも見たろ？」ロストフは窓の外に向けて顎をしゃくった。ブルックリンの地中熱ヒートポンプ建設現場を指したつもりだろう。それから、感じ入ったような声でささやいた。「ボツワナなみだ」

言われる数字にかなりばらつきはあるとはいえ、業界では、キンバーライト二百トンにつき高品質のダイヤモンドが一カラット産出されれば平均的な鉱山とされる。アフリカのボツワナの鉱山は、その十倍の産出量を誇る。世界一だ。

今度発見されたニューヨークの鉱床は、同レベルに当たる。
「あんた、悲しいなら、すごくすごくプラスチーだよ。すごくすごくごめんよ、クーリツァ。けど、俺たちの仕事、危険は冒せない。な、だから元気出せって！　俺が救援に駆けつけたんだから。あんた、バットマン。俺、ロビン！　な、よくやったって褒めてくれたっていいだろ！」

52

「俺はこの電話をかけてねえ。あんたはこの話を聞かなかった。俺の話を聞いてもいっさい反応しない。いっさいだ。まるきり反応しない。いいな？」

アメリア・サックスはライムの居間の片隅に立って電話の相手の声に耳を澄ましていた。相手はFBIニューヨーク支局の捜査官、フレッド・デルレイだ。

「わかった」

「リンカーンはそばにいるのか」

いったいどういうことだろう？

「いるけど」

ライムは居間の反対の奥でロナルド・プラスキーと話している。

「あんたの声が聞こえる距離か」

「いいえ。で、話って？」

「よし。言っとくけどな、あんまりいい話じゃねえぞ、アメリア。小耳にはさんだ話だ。リンカーンが捜査対象になってる。ロナルドもだ。うちの。FBIの東地区の」

サックスは動かなかった。衝撃が熱波のように全身に広がっていく。「そう。でもどうして？」

デルレイはＦＢＩの潜入捜査のエキスパートだ。手足のひょろ長いアフリカ系アメリカ人デルレイは、冷静沈着の見本のような人物だ。グロックをこれ見よがしに振り回して交渉を有利に進めようとする落ち着きのないネオナチに軍用品を売る武器商人を演じるとき、冷静沈着でいられなければ、生き延びられない。そのデルレイの声に、かすかな不安が混じっていた――こんなことは初めてだ。

「エル・アルコン裁判で弁護側に協力してるって話だ」

思わず口から飛び出しかけた驚きと失望の言葉を、かろうじてのみこんだ。「それ、確かなの？」

「ああ、確かさ。エル・アルコン裁判を担当してるのは検事局のプリンス、ハンク・ビショップなんだが、ビショップが逮捕に必要な証拠を全部そろえてる。二人ひとまとめだ。ロナルドとリンカーン」

サックスは立ちすくんだ。「そう」

そう言われてみれば、ここ数日、ロナルド・プラスキーは挙動不審だった。未詳四七号とは関係なさそうな用件でしばらく不在にすることがたびたびあった。それに、そうだ、昨日訪ねてきた、ヒスパニックらしき外見の男。あれはエル・アルコンの協力者か弁護士だったのかもしれない。

「引き受けたのは、証拠に関して何かいんちき行為があったからじゃねえか。捜査官か分析官があわててずさんな仕事をしたとかさ。エル・アルコンが二度と塀の外に出てこられねえようにしたい一心で。何と言ってもエル・アルコンはトリプルAクラスの悪党だものな。リンカーンのことだ、いいかげんな仕事を見て頭に血が上ったんだろうよ。だが……」デルレイは声を低くした。「ビショップなりほかの検事なりに話を持っていけばよかったのに、一言の相談もなしにいきなり弁護側の依頼を引き受けた……しかも前金を受け取ってる。結構な額だぜ。数千ドル単位って話だ。そりゃまずいよな」

どうして、ライム。いったい何を考えてそんなことを？

「逮捕は間近って話だ、アメリア。二人ともしばらくは連邦拘置所行きだ。保釈は難しいだろう。エル・アルコン裁判がこれから本番ってタイミングだ。ビショップにしてみりゃ、最終弁論が片づくまでよけいなことはしてくれるなって話だものな」

「それは……」サックスは口ごもり、適切な言葉を探した。「身体的な条件を考えても？」

「ああ。拘置所には医療棟がある。トムは門前払いだ。介助の看護師がつく」

サックスはライムのほうをうかがった。拘置所でどんな扱いをされるかはわかりきっている。

こんなことが起きるなんて……悪夢だ。

「というわけで」デルレイが言った。「あんたには伝えたが、俺は何もしゃべってねえからな。大急ぎで弁護士を雇え。多少の救いにはなるかもしれない。未詳四七号の捜査はあんたとロンでやるしかないな。さてと、もう切るぞ。幸運を祈ってるよ、アメリア」

電話は切れた。

サックスは意識してライムと視線を合わせないようにした。目の表情一つで内心の激しい動揺を悟られてしまうに決まっている。

「ロン？」セリットーに声をかけた。

セリットーが振り返る。サックスは玄関のほうに首をかたむけ、二人で玄関ホールに出た。

「どうした？」

サックスは溜め息をつき、深呼吸を一つしてから、デルレイからかかってきた電話――かかってこなかった電話――の内容を小声で伝えた。

皺くちゃな刑事セリットーが感情を表に出すことはほとんどない。だがこのときは、目を大きく見開いたまま、しばらく言葉を失った。

「あいつが？　いや、何かの間違いだろう」

「相手はビショップよ」サックスは皮肉な調子で言った。「あのビショップが間違いなんてするわけがない」

「そうだな」セリットーがつぶやく。「金を受け取ったって？　本当かよ。あいつがただじゃ仕事を引き受けないのは知ってる。しかし、エル・アルコンみたいな悪党から金を受け取った？　どう考えてもまずいだろう。仮に検察側の不正を暴いたとしても、市警は二度と仕事を頼まないだろうな。市警だけじゃない、誰も頼まないだろう」

それからセリットーは続けた。「そうか。まあ、しかしな、有罪が立証されるまでは無罪だ」

ただし、ライムの有罪が明らかな点が一つある。誰がどう弁護しようと、有罪は動かない。リンカーン・ライムは、エル・アルコンの弁護団の仕事を引き受けたことをサックスに隠していた。その事実はサックスの胸を深々とえぐった。

結婚生活について一つ学んだわね――サックスは胸のうちで自嘲気味につぶやいた。

だが、セリットーの言うこともまた正しい。ライムとロナルド・プラスキーには弁護士が必要だ。デルレイのただならぬ声の調子からするに、いますぐにでも手を打つべきだろう。

セリットーが言った。「よさそうな弁護士を何人か知ってる。俺がとっ捕まえた悪党どもを弁護したやり手だ。いけ好かない連中だが、弁護の腕は一流だ。さっそく連絡してみよう」

タウンハウスの奥から物音が聞こえた。鍋やフライパンがぶつかり合う音。水が流れる音。

サックスは溜め息をついた。「トムには私から話しておく」

アンドリュー・クルーガーはスプライトをちびりと飲んだ。

そしてロストフに渋面を向けた。「まあいい。もちろんドブプロムだって鉱床発見の情報は握りつぶしたいだろう。しかし〝プロミサー〟のおふざけ、あれはいったい何のつもりだ？　俺がパテルの店でカッターナイフを使ったこと、スキーマスクをかぶっていたことを聞いて、さっそく同じものを買いそろえたということか」

ロストフが誇らしげに言った。「当然だろ！　俺は頭がいいからな！　だろ？」

「それでもって、世間はダイヤモンドを不当に扱っているだの何だのって触れ回ったわけか。大地の魂だって？　若い女に指輪をのみこませた？　指を切り落とす？　いったい何のつもりだ、くだらない」

ロストフの目が小ずるそうに光った。「くだらないか？　ふん。そのくだらねえ話、世の中はしっかり信じただろうが！　プロミサーが登場したとたん、パテルが殺されたのはブルックリンでキンバーライトやダイヤモンドが出てきたせいだなんて誰も疑わなくなっただろ。頭のおかしな男が婚約したばかりのきれいな女を殺して回ってるってCNNが言えば、それがほんとのことになるんだよ」

たしかに、それは否定できない。

ロストフが身を乗り出し、低く落ち着いた声で言った。「けどな、クーリツァ。俺にはほんとのこと、話していいんだぜ。たいがいのダイヤモンド会社が何してるか、あんた知ってるだろ。せっかくの美しい石を切り刻んで、ショッピングモールで売るんだぜ。きれいな原石をだいなしにして、ろくでもないダイヤモンドを作って、そこらの女の太った指に飾るんだよ」ロストフの目に怒りの影が差す。「犯罪だろ」ウェイトレスに身振りでおかわりを頼み、運ばれてくるまで黙って待った。すばやく一口。「そうだよそうだよ、ドブプロム、俺のすてきな雇い主は、そういうディーラーにダイヤモンド、売ってる。俺の給料が出るのはそのおかげだ。けど、言うことは言わせてもらうぜ。あんただって同じだろ。あんた、心の奥底じゃこう考えてるよな。そうだ、プロミサーの言うとおりだってさ。ガラスとダイヤモンドの区別もつかない売女ども《クールィ》を痛めつけてやれ、泣かせてやれって」

ロストフは酒をまた一口飲んだ。「そうだな、俺はイカレてるよ。石化してる。けど、あんたにも同じようにイカレてるところがあるだろ」

アンドリュー・クルーガーとしては異を唱えたかった。だが、その点についてもロストフに一理あることを認めないわけにいかない。ダイヤモンドは地球上の何より完璧な物質だ。それを不当に扱う者たちに多少なりとも軽蔑を抱くのは当然のことではないか。

しかし、クルーガーも雇われの身だ。請けた仕事はやり遂げなくてはならない。スプライトのグラスを脇に押しやり、低い声で言った。「俺たちの問題について話し合おうか」

今度はロストフが渋面を作った。「そうだよな。あんたの地震は偽物だってばれちまったもんな。けどあんた、あのグリーンピースの馬鹿にうまいこと全部押しつけたじゃねえか」

クルーガーは言った。「グリーンピースじゃない。ワン・アースだ」

地震は妨害行為であるとライムやサックスに見抜かれ、身代わりが必要になった。建設現場前でシャピロがわめき立てているのを見たことがあり、あの男がちょうどいいとクルーガーは考えた。シャピロの自宅に侵入し、犯行を裏づける品物をいくつか置き、帰宅したシャピロの頭をかち割った。次にリンカーン・ライムに電話をかけ、エシカルではないダイヤモンドを加工していることを理由に、シャピロがジャティン・パテルを攻撃のターゲットにしていたことがわかったと告げた。

そのうえでシャピロの車でパリセーズ・パークに行った。シャピロを崖から投げ落とし、バスでハドソン川にかかるジョージ・ワシントン橋の交通ハブまで行き、そこから地下鉄でマンハッタンに戻った。

「で、計画の天才、これからどうする？」

クルーガーは言った。「状況は見た目ほど悪くない。俺が爆薬を仕掛けるのを手引きした建設作業員がいるだろう」

「知ってるよ。あんたのメールを見たから」

クルーガーは射るような視線を向けた。

「で、その男。いまどこだ？」ロストフが言った。

「死んだ。そいつの話では採熱シャフトの採掘はほぼ完了している。掘削作業でキンバーライトが新しく出てくる心配はほとんどなくなったということだ。出てくれば、行方を探して処分すればいい。最大の問題は見習いの若造、ヴィマルだ。土曜日にヴィマルが持ち歩いてたサンプル。あれは掘削現場で手に入れたものじゃない。そのときにはもう、俺が残らず処分していたからな。ほかの誰かから渡されたか――ワイントラウブみたいに分析を頼まれた人間とか――別の場所でヴィマル自身が拾ったかのどちらかだろう。なんとしても奴を探さないと。サンプルをどこから手に入れたのか、ほかに誰が知っているか、ぜひとも聞き出す必要がある」

ロストフが歯のあいだに詰まった食べかすを爪でせっせとほじくっているのを見て、もとより乏しかったクルーガーの食欲は完全に失せた。ロストフが言った。「で？」

クルーガーはテーブルに身を乗り出した。「一つ考えがある。アメリアって女がいるな。彼女がヴィマルの居場所を知ってる。吐かせよう。殺すわけにはいかない。警察の人間だからな」

ロストフが訊く。「警察官を殺すのはやりすぎだ」

「痛い思いをさせる程度なら？」

「許容範囲だ」

ロストフの表情が輝いた。「いいねいいね、それでいこうぜ。あの女、気に入らない。あと少しでヴィマルってクーリッツァに手が届きそうだったのに、あの女に邪魔された。で、どうやる？」

「捜査チームには、情報通のディーラーがマンハッタンにいると話してある。そいつがアメリアになら話をしてもいいと言っていることにしよう。ただし彼女一人で来ることという条件をつけているとな。静かな店を探そう――ダイヤモンド地区以外の場所で。俺たちが先に行って、店主を殺す。おまえが店主になりすまして、アメリアが来たら、好きにしていいから、とにかくヴィマルの居どころを聞き出せ。どうやったら接近できるかって話もな。問題が片づいたら、俺たちは引き上げる。ボーナスが待ってる」

ロストフは大げさに顔をしかめてみせた。「ボーナス？　グアテマラの連中、ボーナスまでくれるのか」

「ドブプロムはボーナスも出さないのか」

ロストフは苦々しげに笑った。それから身を乗り出し、クルーガーの腕に手を置いた。気持ちの悪い感触だった。「アメリアって女、そのクーリツァ、な……指輪、見たか？あれもダイヤモンドだ。だろ？」ロストフは目を細めた。声の調子から、彼にとっては大事な質問であることが伝わってきた。「サファイヤじゃねえよな」

クルーガーは答えた。「あれか。ダイヤモンドだ」

ロストフが訊いた。「グレードは」

米国宝石学会（ＧＩＡ）は、四つのＣでダイヤモンドの品質を表す。カラット重量、カラー、カット、クラリティ。クルーガーはロストフの質問に答えた。「間近で確かめたわけではないが、大きさは二カラットくらい、ブルー、エクセレント、クラリティは

VVS1か2といったところだろう」

　最上のフローレスではないが、裸眼では確認できないくらい微少な不純物《インクルージョン》があるだけということだ。非凡な石だ。

「なぜ訊く？」クルーガーはそう尋ねたが、このクレイジーな男が何を考えているかは見当がつく。

「俺たちは女を痛めつけなくちゃならない。俺には土産物がなくちゃいけない」ロストフは目を細めてクルーガーをじっと見た。「かまわないよな」

「ヴィマルの居場所さえわかれば、ほかはどうだっていいさ。殺さないかぎり、好きにしろ。おまえにまかせるよ」

53

　ライムは居間を見回したが、セリットーとサックスの姿はなかった。どこへ行ったのだろう。タウンハウスにはいるはずだ。すぐそこのコートラックに二人のジャケットがある。

　二人がいないと困る。証拠物件一覧表を検討し、意見を交換して、ロシア人の未詳の行方や次の爆弾のありかについて一つでも多くの手がかりを探りたかった。几帳面な文字が並んだホワイトボードはあいかわらず無口で、ふだん以上にそっけなく、つんと取り澄ましているように思えた。

声を張り上げて妻と刑事を居間に呼び戻そうとしたとき、玄関ドアを乱暴に叩く音が響いた。

ライムとロナルド・プラスキーはインターフォンのモニターを確かめた。スーツ姿の男が四人。一人がカメラの前に何かを突きつけていた。身分証らしい。

ライムは目を細めた。

FBI。

なるほど、そういうことか。

タウンハウスの奥からサックスとセリットーとトムがそろって現れた。ライムは三人の表情に目をとめた——エル・アルコンの件を知っているらしい。

「何の騒ぎだろうな、リンカーン」メル・クーパーが訊いた。

「百パーセントの確信はないが、ルーキーと私は逮捕されるようだ」

「え?」プラスキーが大声を出した。

「ともかく、玄関を開けてくれないか、トム。ドアを破られてはたまらん」

四人は足早に玄関ホールから居間へと入ってきた。三人はFBI捜査官で、コンサルティング会社の広告のモデルのように、時代に即した多様性を体現していた——白人女性に黒人男性、そしてアジア系の男性。そろって愛想のかけらもなかったが、どんな業界でも真面目さは長所に勘定される。なかでも法執行機関では不可欠の特質だ。この家の住人に危険人物がいないことは知っているだろうが、それでも三人の油断のない目は全員を値踏みし、リスクを測っていた。

四人組の最後の一人はヘンリー・〝ハンク〟・ビショップ、すらりとした長身の東部地区連邦検事だった。居間にいる誰よりも頭一つ分くらい背が高い。

「リンカーン・ライムですね」FBI捜査官の一人がライムに向かって言った。エリック・ファローという、スポーツが得意そうな体格をした若い捜査官だ。

ライムはファローに向かって言った。「両手を挙げたいところだが、私には無理だ。悪いな」

ファローはもちろん、ほかの誰一人としてそのジョークに反応しなかった。

ビショップがファローに言った。「ミスター・ライムには私から話をしよう。きみはプラスキー巡査の身柄を押さえてくれ」

ファローがプラスキーに近づいた。「プラスキー巡査、両手を見えるところに出しておけ。銃を預からせてもらう」

プラスキーはファローと正面から向かい合った。「やめてください。僕がいったい何をしたっていうんですか」

だが、プラスキーの困惑の表情は、いかにも芝居くさかった。

「リンカーン」セリットーは言ったが、そのまま黙りこんだ。おそらくデルレイからあらかじめ言われているのだろう——セリットーとサックスは何も知らなかったふりをしろと。ライムがエル・アルコンの弁護士の依頼を引き受けていたことを二人に伝えたのがデルレイだとするなら、だが。ライムはサックスを見やった。サックスは彼の視線を避けた。

無理からぬことだ。

残る二人のFBI捜査官が進み出た。一人がプラスキーのグロックを預かった。

ファローが言った。「両手を背中に回せ」

「その必要はないと私は思うね」ライムは言った。いささか楽しげな調子が過ぎたかもしれない。嘲っているように聞こえただろう。少々やりすぎた。

ファローはかまわずプラスキーに手錠をかけた。

「答えてくれ、ビショップ。これはいったいどういうことだ？」セリットーは気を取り直した様子で、驚いている芝居もいくらかさまになっていた。

「よせ」ライムは言った。「不要な騒ぎだ」

ビショップが言った「ミスター・ライム。あなたとプラスキー巡査には重大な容疑がかかっている。司法妨害罪と共謀罪、許可なく証拠情報を利用した罪で逮捕する」

ルーキーの目がゆっくりと動いてライムを見た。

崇高な目的のために働いて、罪に問われるなどということがあると思うか……

ビショップが続けた。「リンカーン、これまで司法のために力を尽くしてくれましたね。それは認めますよ」

力を尽くした？　それは賛辞のつもりか？　ライムは苦々しく思った。しかしいまは、ファ

「量刑を判断するときが来たら、過去の功績は酌量《しゃくりょう》されるだろう。ファロー捜査官、プラスキー巡査とミスター・ライムに被疑者の権利を読み聞かせてやってくれ」

セリットーが芝居をあきらめて言った。「本当なのか、リンカーン？」その顔に狼狽《ろうばい》が浮かんでいた。

サックスは唇を引き結んでいた。それに、あの目の表情。

それを見て、ここまでだと思った。

「よし、みんな落ち着いてくれ。頼む。ヘンリー――ヘンリーと呼んでかまわないだろうね？」ライムはビショップに尋ねた。

ビショップは虚を突かれたような顔をした。「いや、あー、周囲からはハンクと」

「そうか、ハンク。実をいうと、ちょうどいま、現在の状況についてきみにメールを送信しようとしていた。あと少しで書き終わるところだった」

ビショップの視線が揺らぐのがわかった。その奥に驚愕があるのが見えたような気がした。ライムはパソコンの画面に顎をしゃくった。そこには、たしかにビショップの公のメールアドレスに宛てた長いメールの文面が表示されていた。ビショップはつられて

画面を見たりはせず、ライムの顔をまっすぐ見つめていた。ライムは言った。「ロングアイランドでエル・アルコンが逮捕された際に発生した銃撃戦で、ナッソー郡の上級刑事が負傷したことは知っているね」

ビショップが答えた。「知ってますよ。バリー・セールズでしょう。数日後に検察側の証人として出廷してもらう予定です」

「バリーはかつて私の部下だった。一緒に仕事をしたなかでもっとも有能な鑑識員の一人だったよ」ライムはここで間《ま》を置いてから続けた。「彼が負傷したと聞いて、検察側の顧問に立候補しようと考えた。証拠の分析を担当しようとね。バリーを撃った者が誰であれ、かならず鉄壁の証拠を積み上げてやろうと思った。私が証拠の分析を担当したかった」

「ええ、覚えていますよ」ビショップが言った。「あなたは検察側の鑑定人候補の筆頭に挙がっていた」

「しかし別件でワシントンDCを離れられなかった。無念だったが、どうしようもなかった。その後、昨日になってエル・アルコンの弁護士から電話があった。私を雇い、逮捕チームの誰かがエル・アルコンの有罪を裏づけるような証拠を偽造したことを証明してもらいたいと」

ビショップが言った。「そんなのは弁護側の悪あがきに──」

「ハンク。頼むから最後まで聞いてくれ」

苦々しげな表情をしつつも、ビショップはどうぞというように掌をライムに向けた。

ライムは続けた。「検察側の主張に弱点があることは知っているね」

ビショップは居心地悪そうに身動きをした。「弱点というほど明白なものでは」

「弁護側の主張を述べると、第一に、銃撃戦のあいだ、エル・アルコンはトイレに隠れていた。第二に、射撃残渣は偽造されたものだ。コーディの銃をエル・アルコンは撃っていない」ライムはパソコンのほうに顎をしゃくった。「私はその二つの主張がいずれも誤りであることを証明した。弁護側の主張は完全に否定された。まずはバスルームにいたという件。エル・アルコンが伏せていたと主張している床から、ある洗剤に特徴的な痕跡が検出された。プラスキー巡査がグリッド捜索をしてサンプルを採取してね。そのブランドの洗剤に含まれる塩素には粘着性がある。エル・アルコンがバスルームの床に伏せていたのなら、同一の分子が着衣または靴から検出されていなくてはおかしい。だが、いっさい付着していなかった」

ビショップの目がファローへと動いた。捜査主任であるファローがその事実に気づかなかったことを難じるような視線だった。ファローは無表情を貫いた。

「次に、エル・アルコンが捜査チームに向けて発砲した件だ。たしかに、銃からは指紋が検出されなかった。検察側は、エル・アルコンはシャツの袖口のボタンをはずし、生地で手を覆った状態で銃を握ったと主張しているね。その理屈なら、銃から指紋が検出されないのに、手に射撃残渣が付着した理由を説明できる」

ビショップがうなずいた。「証明はできませんがね。しかし、陪審も、エル・アルコンはそうやって銃を握って発砲したと推論してくれるだろうと期待していますよ」ライムはにらみつけたくなるのをこらえた。「推論の必要はない。エル・アルコンは確かにシャツの袖を使って銃を握った。私はそれを証明した」

ビショップは目をしばたたいた。「どうやって？」

「銃はグロック二二、弾丸はルガーの九ミリ。反動速度は秒速十七・五五フィート、反動エネルギーは六・八四フィートポンド。エル・アルコンが着ていたシャツの織りの粗いコットン地の繊維を余裕で押しつぶせる力だ。科学捜査ラボが撮影した顕微鏡写真を見ると、射撃残渣がはっきりと確認できる。写真をひととおり確認したところ、銃の反動で繊維がつぶれていることがわかった。陪審は、銃を発射した場合にのみ現れる圧縮パターンだ。すべてメールに書いてある。陪審は、バリーに当たった弾丸はエル・アルコンが発射したものであると推論するしかないだろう。しかも、それは合理的な結論だ。なぜなら、時系列を考慮すると、バリーが撃たれた時点でコーディはすでに死亡していたことが強く示唆されるからだ」

ビショップはしばし言葉を失った。

「いや、その、すばらしいですね、リンカーン。恩に着ますよ」そう言ってから眉をひそめた。「しかし、先に言ってくれればよかったのに」

「弁護側の主張に、ほんのわずかでも真実が含まれていたら？」ライムは即座に切り返した。「事実、何者かが証拠を偽装していたのだとしたら？　その場合、私はそれが誰であるか、その影響はどれほどのものかを判断して、きみに知らせただろう。あるいは、率直に言わせてもらうなら、偽装したのがきみだった場合、ワシントンDCの司法長官に連絡していただろうな」

セリットーがにやりと笑った。

「とすると、我々の主張を補強するために、エル・アルコン側の依頼を引き受けたふりをしたというわけですか」

「そういうわけではない。それは偶然の結果だ。明白な理由が別にあった」

「というと？」

「ミスター・Xを見つけるために決まっているだろう」ライムは不機嫌につぶやいた。

「それについては結果を出せなかったが」

「ミスター・X？」ビショップが眉根を寄せた。しばし唇を引き結ぶ。「ああ。エル・アルコンのアメリカ側の協力者ですね」

明白な理由……

「銃撃戦の現場にはいなかったかもしれない。しかし、この件の背後にいることは確かだ」

ファローがうなずく。「現場になった倉庫の所有者は、その人物が経営する会社であることは間違いないでしょうが、特定できませんでした」

「バリー・セールズを負傷させたのは、エル・アルコンであると同時に、その人物でもある。だが、つながりを見つけることはできなかった」

ビショップが溜め息をつく。そしてもどかしげな表情で言った。「こちらもやれることはすべてやった。調べられるものはすべて調べた。あらゆる文書を確認し、あらゆる手がかりを追った。それでも何も出てこなかった」

ファローが言い添えた。「情報屋にも当たりましたし、監視も十分にしました。CIAや国家安全保障局にまで問い合わせましたよ。国外との通信について。誰であるにせよ、その人物はまるで幽霊です」

ライムは言った。「その人物のもとに案内してくれる証拠が一つくらいはあるのでは、何かに言及したものが一つはあるのではと期待した」肩をすくめる。「だが、何も見つからなかった」

「しかし、おかげでエル・アルコンの有罪は確実になりましたよ、リンカーン。ありがとう」

ビショップが笑みを作った。この男には珍しいことなのではないかとライムは思った。

それからビショップは言った。「受け取った前金はどうするつもりです?」

ライムは言った。「金なら、バリーを受益者とする取消不能信託にした。匿名で。どこの誰から来た金か、本人にはわからない」

セリットーが笑った。「カレーラス=ロペスとしちゃ、いい気はしないだろうよ。奴はどんな手に出ると思う？」

ライムは肩をすくめた。「向こうは弁護士だ。告訴でも何でもすればいい」

ビショップがファローにうなずき、プラスキーの手首に視線をやった。ファローは手錠をはずした。四人は無言でタウンハウスを引き上げていった。

ライムは四人組の後ろ姿を見送った。プラスキーかクーパーが何か言った。ライムの耳には届かなかった。ある考えに意識を集中していた。考えというより、一つのイメージだ。友人の顔、バリー・セールズの顔。

カレーラス＝ロペスがこのタウンハウスに来たときライム自身が発した言葉がふたたび脳裏に蘇った。カレーラス＝ロペスは、ライムが考えていたのとはまったく違った意味に解釈しただろう――〝正義〟という言葉について。

ライムはサックスに目を向けた。サックスはまだ彼の視線を避けていた。そのとき、サックスの電話が鳴り出した。

画面を確かめて、サックスが言った。「エドワード・アクロイドから」応答して短い会話を交わした。サックスが目をわずかに細めたのを見て、何か重要な情報がもたらされたらしいとライムにもわかった。

サックスは電話を切って言った。「シャピロが真犯人だとエドワードに伝えたディーラーのことだった。事情聴取に応じてくれそうだって。ただ、相手が私服刑事ならっていう条件がついているそうなの。制服警官はお断りだそうよ。警察が来てるのを見たら、客にどう思われるか心配だからって。エドワードが私ならどうかって提案して、向こうも同意した」

それからサックスはライムに近づいてかがみこみ、彼にだけ聞こえる声で言った。

「どうして話してくれなかったの」

エル・アルコンの弁護士からの依頼を秘密にしていた件だろう。いま思えば、なぜ黙っていたのか自分でも不思議だ。万が一、何かまずいことが起きたとき、サックスが巻きこまれずにすむようにと配慮したつもりだったのかもしれない。だが、いまならわかる。それは配慮ではなく偽善だ。

ライムは唇を結んだ。サックスと視線を合わせた。「そうだな。きみには話すべきだった」

サックスが微笑む。「でも、お互いさまね。私は建設現場で何が起きたか話さなかった。あなたは内緒の捜査のことを話さなかった」

ライムは言った。「すでに長いつきあいになるが、これに関して私たちはまだまだ初心者のようなものだな、サックス。二度と同じ間違いはしないと約束するよ」

「私も」サックスは情熱的なキスをしたあと、玄関に向かった。「あとでダウンタウンから連絡する」

54

ローワー・イーストサイドのくたびれた通りを進む旧型のフォード車は豪快に揺れた。アメリア・サックスは玉石の一つひとつを腰の痛みとして感じた。建設現場で転倒したとき——おぞましいが衝撃は吸収してくれる柔らかな泥に落ちたときではなく、橋の代わりに渡された板の上で最初に膝を打ったとき——背骨を微妙にねじってしまったらしい。

また衝撃が来た。

いまのは強烈に痛かった。

アスファルトが敷かれた区間もあるが、石や煉瓦が敷かれた道、路面補修中で鉄板を敷いてある道も少なくなかった。

トリノ・コブラは、凹凸のない路面を走るために作られている。

サックスは昔からこの界隈《かいわい》が好きだった。〝LES〟と略して呼ぶ人もいるが、サックスは認めていない。そのような気取った呼びかた、いかにも流行の先端を行っていますというような呼びかたは、ローワー・イーストサイドには似合わない。ここはマンハッタンのどこよりもカラフルで多様性に富んだ歴史を持つ地域だ。一九世紀後半には、ドイツ系、ロシア系、ポーランド系、ウクライナ系を代表とするヨーロッパ諸国からの移民が暮らしていた。陰気で窮屈な安アパートや行商人の手押し車がカオスのようにひしめく人口過多のこの一角は、ジェームズ・キャグニー、エドワード・G・ロビンソン、ガーシュウィン兄弟らのエンターテイナーを世に送り出した。パラマウントやMGM、20世紀フォックスといった映画会社の系図をさかのぼると、ローワー・イーストサイドに行きつく。

第二次世界大戦後、ニューヨーク市内で最初に真の多民族コミュニティを確立した地域でもある。もともとは白人が多く暮らしていたが、そこに黒人やプエルトリコ人が加わって以降、みながおおむね仲睦まじく暮らしている。

ローワー・イーストサイドはまた、9・11の同時テロが起きるまで、市内でもっとも悲劇的な歴史を持つ地域でもあった。教会の催しに向かうドイツ系アメリカ人千三百名余りを乗せてイースト川を遡上《そじょう》していた遊覧船ジェネラル・スローカムで火災が発生し、千を超える人命が失われた。この悲しみはローワー・イーストサイドに伝染病のように広がり、多くに移住を決意させた。ローワー・イーストサイドのリトル・ジャーマニーの住民のほぼ全員が数キロ北のヨークヴィルに移り住んだ。

〈ディスカバリーチャンネル〉のドキュメンタリーのような話はおくとしても、アメリア・サックスはこの地域とのあいだに特別な絆を持っている。何年も前、初めて重罪犯を逮捕したのがここだった。非番の日に、武装強盗を現行犯で捕まえたのだ。異性と一緒に日曜のブランチに出かけ、彼と――何という名だった？　フレッド。いや違う、フランクだ。カッツのデリで腹一杯に食べた帰り道、フランクが唐突に立ち止まった。そしておずおずと道の先を指さした。「ちょっと。あの男。あそこのあいつ。もしかして銃を持ってないか？」

次の瞬間、食べ残しを詰めてもらった袋は道ばたに放り出され、サックスの手にはグロックが握られ、フランクは有無を言わさず大型ごみ収集器の陰に押しこまれていた。サックスは強盗の現場に猛然と走りながら、通行人に大声で警告した。「伏せて！　伏せて！　警察です！」そこから事態はひたすら悪いほうへと下っていった。サックスは、照明器具専門店に強盗に入ったうえ（店のウィンドウに掲げられた札には〈現金お断り、クレジットカード払いのみ〉とあった）サックスに銃を向けるという二重の判断ミスを犯した麻薬中毒者と、銃撃戦を演じることになった。ニューヨーク市警の規則では、警察官は相手に致命傷を与える目的でなければ発砲してはならないと定められている。しかしそのときのサックスはまだ、そういった状況で解雇の危険を冒さずに何をすべきか、冷静に判断するだけの経験を積んでいなかった。だから強盗の手を狙って発砲し、銃を弾き飛ばして脅威を排除した。サックスにとっては簡単な射撃だったし、相手を死なせた場合に比べて提出する書類の数も少なくてすむ。サックスを地下鉄まで送っていこうとしていたあいだは熱に浮かされたようにしゃべり続けていたフランクは、それきり二度とサックスをデートに誘わなかった。

いま、サックスは〝真昼の決闘〟を演じたのと同じ通り——バワリー——をそれ、迷路のような脇道を抜けて、建物のあいだの薄暗い谷にたどりついた。百五十年の歳月を生き延びた五階建ての安アパート群は、いまも四角く切り取られた灰色の空に向けてそびえている。建物の側面は非常階段でびっしりと埋まっていた。昔ながらの洗濯紐が張られているアパートもある。シャツやジーンズ、スカートの幽霊が風にはためき、温室効果ガス排出量の削減に微々たる貢献をしていた。

建物はほとんどが居住用のアパートだが、ところどころ一階に商店が入居している。クリーニング店。〝ビンテージ〟衣料店（要するに古着屋だ）。もっぱらオカルト専門の古本店。

そして——あった。ブラウステイン宝飾店。

車を歩道に乗り上げて駐め、ニューヨーク市警の駐車票をダッシュボードに置いて車を降りた。この日も気温は低く、住民は家にこもっており、この通りに来る理由がないため旅行者は寄りつかない。歩道に人の姿は一つもなかった。

宝飾店に近づいた。入口に〈営業終了〉の札が下がっていたが、エドワード・アクロイドから、店主のエイブラハム・ブラウステインが待っているはずだと言われていた。しかしサックスは店内をのぞいた。陳列台が並んだ手前のスペースは無人で暗かった。しかし店の奥には明かりがともっていて、誰かいるようだ。まもなく時代遅れの黒いスーツを着てユダヤ教のヤムルカをかぶった男性がサックスに気づいて手招きした。

入口には鍵がかかっていなかった。サックスはドアを押してなかに入った。

だが、一メートルも進んだかどうかのところで何かにつまずいて前のめりに投げ出された。古びたオーク材の床に叩きつけられ、痛みにうめいた。

足首の高さに太い針金が張られていたことに気づいて愕然としたちょうどその瞬間、男が飛びかかってきた。膝で背中を押さえつけられた。息ができない。吐き気が喉もとまでこみあげた。痛みに耐えかねて悲鳴を上げた。男のヤムルカは消え、いまは例によってスキーマスクをかぶっていた。

銃に手を伸ばそうとしたが、男が先にホルスターから抜き取ってポケットに入れた。携帯電話も奪われた。男は布手袋をはめていた。次にサックスの手首を取り、背中で手錠をかけた。そしてついでのように腰のあたりに拳を叩きつけた。建設現場の板の上で転倒して痛めた場所のすぐ隣から新たな激痛が全身に響き渡って、サックスは悲鳴を上げた。

男は咳きこみ、いったん手を止めた。サックスのうなじに男の息と唾が吹きかけられた。アルコールとニンニク、それに大量にはたきつけたらしいアフターシェーブローションの甘ったるいにおいがした。

男が顔を近づけてきた。サックスは身構えた。いまにもまた拳が叩きつけられると思った。しかし、違った。男はサックスの左手の薬指をなぞっていた。彼女の結婚指輪か婚約指輪を吟味しているようだった。

サックスは言った。「私がここにいることは大勢が知ってるわ。こんなことをしても――」

「声を出すな、売女《クーリツァ》」ロシア語の訛のある声だった。「声を出すな」

それから男は、サックスをなかば抱え、なかば引きずるようにして店の奥へ連れていった。そして事務室のカーペット敷きの床の上、青ざめた男性の死体のすぐ隣に彼女を放り出した。死体はおそらく店主のエイブラハム・ブラウステインだろう。ロシア系の男はポケットからカッターナイフを取り出し、親指でボタンを操作して銀色にきらめく刃を押し出した。

サックスの耳に、リンカーン・ライムの言葉が蘇った。

二度と同じ間違いはしないと約束するよ……

それがライムから聞いた最後の言葉になるのだろう。

55

「哀れなエイブラハム」ロシア人が独りごとのようにつぶやいた。

男はサックスの財布やショルダーバッグを検《あらた》めていたが、その手はぎこちない。手袋をはめているせいだ。興味を惹かれるものがなかったと見え、財布もショルダーバッグも脇に放り出した。

「哀れなクーリッァ。エイブ－ラ－ハム。哀れなユダヤ人。愚かなことをするからだ。エゼキエル・シャピロと俺の関係をしゃべるなんてな」男は舌打ちをした。「保険の男と話してるの、見た。馬鹿だよ。な、あんたも馬鹿だと思うだろ？」

男はサックスのかたわらに来てしゃがんだ。「さてと。あんたに訊きたい。ヴィマルって奴、どこにいるか言いな。ヴィマル、知ってるだろ？　な？　あと、保険の男。エイブラハムから聞いたんだよ──ちょっとゲームをしたあとにな」そう言ってナイフに顎をしゃくった。「エドワードって奴と話したって聞いた。ヴィマル、どこにいるか言え。エドワードって奴のラストネームと、そいつがどこにいるか教えろ……話せば、心配ない。あんた、もう心配ないよ」

罠に決まっている。未詳四七号はブラウステインを脅してアクロイドに電話をかけさせ、刑事と会う手はずを整えさせたのだ。ただし、刑事なら誰でもいいというわけではなかった。未詳四七号はサックスを指名した。サックスなら、ヴィマル・ラホーリの居場所を知っている。

痛みが全方位から攻めてくる。肋骨、頭──手首。そういえば手錠をかけられるのは初めての経験だ。鋼鉄の輪が骨と皮膚にきつく食いこんでいた。サックスは無力だった。

衝撃からまだ立ち直っていない。背中に膝で乗られたときの痛みが全身を焼き焦がしている。肺に空気が入っていかない。まだまともに息ができなかった。

意識が遠ざかる……

だめ、気を失ったりしちゃだめ。

そんな場合じゃない。

男は、変装したままでいることにふいに気づいたらしい。ブラウスティンの上着を乱暴に脱いで、床に放り出した。

「ユダヤのジャケット」ひとしきり咳をした。口もとを拭い、ナプキンを見つめる。

「いいねいいね。問題ない」

サックスは嫌悪感をこらえ、状況を冷静に見きわめようとした。酒の臭いはしているが、男は酔っているように見えない。少なくとも、注意がおろそかになるほど酔ってはいなかった。どのくらい時間を稼げばいいだろう。焦《じ》れたライムが電話をかけてきて、新しいことはわかったかと訊こうとするまで——？　応答がなければ、三分から四分でパトロールカーが駆けつけてくるだろう。最寄りの分署はここからそう遠くない。

しかし、その三分から四分は、おそろしく長く感じられるだろう。

男が顔を近づけてきた。「さて、あんた……」

またサックスの身分証を確かめた。

「あんた、女刑事のアーメリア。あんたは役に立つ女だ。俺の役に立つ。それがあんたのためだ。俺の役に立つ、解放される」

「あなたの名前は？」サックスは思いきって尋ねた。

「声を出すな、クーリッァ」

「ガス管爆弾はもう一つあるのよね。一つじゃすまないかもしれない。どこに仕掛けたのか教えて」

男は考えをめぐらせているような表情をした。青い瞳の瞳孔が収縮し、また広がった。ドラッグのせいではない。精神が錯乱しているせいだ。この男は傭兵で、プロの殺し屋だ。しかしプロミサーとその常軌を逸した使命は、完全な作り話ではないのだ。サックスの初期の診断は当たっている。

単に頭がおかしいのよ……

サックスは続けた。「検事と交渉するわ。国務省とも。あなたに有利な条件で司法取引をしてもらう」

「国務省か。ふん、あんた、自分の立場、考えてみな。翼を胴体にくくりつけられたニワトリ。あとは鍋に放りこむだけ！　なのにまだエサ箱をつついて、何かいいものがないか探してる。俺はアメリカ人か？　俺はルースキーか？　国家安全保障局は俺の何を知ってる？　お利口さんだな。俺、あんた気に入ったよ、クーリッァ。痛い思いはさせない。俺を手伝えばな」

いくらかまともに呼吸ができるようになった。転倒の痛み、男に殴られた痛みは和らぎ始めていた。

考える。落ち着いて。何か計画を立てて。時間を稼がなきゃ。

時間……

「あなたのことなら少しだけ知ってるのよ。モスクワ出身。ドビンズ名義のパスポート。ほかにも、バルセロナやドバイで使った別名義のパスポートがある」

男が凍りついた。平手打ちでも食らったかのようだった。

サックスは淡々と続けた。「あなたが捕まるのは時間の問題よ。あなたの人相特徴は、要警戒リストに載ってるの。この国から絶対に出られないということ」

男は立ち直り、大きくうなずいた。「そうだな、そうかもな。けど、俺には出る方法があるんだよ。それか、このナイスな国にこのまま住んで、ウーバーの運転手になってもいいな！　さて、俺の質問だ。探してる男がいる。保険会社のクソ野郎も。エドワードだ。ほら、答えな」

「検察と――」

男は唐突に立ち上がった。正気とは思えない目をしていた。足を引き、オクスフォードシューズの先でサックスの脇腹を蹴った。肋骨が折れることはなかったが、それまであった痛みが一つ残らずぶり返した。サックスはまた悲鳴を上げた。涙があふれた。男はふたたびかがみこみ、サックスの耳もとに口を近づけた。そして怒りに燃える声で言った。「おしゃべりはやめだ。質問に答えな」

サックスは黙った。

「いいな？」

サックスはうなずいた。

もう自分にやれることはない。サックスは目を閉じた。そして考えた。この男が山ほど証拠を残そうとしていることがせめてもの救いだ。

アメリア・サックスは覚悟した。ここで死ぬのだ。

最初に父の顔が浮かんだ。ハーマン・サックス。表彰経験のあるニューヨーク市警の巡査。

次に、当然ながら、ライムのことを思った。長い歳月を並んで歩んできた。

二度と同じ間違いはしないと約束するよ……

そして母を思った。パムのことも。サックスが命を救った少女、その後サックスにとって娘のような存在になった少女。いまはサンフランシスコで勉強を続けている。

ロシア人の男はサックスをうつ伏せにすると、足を広げさせた。サックスの頰がざらついた床にこすれた。男は手錠をかけられたサックスの左手をつかみ、強引に引き寄せると、またも薬指をなぞった。ライムから贈られた婚約指輪のブルーダイヤモンドを吟味しているらしい。

男の関心を時間に交換できるだろうか。サックスは口を開きかけた。「私の話を――」

「声を出すな。そう言っただろ」男はナイフの刃で薬指をなぞった。「よし、クーリッツァ。俺の質問、答えな。若い男。ヴィマルって奴。馬鹿なクーリッァ。あいつと話、したい。ちょっとだけおしゃべりしたいんだよ。あいつがどこにいるか、言いな。保険会社の奴もな」

「お断りよ」

「殺したりしない。しないって！　傷一つつけないよ。話すだけ。おしゃべりするだけ」

「自首して。そのほうが有利になる」

男は笑った。「あんた、大した女だな！　ヴィマル。どこに行けばいいか言え」

片方の手でサックスの薬指をまっすぐに伸ばすと、ナイフの刃をさらに近づけた。刃の感触がした。

サックスは身をよじった。ありったけの力で指を曲げようとしたが、男の力が強すぎた。男はサックスの上にまたがり、体重を彼女の腰にかけた。サックスは身動き一つできなくなった。

薬指にちくりという痛みが走った。

やめて、切断する気だわ！　指を切り落とそうとしてる！

サックスは歯を食いしばった。なんと皮肉な話だろう。この男は私の左手の薬指を切り落とそうとしている。リンカーンが事故のあとも動かせた唯一の指とまったく同じ指を。

「ヴィマルはどこだ？」

「教えないわ」

いざ刃を食いこませようとして、男の手に力がこもるのがわかった。

サックスは大きく息を吸った。目をきつく閉じた。どんなに痛いだろう。

そのとき、ロシア人の男が身をこわばらせた。手の力がゆるむ。顔を上げたらしい。立ち上がろうとしている。ナイフがサックスの指から離れた。男が息をのむ気配がした。

銃弾が放たれるときの空気の圧力を、全身で痛いほど感じた。同時にロシア人の男の体から力が抜け、サックスの脚の上に後ろざまに倒れた。

すぐに男の体重が脚の上から消えた。サックスは横に転がって仰向《あおむ》けになった。目の前に、エドワード・アクロイドの呆然とした顔があった。自分の手、グロックを握った手を見つめている。サックスの銃ではなかった。アクロイドは熱いものに触れたかのように銃をデスクに放り出すと、サックスを助け起こしてロシア人の男の死体から遠ざけた。

アクロイドの唇が動いている。なぜ声が出ないのだろう。サックスは不思議に思った。

それから気づいた。銃声で、自分の耳が一時的に聞こえなくなっているのだ。

アクロイドはおそらく、大丈夫かと訊いているのだろう。

そう訊かれている前提でサックスは答えた。「大丈夫、大丈夫、大丈夫」

しかしアクロイドのほうも聞こえないらしく、猛烈な勢いで同じことを繰り返した。

おそらくこうだ――「え？　え？　え？」

56

二世紀前に建設されたアパート群に見下ろされながら、サックスは宝飾店の前に駐まった救急車の後部のへりに座っていた。ストレッチャーは断った。

救急隊員は深刻なダメージはないと宣言した。ロシア人の男から膝や靴で蹴られた肋骨は幸い折れていなかった。あとでどす黒い痣《あざ》にはなるだろうが。危うく切断されるところだった左手の薬指の付け根に浅い切り傷があるが、これもベタジンで消毒して絆創膏を貼るだけですんだ。

エドワード・アクロイドは神妙な面持《おもも》ちでサックスに付き添っていた。かすかな笑みは戻っているが、無理からぬことながら、うつろな種類の笑みだった。同じことは茶色の瞳にも当てはまった。自分にも何か手伝えることがあればと考えてエイブラハム・ブラウステインの店に来てみたのだとアクロイドは説明した。店内をのぞいてみたが、誰もいない様子だったのでなかに入った。すると驚いたことに、カッターナイフを持った男がサックスを床に組み伏せてのしかかろうとしていた。アクロイドは、カウンターの上の黒いジャケットのポケットから銃がのぞいていることに気づいた。ロシア人の男のものだ。ブラウステインのジャケットに替えたときそこに置いたのだろう。男がアクロイドに気づいて立ち上がり、ナイフで襲いかかろうとするのを見て、アクロイドはトリガーを引いた。

「考えるより先に撃っていました。反射的に。ただ……ロンドン警視庁に何年もいましたが、発砲したことは一度もなかった。そもそも銃を携帯したことさえなかったんです」アクロイドは力なく肩を丸め、人差し指で親指の爪を繰り返し痛めつけていた。

「当然の行動よ」サックスは言った。

だが、当人はそう思えないだろう。初めて人を殺した記憶は心にこびりつく。いつまでも消えない。そうするしかなかったのだとしても、そして反射的にした行為だったとしても、初めて銃で人を殺したという事実は、記憶と心と魂に深く刻みつけられる。

ロシア人の男は本当に死んだのか——アクロイドは救急隊員や駆けつけてきた警察官に繰り返し確認していた。負傷させただけのことだと思いたかったに違いない。だが、ホローポイント弾がめりこんだ結果を一目見れば、答えはおのずと明らかだった。

サックスは言った。「エドワード、ありがとう」礼を言われたところで気が楽になるというものではないだろう。だが、何をどう言おうと慰めにはならない。

しかしサックスは、今回のできごとに複雑な思いを抱いていた。指は切断されずにすんだ。命も助かった。しかし未詳四七号は死に、それと同時に、残りのガス管爆弾が仕掛けられている場所を知るもっとも確実な方法も、おそらく唯一のチャンスも失われたのだ。当番監察医が簡単な検分を終えるのを待って、サックスは鑑識用のオーバーオールに身を包むと、ロシア人の死体の上にかがみこんで、手がかりが一つでも残っていないか調べた。

「気持ち的には負担だろうと思いますが、ここだけの話、あまり心配しなくていいと思いますよ」

アンドリュー・クルーガーはうなずき、動転し、不安がっている様子をいっそう強く印象づけようとした。「ふう……何と言えばいいのか見当もつきません」

無印の警察車両を運転しているのは大柄なアフリカ系アメリカ人の刑事で、行き先の分署はすぐそこですからと請け合った。クルーガーはクライスラー車の助手席に乗っている。逮捕はされていない。刑事は現場をざっと見たあと、射殺は正当防衛と認められるはずだと宣言し、自分も「あなたの味方をしますよ、ミスター・アクロイド」と付け加えた。

そうはいっても、形式は整えなくてはならない。供述書が作成され、捜査が行われ、結果はすべて地方検事補に送られる。クルーガーの運命を決めるのは、受け取った地方検事補だ。

「告発される可能性は百万に一つくらいのものでしょうな。なんなら私の年金をかけたっていい。自分の経歴に傷をつけてまであなたを告発しようなんて地方検事補はいませんよ。それに、あなたにはチートカードがある」

「チートカード？」

「えーと、〝刑務所から釈放〟カードみたいなもの」

クルーガーにはまだ理解できなかった。「それはどういう？」

「イギリスにモノポリーはないんですか」

「独占企業《モノポリー》のことですか」

刑事は愉快そうな顔をした。「いまの話は忘れてください。あなたはアメリアの命――サックス刑事の命を救った。市警には欠かせない人材だ。そのアメリアを救ったんだから、それが免罪符になりますよ」

しばらく車内は沈黙に包まれた。

やがて刑事が口を開いた。「経験があります。私も同じことをしました。一度だけね。警察官になって二十四年になりますが、発砲したことはありませんでした。しかし一年半前……」刑事の声はいったん途切れた。「家庭内暴力の通報がありました。男は逆上してた。完全にぶち切れて、母親をいまにも撃とうとしていたんです。パートナーと私で説得を試みました。すると男は、銃をジェリーに向けた。撃つしかありませんでした」車が一ブロック進むあいだ、長い沈黙が続いた。「銃には弾が入っていませんでした。男の銃にはね。しかし……乗り越えるしかない。私は乗り越えました」

乗り越えたようには見えない。

「ありがとう、ご自分の経験を聞かせてくれて」クルーガーは誠意をかき集めてその言葉に注ぎこんだ。「ですが……今日、自分が決定的に変わってしまったような気がします」

少なくとも十三人を殺害してきた男のせりふとは思えない。しかも、銃で殺したのはそのうち三人だけだ。

銃が自分の頭を狙っていることに気づいた瞬間のロストフの表情を思い浮かべた。驚愕。その次に、理解。自分ははめられたのだと理解した。ただしそれもほんの一瞬のことだ。クルーガーは即座に発砲した。ロストフに名前を呼ばれる前に。二人が知り合いであることがサックスにばれる前に。こめかみを狙ってトリガーを引いた。

ウラジーミル・ロストフには死んでもらうしかなかった。

その計画はしばらく前から温めていた。ロストフが自分の携帯電話のデータを盗み見ていること、そしてニューヨークに来て〝プロミサー〟の役を演じていることが明らかになった時点で、クルーガーはできるかぎり早いタイミングでロストフを始末しようと決めた。そのときにはすでにライムとアメリアの有能さを見せつけられ、二人には事件の黒幕とその思想に共鳴した傭兵をあてがうしかなさそうだと考え始めていた。そして黒幕として、狂信的な環境保護活動家エゼキエル・シャピロを、その傭兵としてウラジーミル・ロストフを選んだ。

クルーガーは計画どおりブラウステインの店に行き、持参した未登録の銃――ヴィマルを負傷させ、サウル・ワイントラウブを殺害した銃――でロストフを殺した。ロストフ銃殺後の混乱に乗じ、ロストフのジャケットに九ミリ弾を忍びこませ、パテルとワイントラウブの事件との結びつきをよりいっそう強固なものにした。加えて、ロストフの携帯電話と滞在先のホテルの鍵、トヨタ車のキーも盗んだ。

警察の事情聴取はさほど時間がかからずにすむだろう。終わりしだい、ロストフのホテルの部屋に急ぎ、物証を残らず処分し、ロストフが使っていたプリペイド携帯やパソコン、車を処分するつもりでいる。

彼を乗せた警察車両は分署に到着し、クルーガーを降ろした。刑事は正面玄関に彼を案内した。

「こちらへ、ミスター・アクロイド。念のため、一つだけ。あなたは逮捕されたわけではありません。指紋は採取しないし、写真も撮りませんよ。そういうものは必要ありませんからね。事情聴取をするだけ、それだけですから」

「ありがとう、刑事さん。そううかがって安心しました。あんなことが起きたというだけで、もう充分に動揺していますから」涙を拭うふりをしようとしかけて、思い直した。それはさすがに演技過剰だろう。

57

アメリア・サックスはいくつかの収穫を携えてタウンハウスに帰還した。

一つは、ウラジーミル・ロストフが宿泊していたブライトンビーチのホテルの部屋と、サックスが錯乱したロシア人にあやうくナイフで指を切り落とされそうになったブラウステインの宝飾店で集めた物的証拠だ。

そしてもう一つは、ニューヨーク州環境保全省鉱物資源局の調査官だった。

ライムは前日に電話で話をした相手、ドン・マクエリスにそっけない視線を向けたあと、サックスが運びこんできた物証が詰まった箱を注視した。その視線に気づいたサックスが言った。「簡単にはいきそうにないわ、ライム」

目下の差し迫った使命――次のガス管爆弾が仕掛けられている場所を突き止めるのは一筋縄ではいきそうにない。

「それで、マクエリスの知恵を借りられたらと思って」

マクエリスは痩せ型のまじめそうな――〝むさ苦しい〟に言い換えてもいい――男だった。サックスは、これまでに発生した火災の詳細を念頭に置いて一緒に市街図を検討すれば、爆弾を捜索する範囲を少しでも限定できるのではないかと考えていた。「地震を本物らしく見せるために、おそらく断層に近い場所に仕掛けただろうと思うの。ドンなら断層の位置を的確に指させるだろうから」

セリットーは肩をすくめた。さほど乗り気ではないらしい。セリットーの電話が鳴った。「おっと、市庁舎からだ。やれやれ」そうつぶやき、電話を耳に当てながら少し離れた場所に移動した。

マクエリスは、ニューヨーク周辺の地質図を見たいのでパソコンをどれか使わせてくれと言った。クーパーが一台を指し示す。ここまでのガス管爆弾が仕掛けられていた地点も確認したいと頼まれ、サックスが市街図をテープで貼ったホワイトボードをマクエリスのそばに引っ張ってきた。火災が発生した場所を示す赤い点は、震源、すなわちキャドマン・プラザ近くの地中熱ヒートポンプ建設現場を中心としてほぼ楕円形を描いている。マクエリスは地質図をパソコン画面に表示し、ホワイトボードの地図との比較検討を始めた。

クーパーとサックスは白衣とフェースマスクを着け、ブラウスティインの宝飾店とブライトンビーチのロストフの宿泊先で採集された証拠の分析に取りかかった。

ライムにも新しい情報があった。サックスが未詳四七号の身元を知らせてきたのを受けてＡＩＳのダリル・マルブリーにふたたび連絡し、この人物の詳細を調べてもらった。短時間のうちに簡単な報告が届いた。ウラジーミル・イヴァノヴィッチ・ロストフ、四十四歳、軍歴とロシア連邦保安局（ＦＳＢ）――ＫＧＢの後継機関の一つ――の勤務歴あり。ここ十年ほどは〝コンサルタント〟として、石油とガスの採掘会社ガスプロム、石油掘削装置やタンカー製造会社ニージュニー・ノヴゴロド運輸、そしてロシア最大のダイヤモンド採掘会社ドブプロムなど、ロシアの準国営企業を主なクライアントとしていた。

マルブリーによると、ロストフは十二歳から二十歳まで、シベリアのミール鉱山で働いていたという。「あまり良心的な人物ではなさそうですよ、うちの調査によればね。一緒に坑道に下りたおじを殺したという噂があります。石が頭にぶつかったのが直接の死因のようですが、岩石すべりが発生した痕跡はなかったそうです。その地域に雇用をもたらしていた最大の企業ですから、警察も見て見ぬふりをしがちだったようですし。それからまもなくおばも死んでいます。ある夜、住んでいた建物の屋上に出たところ、階段室の鍵がかかってしまって屋内に戻れなくなったらしい。ただ、屋上に出た理由は誰にも説明できなかった。薄っぺらなナイトガウンに裸足という格好だったそうですから。十二月です。気温はマイナス二十度。当局はこの件についても見て見ぬふりをした。同じアパートの少年たちに〝ニェ・パトホージット〟な行為、つまり不適切な行為をしているという訴えが出ていたようです」

ずいぶんと華々しい経歴の持ち主らしいなとライムは思った。

鉱山で働いていた、か。ダイヤモンドに執着する理由はそれで説明がつく……地中熱ヒートポンプ建設現場を震源として偽の地震を起こす仕事に関心を持った背景にも。

マルブリーは続けて、ロストフは傷害、強請《ゆすり》、不法取引、数えきれないほどの金融犯罪を理由として、ドイツ、フランス、スウェーデン、チェコ共和国、台湾で好ましからざる人物とされていると言った。証人が一人として名乗り出ようとしないため、裁判にかけられたことは一度もない。出国して二度と来てくれるなと言われただけのことだった。ポーランドのクラクフでは、女性に対する性的暴行とその交際相手に対する傷害の容疑で逮捕されていた。しかしモスクワからの圧力により、人知れず釈放された。

サックスが宝飾店を捜索して見つけたロストフの遺留品は次のとおりだ。本物の——つまり本名のロストフ名義の——ロシア発行のパスポート。アレクサンダー・ペトロヴィッチ名義のパスポート。三八口径のスミス&ウェッソンの拳銃と、三八口径と九ミリ——後者はグロックで使用するもの——のフィオッキの弾丸。スキーマスクと布手袋。血で汚れたカッターナイフ。たばことライター。現金（ドル、ルーブル、ユーロ）。トヨタ車のキーは見つからなかった。ただし、アディーラの自宅前で目撃された赤いトヨタ車がロストフのものと断定はできない。携帯電話も所持していなかった。

ルームキーも持っていなかったが、ブルックリンのブライトンビーチ周辺のモーテルやホテルに聞き込みをかけたところ、アレクサンダー・ペトロヴィッチという客がビーチ・ビュー・レジデンス・インに宿泊していることが判明した。サックスはその部屋を徹底的に捜索したが、証拠らしい証拠はほとんど残っていなかった。あったのは、三八口径の弾丸、ジャンクフード、ジャック・ダニエルズのボトル、マルブリーの調査で判明していた複数の偽名のパスポート。パソコンや携帯電話、車のキー、ガス管爆弾〝レハーバー〟に関連する微細証拠、爆弾が仕掛けられた場所の手がかりは見つからなかった。

五百万ドル相当のダイヤモンドの原石もなかった。

原石はどこにあるのだろう。ロストフのデジタルデバイスは？　ただちに逃走しなくてはならなくなった場合に備えて、ホテルのルームキーも含めた一切合切をトヨタ車に積んでいたと考えられないこともない。キーは車のタイヤハウスにでも隠していたのだろう。ドラマシリーズ『ブレイキング・バッド』のヒット以降、驚くほど大勢の犯人が車のキーをそこに隠すようになっている。

手がかりらしい手がかりはないとわかった時点で、これはもうマクエリスに頼るしかないと考えたとサックスは説明した。見込みは薄いかもしれないとサックスは言い添えたが、合理的な判断だとライムは思った。

サックスは証拠を分析して判明した乏しい情報をホワイトボードに書き加え、一歩下がると、手を腰に当てた。人差し指で親指の爪をいじる。一覧表を凝視する。穴が空くほど凝視する。

ライムも同じように一覧表をにらみつけた。「ほかに何かないのか」大きな声でクーパーに訊く。

「あとはホテルの部屋の微細証拠かな。そろそろ結果が出るよ」

しかし、それで何がわかる？　爆弾を仕掛けた先で靴に付着した特殊な物質が出てくるかもしれない。だが、それも見込み薄だ。

ライムはいらだって顔をしかめた。それからマクエリスを見た。「何かわかったか、ドン？」

マクエリスは前かがみになってデジタルの地質図と火災発生地点に印をつけた紙の地図とを見比べていた。「ええ、もしかしたら。カナーシー断層に沿って爆弾を仕掛けているようですね。ここです。ブルックリンのダウンタウンからキャドマン・プラザ付近を通って、港まで続いている断層。長さは三キロ程度ですが、大部分は海底にもぐっています。陸地にある分は一キロに満たない」マクエリスは、人口密集地帯であるブルックリンの南東部を指でなぞった。

くそ。そこの地域にある地下室を端から捜索したら、いったい何年かかることやら。

「もっと範囲をせばめられないのか」

メル・クーパーが言った。「微細証拠の分析結果が出そろったぞ。ロストフと特定の地点を結びつけるものはなさそうだな。たばこの灰、ケチャップ、牛脂、ブライトンビーチ周辺のものと推測される土。あとはキンバーライトだ」

地図を見つめたまま、マクエリスが言った。「キンバーライト？」

ライムは言った。「そうだ。最初の強盗殺人事件の現場で未詳に付着した。衣類や靴に付いてあちこちに運ばれている。ここまで複数の現場に残されていた」

「とすると、蛇紋岩でしょうね。キンバーライトではなく。同じかんらん岩の仲間ですから」

「いや、キンバーライトで間違いないよ。ダイヤモンドの結晶が含まれてるから」クーパーが顔を上げて言った。「蛇紋岩にダイヤモンドが含まれてると、キンバーライトになるものだと思ってたけど」

「ええ、そのとおりです」マクエリスはささやくような声で言った。「しかし……あの、サンプルを見せていただいてもいいですか」

クーパーがサンプルをスライドに移し、複合顕微鏡のステージにセットした。マクエリスはスツールに腰を下ろして顕微鏡の上にかがみこむと、ステージの上のランプを調節した。それから焦点を合わせた。上体を起こし、どこか遠くを見つめる。また接眼レンズに目を当てた。針状のプローブで塵やかけらをそっと動かす。柔らかなゴムに取り巻かれた接眼レンズに目を当てた姿勢は変わらなかったが、両肩がわずかに持ち上がるのがわかった。靴の踵も床から浮いた。そのボディランゲージは、何か重大なものを目にしたことを表していた。やがて背を起こすと、小さく笑った。

「何だ？」セリットーが訊いた。

「もしもですよ、もしもこの岩石が確かにニューヨーク市内で発見されたものなんだとしたら、あなたがたは地質学の歴史を書き換えたことになりそうです」

58

「キンバーライトは」マクエリスは居間に顔をそろえた捜査チームに向けて話した。「ダイヤモンドをマントル――地殻のすぐ下にある層から地表に運び上げるエレベーターにたとえられます。ダイヤモンドはマントルで生成されます」

マクエリスは、何度も確かめずにいられないというようにまたも顕微鏡に目を当て、ステージ上の鉱物を観察しながらプローブでサンプルをそっと動かした。「ふむ。なるほど」そうつぶやいてまっすぐに座り直すと、振り返ってほかの面々を見た。「このサンプルのようにダイヤモンドが豊富に含まれたキンバーライトがニューヨークで発見されたことは、これまで一度もありません。この一帯の地質学的特徴は、ダイヤモンド生成に向いていないんですよ。ニューヨークは〝パッシブ・マージン〟エリアです。僕らは安定した地殻構造プレート上にいるわけです」

「つまり、ダイヤモンドを含むキンバーライトがニューヨークで見つかることはありえないということか」ライムは確かめた。

マクエリスは肩をすくめた。「厳密には、可能性はきわめて低いと言うべきでしょうけどね。キンバーライトのパイプ鉱床は全世界に六千カ所ありますが、ダイヤモンドを含むのはざっと九百カ所だけです。ダイヤモンド鉱山として利益を出せるのは、さらにそのうちの二十数カ所にすぎない。アメリカ国内には一つもありません。まあ、何年か前に南部で少量が産出されたことはありますが、いまは観光用の鉱山になっています。二十ドルだったかな、入場料を払うと、子供たちと一緒にダイヤモンド採掘体験ができますよ。あとは、カナダではキンバーライトもダイヤモンドも出ないと言われていましたが、最近になって発見されて、いまやカナダはダイヤモンドの一大産地になっている。それを考えると、ニューヨークで見つかることも、ありえない話ではないかもしれませんん」

マクエリスはもう一度、短時間だけ顕微鏡をのぞいた。「これ、どこで見つかったんでしたっけ?」

ライムが答えた。「数カ所で。ダイヤモンド職人のパテルが殺害された店。パテルの見習いのヴィマルが紙袋に入れて持っていた。これまで我々はそれを重視していなかった。加工してジュエリーに使うのだろうとしか考えていなかった。または彫刻にするか。ヴィマルの趣味は彫刻だ」

「このキンバーライトを彫刻にするのは無理でしょうね。ダイヤモンドが邪魔をして、彫るのは無理ですよ。硬すぎます」

ライムは渋面を作った。「推測しただけだ」

一ほかにはどこで？」マクエリスが尋ねた。

サックスが答えた。「サウル・ワイントラウブの自宅でも見つかった。殺害された目撃者です。犯人の靴か衣服から落ちたんだと思う」そう言って肩をすくめる。「そう考えてたけど、いま思えばワイントラウブが由来だったのかもしれない」

推測……

ライムは訊いた。「同じ石のもっと大きな塊があったとしよう。その価値はあるかね。人を殺すほどの価値はあるか？」

「キンバーライトの小さなサンプルからそれだけの価値のあるダイヤモンドが見つかる確率は、宝くじに当たる確率と同等といったところかな」そう言ってから、マクエリスは眉根を寄せた。「ただ……」

「ただ？」サックスが促す。

「この石一つのために人を殺す人間はいないでしょう。ただ、これが象徴している可能性のためになら、わかりませんよ」

「それはどういう意味？」

「これが大きな鉱床のサンプルにすぎないとしたら？　もしそうなら採掘権が目当てで人を殺す人間が出てきてもおかしくないですよ。あるいは、発掘源を破壊するために――ダイヤモンドが出たことを誰にも知られないようにするために、人を殺す奴だっているかもしれない」

「破壊する?」サックスが尋ねた。

マクエリスが言った。「歴史的に見て、価格を維持するために同業の会社がどんな手を使っても新たな資源の発見を阻止しようとする業界が二つあります。石油とダイヤモンドです。〝どんな手を使っても〟に、まさにそれが含まれます。つまり殺人、破壊行為、脅迫。発見されたのが工業グレード——研磨剤や研削砥石、機械類に使うダイヤモンドならそういったことは起きませんが、これのように、宝石グレードのものとなると」そう言って顕微鏡のほうに顎をしゃくる。「それはもう、間違いなく起きます」

セリットーが言った。「リンカーン、おまえはきっとこう考えてるんだろう。新しい鉱床が発見されたって話を聞いたダイヤモンド会社が、そのことを知っている人間を片端から始末するために未詳を送りこんできた」

ライムはうなずいた。「ノースイースト・ジオ社の掘削現場でキンバーライトが掘り出された。そこでロストフは地震を偽装し、ニューヨーク市が掘削の中止命令を出すように仕向けた」

マクエリスが言った。「みなさんが思ってるほど突飛な話ではありませんよ。新しい鉱山の開業や閉山していたところの再稼働を阻止して価格の下落を防ぐのを専門にする、いわゆる〝セキュリティ〟会社があるくらいですからね。ダムを爆破したり、政府高官を買収し、鉱山を国有化したうえで破壊させたり。ロシアの企業はとくに活発です」

「ロストフは」ライムは言った。「ロシアのダイヤモンド独占企業、ドブプロムの仕事を請け負ったことがあるな」

「ええ、ドブプロムがそういった価格操作を行っているのは間違いありませんよ。ほかの採掘会社もそうですが、ロシア系企業は段違いにあくどい手を使います」

サックスが言った。「ワイントラウブは分析も請け負ってたのよね。殺されたのは、未詳を目撃したからではないのかもしれない。キンバーライトを分析して、良質なダイヤモンドが含まれてることを知ってたからかも」

セリットーが無念そうにつぶやいた。「俺たちは何を考えてたんだか。パテルの店の事件が起きた日、ワイントラウブは未詳が来る前に帰ってるわけだろう。捜査に協力したところで、大した手がかりは提供できない。未詳がワイントラウブを殺したのは、キンバーライトのことを知ってたからだ」

サックスが言った。「パテルの店が襲われたのは、原石を盗むためじゃない。パテルを殺すこと、つまりキンバーライト発見を知っている人の口をふさぐことが目的だったのよ。パテルが拷問されたのは、だからだわ。ワイントラウブの遺体に拳銃で殴打された形跡があったのも。キンバーライトをほかにも持っていないか、ほかに誰か知っている人がいないか、聞き出そうとしたのね」

ライムは車椅子のヘッドレストに頭を預け、目を閉じた。やがてその目を開いた。

「掘削現場で誰かがキンバーライトのかけらを見つけ、ジャティン・パテルに預けた。パテルはワイントラウブに分析させた。ドブプロムはその噂を聞きつけてロストフを送りこんだ。掘削を中止させ、キンバーライトのことを知っている人物の口を封じるために」

マクエリスが言った。「ドブプロムにしてみれば、アメリカで大規模なダイヤモンド採掘が開始されては困るわけだ。いや、アメリカに限らず、ロシア国外での開業は阻止しなくてはならない。自社の利益が半減しますからね」

メル・クーパーが尋ねた。「だけど、本当にそこまでの脅威なのかな。だって、ブルックリンでダイヤモンドを採掘するなんて、あまり現実的とは思えないだろう」

マクエリスが答えた。「意外に現実的だって気がしますね。たとえば、ニューヨーク市は地下鉄や給水トンネルを年がら年中掘ってますが、それよりよほど簡単なことです。法律上の問題はいくつかありそうですけど、それも解決不可能というわけじゃないでしょうし。うちの部局の承認が必要だし、ほかにもあちこちの役所から許可をもらわなくてはなりません。たとえば、ニューヨーク州では露天採掘は許可されない。ですが、細型坑自動システムなら簡単に設置できます。技術的な観点からいえば朝飯前ですよ」

しかし、最終目的が掘削を中止させることであるとするなら——

ライムはそう言いかけたが、セリットーに先を越された。「そうすると、エゼキエル・シャピロは自殺じゃないってことになる。ロストフがシャピロを自殺に見せかけて殺したんだな。拉致し、拷問してフェイスブックのパスワードを聞き出し、遺書を投稿した」

ライムは苦い顔で言った。「身代わりが必要だった。地震は偽装で、火災はガス管爆発装置によるものだと我々が見抜いたから」

そのとき、感電に似た衝撃とともに、閃いた。

「ルーブル」ライムはささやくような声で言った。

「しまった」サックスも同じことを考えたらしい。「ロストフがシャピロの部屋にルーブルを置くなんてありえない。自分と結びつく証拠だもの。シャピロのアパートに忍びこんだ人物、彼を殺した人物は別にいるということよ。ロストフが首謀者であるように見せかけようとした人物が別にいる。ロストフが関与していたのは間違いない。グレーヴセンドのカップルや、ウェディングドレスのブティックから尾行した女性を襲ったのはロストフだから。それにキルタン——ヴィマルの友達を殺したのもロストフだし、私を襲ったのもロストフよね。でも、首謀者は別の誰かだということ」

その〝別の誰か〟が誰であるかは明白だった。

サックスはライムを見つめたまま静かな声で言った。「首謀者は、ロストフを射殺した人物よ」

ライムもおなじ結論に達していた。「エドワード・アクロイド」

「いや待て」セリットーが言った。「アクロイドの身元は確認したよな。それにパテルのことを詳しく知ってた。盗まれたダイヤモンドの原石のことも」

「ダイヤモンドの原石？　何の話だ？」ライムは自嘲めいた調子で言った。「原石は見つかったか？　その痕跡を一つでも見つけたか？」

何一つ見つかっていない。

「そもそも存在していなかったから」サックスが言った。

ライムはうなずいた。「パテルの店でダイヤモンドが入っていた封筒を偽装した。まるで考えていなかったよ！　なぜ封筒だけ残す？　封筒に入ったまま盗めばいいのに？　捜査にもぐりこむためにやったんだろう……ＶＬとは誰かを探り出すために。私たちは、鶏小屋にキツネを招き入れてしまったというわけだ。やられたな」

「そうだとするとおかしな点があるぞ、リンカーン」セリットーが言った。「アメリアが南アフリカのグレースｰカボット社に電話しただろう」

サックスは大きく息を吐き出した。表情をこわばらせ、怒りに満ちた声で言った。

「電話をしたとはいえない。原石が入っていた封筒に書いてあった番号にかけただけ。ネット検索で確認することさえしなかった。そんな会社、実在するのかしらね」

「ふむ……」ライムはいらだたしげにプラスキーを見やった。プラスキーはうなずき、グレースｰカボットの封筒を探してグーグル検索をした。

そしてうなずきながら言った。「実在のダイヤモンド採掘会社ですね。ただ、代表番号が封筒にあるのとは違います」封筒の番号に電話をかけた。「留守電ですね、メッセージを残せという案内が流れます」

「ルウェリン・クロフトは」ライムは言った。

プラスキーは会社のサイトをスクロールした。「ルウェリン・クロフトも実在します。グレース-カボット社の専務取締役」

「私たちにも探せるのだから。アクロイド——本物の未詳——にも探せただろうな」サックスは嫌悪のにじむ低い声で続けた。「私たちが電話で話した人物は、クロフトのふりをした別人、アクロイドの協力者ということね。ドンがさっき話してくれたセキュリティ会社の同僚とか。ミルバンク保険会社に連絡を取れと言ったのもクロフトよ。きっと同じからくりでしょうね。ミルバンク保険は実在するけれど、アクロイドはそこの社員ではない」

ライムは鋭い声で言った。「急げ。いますぐ裏を取れ」

グレース-カボットとミルバンク保険に問い合わせた結果、捜査チームの推理どおりの筋書きだったことが判明した。ルウェリン・クロフトは確かにグレース-カボットの専務取締役だったが、パテルに原石を送って加工を依頼したことはないと答えた。アメリカにもここ数年、一度も渡航していない。社で契約している保険会社もミルバンクではない。

ライムはFBI捜査官フレッド・デルレイから国務省に問い合わせてもらった。税関・国境警備局の記録によれば、ルウェリン・クロフトは事実、ここ何年か一度もアメリカに入国していなかった。ミルバンク保険への問い合わせでは、グレース-カボット社との契約は一つもないことが判明した。上級損害調査員エドワード・アクロイドという人物は確かに存在し、スコットランド・ヤードの元刑事であるというのも事実だった。

しかし、過去一週間、ずっとロンドンの本社にいた。

ロン・セリットーが自嘲するように言った。「頼む、頭の回転の鈍い奴にわかるように説明してくれ。話についていけない。いったいどういうことだ、リンカーン」

「どこかのダイヤモンド採鉱会社がニューヨーク市内でキンバーライトが発見されたことを知り、ライバル会社が採掘を開始するのではないかと危機感を抱いた。アクロイドが雇われ、地震を偽装して地中熱ヒートポンプ掘削を中止させようとした。それとももう一つ、キンバーライト発見を知っている人物を探して始末する仕事も依頼された。パテルとワイントラウブ、ヴィマルの三人だ。アクロイドはパテルとワイントラウブは殺したが、ヴィマルには逃げられた。そこで、自社のクライアントの原石が盗まれたと偽って私たち捜査チームにもぐりこみ、ヴィマルの行方を突き止めようとした」

セリットーが訊いた。「ロストフはどこでどうからんでくる？　二人ともロシアの会社に雇われて協力していたということか？」

ライムは不機嫌につぶやいた。「ふつうは仕事仲間の頭に弾丸を撃ちこんだりはしない」

サックスが言った。「そうね、キンバーライトの噂を聞きつけた会社は二つあったのよ。一つはアクロイドをニューヨークに送りこみ、ドブプロムはロストフを送りこんだ。アクロイドは、計画が失敗したときに備えて、ロストフをはめて罪を押しつけることにした」

ライムはぶつぶつと言った。「くそ、なぜ気づかなかった？　パテルとワイントラウブの殺害現場では、黒いポリエステルの繊維が見つかっている。それ以外では綿の繊維だけだ。つまり、スキーマスクは二種類あったということだ。銃も二種類だ。グロックにスミス＆ウェッソン。見ろ」ライムは一番最近の証拠物件一覧表を見つめた。「ブラウステインの店にあったロストフのジャケットのポケットに九ミリ弾が入っていたが、アクロイドがそこに入れたのかもしれん」

「ライム！」サックスが怯えた声で叫んだ。

ライムも即座に理解した。「そうか。ロストフを殺す動機はもう一つある」

「何だ？」セリットーが尋ねた。

サックスが言った。「未詳四七号は死んだと見せかけるため――ヴィマルはもう安全だと思わせるため。私たちに保護拘置からヴィマルを解放させるため」

「もう保護施設を出てるのか」セリットーが確かめた。

サックスは顔をしかめた。「ええ。スタテン島の警備チームに連絡して、フェリー乗り場まで送ってもらえるように頼んだ。ヴィマルはいま携帯を持ってない。連絡手段がないということ。家族に連絡してみる」サックスは自分の携帯電話を取り出した。

ライムはセリットーに言った。「ブルックリンの分署、アクロイドが連行された分署に連絡してくれ。そこで留置しろと」

「了解」セリットーはさっそく電話をかけた。しかし短いやりとりを経て顔をしかめ、電話を切った。「アクロイド――だか何だか本名はわからんが、ともかく、告訴なしで釈放された。携帯は通じない。刑事に伝えた住所は架空だ。いまどこにいるか、誰にもわからない」

59

さて、次はどうなる？

ヴィマル・ラホーリは、潮のにおいがこもった重苦しい地下鉄から地上に出た。トンネルには、かすかな――ごくかすかな――小便のにおいも漂っていた。

深々と息を吸いこむ。空気は冷たく湿っていた。空は灰色だ。こぎれいな庭のある慎《つつ》ましい一軒家の建ち並ぶ一角を歩き出す。この界隈の住人には、夫と妻と幼い子供という構成の家族が多い。といっても、子供たちの姿は見えなかった。郊外の住宅街ならきっと、どこの庭にも三輪車やおもちゃがあるだろう。都心部でそういう光景は見かけない。

この通りには通行人もほとんどいなかった。黄色いレインコートを着て買い物の袋を抱えた女性が一人。ビジネスマンが一人。いずれも顔を伏せ、寒風に肩を怒らせていた。あの二人が帰っていくのはどんな家だろう。住み心地がよくてほっとできる家に違いない。根拠のない想像の産物であろうと関係ない。ヴィマルが二人をうらやむのは、うらやみたいからだ。

足を止め、風にさらわれて飛んできた新聞紙を目で追った。それは歩道のヴィマルのすぐそばに落ちた。

小さな声で笑った。紙《パー》は石《グー》をくるむから、紙の勝ち。

しゃがんで足もとの石をまじまじと見た。このブロックの歩道の敷石はブルーストーンだ。百年前、もしかしたらもっと前に敷かれたものだろう。石切場で見られる元の色――灰色――ではなく、風化すると青みが強まるためにブルーストーンと呼ばれている。歳月を経るごとに空色が浮かび上がってくるのだ。ときには緑や赤を帯びることもある。敷石の一つに掌を押し当て、これを彫るのはどんな感触だろうかと想像した。この一枚は浅浮彫りにしよう――薄い三次元の魚だ。〈波〉と名づけた彫刻とちょうど対になるだろう。彫るのは簡単だ。ミケランジェロと同じように、コイの一部ではないところを削り落とすだけのことだ。

立ち上がり、自宅に向かってまた歩き出した。

魚の彫刻、そして家で彼を待っている彫刻の道具のことを気分よく考えていると、ふいに、例によって例のごとく、別のイメージが割りこんできてそれを押しのけた。ミスター・パテルの足。店の床に投げ出された足、天井を指す爪先。その記憶は繰り返し脳裏に映し出される。朝も、昼も、夜も。そのイメージはまもなく、父の手でアトリエに閉じこめられた記憶に、そしてミスター・ヌーリの息子の裏切り、ミスター・ワイントラウブの死、警察の記憶に置き換えられた。

ダイヤモンド。ダイヤモンドがすべての元凶だ。

怒りに体が震えた。

それから、同じ疑問が浮かんだ――次はどうなる？

あと数分で父と再会することになる。父は何と言うだろう。街を出たいというヴィマルの気持ちはいまも揺らいでいない。しかし、いまはもう逃げる口実がなかった。殺人犯に追われているという口実も……ミスター・パテルのキンバーライトを〝盗んだ〟容疑で捕まるだろうからという口実も。結局のところ、あのキンバーライトには価値などなかったのだ。恐怖は過ぎ去った。父は家にとどまれとプレッシャーをかけるだろう。自分は勇気をふるって言い返せるだろうか。いやだと言えるだろうか。

殺人犯に狙われる危険はなくなった。それでも気は休まらない。まったく酷な話ではないか。

そうだ、いやだと言おう。そう考えると胃が締めつけられた。それでも言おう。かならず言おう。

気づくと歩く速度がゆっくりになっていた。無意識のうちに自分にブレーキをかけていたのだと思うと、おかしくなった。

家まであと二ブロックというところ、煉瓦造りの平屋に続く路地の入口にさしかかったとき、その奥から男性の声が聞こえた。「誰か。誰か助けてくれ。転んでしまった！」ヴィマルは路地の奥をのぞきこんだ。さっき見かけたビジネスマンだ。車の横の地面に横たわっている。

昨日なら警戒していただろう。しかしあのロシア人の男は死んだ。自分の命の心配はもうない。ここでは大丈夫だ。ここがマンハッタンなら、ダイヤモンド地区なら、一瞬たりとも気をゆるめたりしない。しかしクイーンズのこの地域なら、安全だ。

強盗はふつう、会計士のような外見はしていないし、質のよさそうなコートも着ていない。

男性は足をすべらせて転倒したらしい。おかしな角度で投げ出された脚を手で押さえ、うめき声を漏らしながら、ヴィマルのほうにちらりと視線をやった。「ああ、よかった、助かった。すみませんが携帯電話を取ってもらえませんか。車の下に落としてしまって」また痛みに顔をしかめた。

「いいですよ。心配しないで。脚、折れちゃったみたいですか」

「わからない。折れてはいないと思います。ただ、動かすと痛くて」

ヴィマルは男性に近づいた。そこで初めて、茂みの奥にあるものに目がとまった。白くて四角い何か。

金属でできた看板だ。立ち止まってのぞきこむ。こう書いてあった。

——売出中
工事中——

一番下に不動産会社の名前があった。

家を見上げる。どの窓も暗かった。

一瞬で理解した。この男性はこの家の住人ではない！　これは罠だ。前庭に立ててあった看板を抜いて隠し、ヴィマルをここに誘《おび》き寄せたのだ。

振り向かせた。ヴィマルはすばやく向きを変えたが、男が立ち上がってヴィマルを捕まえ、だった。男はそう大柄ではなく、イエローアゲートのような薄茶色の瞳は穏やかまった。しかし、ものすごい力でヴィマルを車の横に叩きつけた。衝撃で一瞬、息が止ヴィマルは拳を闇雲に振り回したが、男はそれを易々とかわした。腹に強烈なパンチを食らい、ヴィマルはがくりと膝を折った。掌を見せてちょっと待ってくれと伝え、嘔吐した。

男はあたりを見回して誰もいないことを確かめた。それから言った。「まだ吐きそうか」聞いたことのない訛のある英語だった。

ヴィマルは首を振った。

「本当だな？」

こいつはいったい誰だ？　ロシア人の犯人の仲間か？

「何が――」

「もう吐かずにいられそうか」

「たぶん」

男は銀色のダクトテープでヴィマルの両手を縛り、車のトランクに押しこんだ。口もテープでふさぐべきか迷っているようだったが、万が一また吐くと窒息するかもしれないと不安になったのだろう。口はふさがないことにしたようだ。

どうやらヴィマルを殺すつもりはないらしい。

とりあえず、いますぐには。

60

クイーンズでも工場の多い殺風景な一角を車で走りながら、計画の次の段階にうってつけの場所を探した。

警察はアンドリュー・クルーガーの帰宅を許した。つまり、彼を疑っていないということだ。ライムとアメリアの力量からいえば、遅かれ早かれ計画の全体像をかならず見抜くだろうが、次のガス管爆弾のありかを割り出すことに意識を集中しているいま、それについてじっくり考えている時間はないだろう。次の爆弾は、古ぼけた木造のアパートに仕掛けてある。見るからによく燃えてくれそうな建物だった。偽の地震がまもなく窓をがたつかせ、さほど時間をおかずにガス管から芳しい気体が漏れ出す。そして爆発が起きる。

しかし、誰が死ぬことになろうと、もはやクルーガーの知ったことではない。いま彼の頭にあるのは最後に残った疑問を解決することだった。ヴィマルは、土曜に持ち歩いていたキンバーライトをいったいどこで見つけたのか。

クルーガーはレンタルのフォード車を工業団地内に進め、がらんとした駐車場を見つけて乗り入れた。アスファルトはひび割れ、雑草は伸び放題になっている。周囲を見回す。人っ子一人いない。車もトラックも一台も駐まっていなかった。防犯カメラもなかったが、それはまあ当然のことだろう。ここの倉庫の屋根は、何年も前に崩れ落ちたまま放置されている。

ヴィマルがトランクの蓋を叩く音はいつのまにかやんでいた。もしかしたら死んだのではと不安だった。だが、いまどきの車のトランクで窒息するだろうか。ありそうにない話だ。まさか、道路の穴を乗り越えた衝撃で首の骨が折れるとか、そういう運の悪すぎる事故が起きて死んだとか？

そうでないことを願うばかりだ。

トランクの蓋を開け、ヴィマルの様子を確かめた。元気そうだ。心底怯えた顔をした人間に〝元気そう〟などという形容はそぐわないかもしれないが。

誰からも惜しまれずに死んだウラジーミル・ロストフとは違い、クルーガーはサディストではなかった。この小僧を死なせることに喜びは感じない。むろん、必要に迫られれば、どんな相手であろうと迷わず殺す。たとえば、ガス管爆弾を仕掛けてアパートごと燃やしたり、パテルやワイントラウブを殺したり。それに、そう、ロストフをあの世送りにすることに躊躇《ちゅうちょ》はなかった。だが、拷問はしない。少なくとも、自分の楽しみのために痛めつけることはしなかった。死と苦痛は目的のための道具にすぎない。ダイヤモンドを磨き上げるのにトングやスカイフ、ダイヤモンド粉末を混ぜたオリーブオイルを使うのと同じだ。

ヴィマルの苦しみに快楽は感じないが、かといって同情も感じない。完遂すべき仕事――肝心なのはそれだけだ。ダイヤモンド価格を青天井に吊り上げておくこと、それだけだ。

ヴィマルをトランクから下ろした。

「いったい何が目当て――？」

「黙れ。これから言うことをよく聞け。土曜のことだ。パテルの店に来たとき、キンバーライトが入った袋を持っていたな」

ヴィマルは眉をひそめた。「あそこにいたの？　あんたがミスター・パテルを殺したの？」目から恐怖が消え、代わって怒りが満ちた。

クルーガーはカッターナイフを突きつけた。ヴィマルは口を閉じた。「俺の質問に答えろ。キンバーライトのことを話せ。パテルはどこから手に入れた？　いいか、必要ならいくらでも痛い思いをさせてやれるんだぞ。すなおに話したほうが身のためだ」

「ブルックリンの掘削工事の現場で誰かが見つけたってことしか知らない。掘り出した土を捨てるところで」

「誰だ？」

「知らない。廃棄物をあさる人じゃないかと思う。僕は彫刻をやってる。僕だって工事現場に行って同じことをする。歩き回って石を探すんだ。拾った人は透明な結晶を見て、売り物になるかもしれないと思ったんじゃないかな。たまたまミスター・パテルを選んで、買わないかって持ちかけた」

「おまえが紙袋に詰めて持っていたのはどういうわけだ」

「ミスター・パテルはもっとほしいと考えた。それで僕が探しに行ってみたけど、あの会社——掘削工事をしてる会社は、掘り出した土を別の場所に廃棄してた」

ヴィマルは続けた。「ミスター・パテルから、それならその場所に行って探せって言われた。四回か五回、行ってみた。それでようやくキンバーライトがたくさんある山を見つけた。それが土曜日だ。ミスター・パテルに見せようと思って、いくつか持ち帰った」

　クルーガーは訊いた。「キンバーライトはどのくらいあった?」

「大量ってわけじゃなかった」

「それはどのくらいのことだ」

「大きい塊が十個くらい。拳くらいの大きさかな。ほかはほとんど砕けたかけらや塵だった」

「その捨て場はどこにある?」

「コブルヒルの近く。第四C&D集積場」

　コンストラクション《C》&デモリション《D》——建設廃材の捨て場だろう。

「コブルヒルとは何のことだ」

「ブルックリンの地名」

　クルーガーは言った。「どこだ?」携帯電話に地図を表示した。ヴィマルは画面をちらりと見たが、すぐに目をそらした。

「いいか」クルーガーは言った。「心配するな。俺の計画にはおまえを殺すという項目は入っていない。罪を残らずかぶることになる男、ロシアから来た男は、もう死んでいる。つまり、おまえがいま死ぬと、警察はそのロシア人以外の容疑者を捜し始めることになる。おまえは安全だ」

　ヴィマルがうなずく。不安と怒りを感じてはいるだろうが、論理は理解した。

ただし、その論理には穴がある。この小僧は、言うまでもなく、じきに死ぬことになる……彼を殺したのは、ロストフの共犯者であると断定されるだろう。ただし、そのロシア人共犯者は実在しない。クルーガーの計画はこうだ。ヴィマルを殺し、犯人と格闘したように見せるため、ヴィマルの服に破れ目を作っておく。死体のそばに偽の証拠を残す。ロストフの宿泊先から失敬してきたものだ。ロシア産のたばこ、ルーブル硬貨。揉み合ったはずみで散らばったように見せかける。少し離れた場所にプリペイド携帯も落としておく。指紋がきれいに拭い去られた携帯電話には、ドブプロムをはじめロシア国内のさまざまな番号に発信した履歴が十以上残っている。ロストフを射殺したあと、クルーガーが発信して作っておいた履歴だ。

鉄壁の証拠か？　それにはほど遠い。だが、この小僧の死を無理なく説明できるだろう。

「どこだ？」

ヴィマルは少しためらったあと、地図の一点を指さした。ここからそう遠くない。

クルーガーはヴィマルに手を貸してまたトランクに乗せると、蓋を閉め、うら寂れた駐車場から車を出した。二十分後、産業廃棄物集積場に着いた。

第四C&D集積場

広いゲートを抜けた。集積場の従業員は誰一人気に留めていなかった。クルーガーの車は、深い轍《わだち》が刻まれた幅広の通路をゆっくりと揺れながら進んだ。集積場は広大だ。サッカーコート五つか六つ分は余裕で入るだろう。高さ六メートルから十メートルほどありそうな廃棄物の山が数百個連なってミニ山脈をなしている。岩石、石膏ボード、金属、木材、コンクリート……ありとあらゆる建築材が積み上げられていた。規定の料金を納めれば、売り物になるものを求めてこの山脈をあさることができるシステムなのだろう。銅管や銅線を掘り当てた回収業者はそれを喜んで持ち帰るが、ダイヤモンドがぎっしり詰まったキンバーライトには目もくれないだろうと考えて、クルーガーは一人苦笑した。キンバーライトのかけらが一つ見つかれば、それは銅管や銅線の何百万倍もの金額で売れる宝がそこに埋もれているというしるしなのに。

そういった山の一つの陰、ハイウェイやゲート、作業員から見えにくい位置に車を駐めた。

フォード車から降りてトランクからヴィマルを下ろす。

クルーガーはナイフを持ち上げた。ヴィマルが身を縮めた。「テープを切るだけだ」

クルーガーは言った。ヴィマルの手を縛っていたテープを切った。ナイフをしまい、ウエストバンドにはさんだ銃をちらりと見せた。「逃げようとすれば、こいつを使う」

「わかった。逃げない」

「案内しろ」

二人は焦げ茶と灰色の谷をイースト川と平行に歩き出した。イースト川岸では、ブルドーザーやダンプトラックが廃棄物をバージ船に移している。やかましい音だった。

「どっちだ？」

ヴィマルは周囲に視線をめぐらせ、いまいる場所を確かめた。「こっち」川の方角に顎をしゃくる。二人は廃棄物の山のあいだを縫うように進んだ。ヴィマルはときおり足を止め、あたりを見回したあと、また歩き出した。左へ。右へ。「前に来たときは廃棄物がもっと多かった。ものすごい山があった。そのときと景色が変わってる」

時間稼ぎのつもりではなさそうだ。クルーガーの見たところ、ヴィマルは本当に混乱していた。

やがてヴィマルが目を細めた。「あっちだ。今度こそ合ってると思う」そう言ってまた顎をしゃくった。

十分ほど探し回った。やがてクルーガーは立ち止まった。足もとを見ると、大型トラックのタイヤが作った轍のなかにキンバーライトのかけらがのぞいていた。拾ってポケットに入れる。

正しい方角に向かっているようだ。

それにしても、陰気な場所だった。三月の冷え冷えとした曇り空が大地を青ざめた灰色、解剖台に横たわった死体の肌の色に染めている。じっとりとした冷たさが脚を伝い、ももから股間へ、背筋へと這い上ってくる。何年も前にロシアで見た巨大な露天ダイヤモンド鉱床を思い出した。そして考えた。自分の仕事は、言うまでもなく、キンバーライトを含むパイプ鉱床が発見されないようにすること、ニューヨークでのダイヤモンド採掘を阻止することだ。しかし、もしここで採掘が始まったら、労働者の手でどんなものが掘り起こされるだろう。きわめて高品質のダイヤモンドを産出するパイプ鉱床が見つかるに違いない。

ノースイースト・ジオ・インダストリーズの掘削現場の下には、歴史に名を残すようなダイヤモンドが埋まっているだろうか。クルーガーは、祖国南アフリカ産の有名なダイヤモンド二つを思い浮かべた。三千百カラットを超える大きさで発掘された〝カリナン〟は、史上最大の宝石グレードのダイヤモンド原石だ。百個以上に切り出されたうち最大のものが五百カラット超の〝偉大なアフリカの星〟、次に大きなものが三百カラット超の〝アフリカ第二の星〟。この二石は大英帝国戴冠宝器を飾っている。クルーガーが一番気に入っている南アフリカ産のダイヤモンドは、〝センティナリー・ダイヤモンド〟だ。原石の状態で五百九十九カラットあり、研磨後でも二百七十カラットを超えている。変形ハートシェイプ・ブリリアントカットに加工されたこの石は、Dカラー、フローレスという最高グレードのダイヤモンドとして世界最大のサイズを誇っていた。

そのようなすばらしいダイヤモンドを地中に閉じこめておくことに自分が一役買おうとしているのだとしたら……無念でならない。

だが、これが仕事だ。最後までやり抜くしかない。

「どんどん行け」クルーガーは低い声でヴィマルに言った。「さっさと片づければ、それだけ早く家族のところに帰れる」

61

アメリア・サックスは車でブルックリン橋を渡りきった。目的地、ノースイースト・ジオ社の掘削現場まではあと数分の道のりだ。トリノのエンジンが甲高い音を鳴らしている。

アクロイド――本名はまだ不明だ――の目的はヴィマル・ラホーリを殺すことだけではないだろうというのがライムの推理だった。その前にやることがある。土曜日の朝、殺戮《さつりく》の場となったパテルの店に行く前に、どこでキンバーライトを拾ったのか、それを聞き出そうとするだろう。アクロイドが依頼された仕事は、逃走する前に可能なかぎりのキンバーライトを探し出し、破壊するか処分するかすることだ。となると、行き先候補の一つは掘削現場だろう。

工事は中断されたきり再開していない。アクロイドとヴィマルは、誰に見とがめられることなく現場に入り、ヴィマルがキンバーライトのかけらを見つけた場所を探して自由に歩き回れるだろう。

ハイウェイの出口へそれようとしたところで、携帯電話が鳴った。サックスは〈応答〉ボタンをタップし、携帯を助手席に置いて、四速から三速にシフトダウンした。車は、のろのろ走って行く手を邪魔していたバンを横すべりしながら追い越した。

「もう少しで着く」

ロン・セリットーが言った。「アメリア。おまえさんと話したいって人から電話がかかってきてる。いまその子に電話をつなぐ」

その子？

「わかった」サックスはアクセルペダルを踏みこむ足をゆるめた。

かちり。かちり。回線が切り替わる音がして、女性の声が聞こえた。「サックス刑事？」

「そうです。そちらは？」

「アディーラ・バドールです」

「ヴィマルのお友達ね」

「そうです」アディーラの声は、不安げではあるが落ち着いていた。「セリットー刑事から電話をもらいました。ヴィマルが行方不明になっていて、あなたが探してくれてると」

「どこに行ったか、心当たりはある？」

「絶対に確実というわけではありませんけど。でも、ダイヤモンドや掘削工事のことをセリットー刑事から聞きました。ヴィマルは誘拐されたのかもしれない、ヴィマルが持っていた石に関心がある人物が犯人かもしれないっていう話も。ヴィマルが撃たれた日、この前の土曜の朝、地下鉄から私に電話があったんです。すごく不機嫌そうでした。ミスター・パテルから雑用を言いつけられたって。どこかの廃棄物集積場まで行って、何かを――何とかいう石を探さなくちゃならないって」

キンバーライトだろう。

「その日の夜に会ったとき、その石のかけらが脇腹に刺さっていました」

「石が入っていた紙袋に弾が当たったからね。ロン、聞いてる？」

「ああ、アメリア」

サックスは言った。「二人の行き先はそこよ。未詳はヴィマルを廃棄物集積場に連れていった。キンバーライトを探そうとしてるのよ。掘削現場じゃないわ」

「了解。ノースイースト・ジオが廃棄物をどこの集積場に持っていってるか、問い合わせよう」

「現場監督に訊いてみて。ショールっていう現場監督。もし連絡がつかなければ、CEOに電話して。名前は何だった？　ニュース番組で見たんだけど。ドゥワイヤー？」

「わかりしだいまた連絡する」

サックスは尋ねた。「アディーラ、土曜日の朝どこに行ってたか、ヴィマルからほかに何か聞いてない？」
「何も」
「わかった。どうもありがとう。重要な情報だわ」
「セリットー刑事に私の番号を伝えておきました。何かわかったら……」ここでついに
アディーラの声が震えた。だが瞬時に立ち直って続けた。「ヴィマルと連絡が取れたら、
私にも教えてください」
「かならず連絡するわ」
アディーラとの通話は終わった。
サックスは車を路肩に停めて連絡を待つことにした。二台にクラクションを鳴らされ、
一台のドライバーには中指を立てられた。いずれも無視した。
「早く、早く」サックスはロン・セリットーに向けて小声で念じた。いらいらと膝を上
下させた。電話をにらみつけていたってしかたがないと自分に言い聞かせた。
それでも、見ずにいられなかった。
ついに画面を下に向けて助手席のバケットシートに置いた。
永遠と思える三分が過ぎたころ、ようやくロン・セリットーから電話が来た。ショー
ルと連絡がつき、ブルックリンのノースイースト・ジオ社の現場で出た瓦礫《がれき》類や掘削く
ずは、第四C&D集積場に運ばれるとわかった。コブルヒルの東側、川とのあいだにあ
る集積場だ。ショールはこう付け加えたという。「市内全域の数百社がそこを利用して

います が」

「了解」サックスはセリットーに伝え、ギアを一速に入れてクラッチをつないだ。三秒後には車の流れに乗り、五秒後にはほかの車を追い越していた。

その廃棄物集積場とバージドックなら知っている。ブルックリン・ブリッジ・パーク・ピアのすぐ南側だ。トリノなら五分で行かれる――渋滞がなければ。だが、案の定、渋滞していた。サックスは青い回転灯をダッシュボードに置き、シフトダウンして路肩に寄った。アクセルペダルをふたたび踏みこみ、タイヤがパンクした車が思いがけず路肩に出てきたりしませんようにと祈った。

「ロン、私は五分で到着できそう。順調にいけば。パトロールとESUを集積場に向かわせて。サイレンは鳴らさずに」

「手配するよ、アメリア」

自分では電話を切らず、セリットーが切るのにまかせた。凸凹した路肩を飛ばしているさなかにハンドルから手を放すのは怖かった。右のサイドミラーはコンクリートの側壁と十センチも離れていない。左には走行車線をのろのろ流れているほかの車が迫っている。

間に合うだろうか。

時速百キロで走っていたサックスは、時速百三十キロに上げた。

62

サックスはパトロールカーとESUより先に廃棄物集積場に到着した。

車の尻を振りながら集積場に入る。どこまでも続いているような広い集積場だった。以前、夏に来たときは埃っぽくて陽炎《かげろう》が揺らめいていたが、今日は陰気な灰色に覆われている。大きなゲートは開きっぱなしで、警備員も立っていなかった。ちゃんとした駐車場は設けられていないが、トリノの車体を大きく揺らしながら凸凹道をたどっていくと、廃棄物のない平らな場所に出た。両側に砕いたコンクリート片や腐りかけた木材、石膏ボードの山がそびえている。そこにフォード車が一台だけ、少し離れた場所にぽつんと駐まっていた。ほかに見えるのはダンプトラックやブルドーザーばかりで、作業員の私用の車と思われるものもピックアップトラックやSUVばかりだった。

横すべりしながらそのそばにトリノを駐めて降りた。銃を抜き、警戒しながらフォード車に近づく。誰も乗っていなかった。

車内に手を伸ばし、トランクを開けるレバーを引いた。

空っぽだった。心の底から安堵した。

ヴィマル・ラホーリは、まだ生きている可能性がある。

そのとき、視界の隅で何かが閃いた。そちらを見ると、最寄りの分署のパトロールカーが二台、猛然とやってきて近くに駐まった。制服警官が四人降りてきた。

「サックス刑事」一人が声をひそめて言った。その砂色の髪の痩せた巡査とは顔見知りだった。ジェリー・ジョーンズ。十年以上のキャリアを持つベテランだ。

「ジョーンズ。この車のナンバー照会をお願い」

ジョーンズはイヤフォンを耳に入れ——無線機のスピーカーから音が出ないように——本部にナンバー照会を依頼した。「大至急お願いします。戦術的状況にあります」

サックスはジョーンズとほかの三人、白人男性二人とアフリカ系アメリカ人女性一人にうなずいた。「容疑者の人相特徴は頭に入ってる?」

三人がうなずいた。

サックスは言った。「容疑者が所持していた銃の一つはすでに押収したけど、ほかの銃を持っている可能性が高いわ。グロックの九ミリがお好みみたい。銃身の長い銃を所持していることを裏づけるものは何もない。銃のほかに、おそらくナイフも持ってる。カッターナイフ。忘れないで、一緒にいる若い男性は人質よ。インド系、黒髪、二十二歳。着衣は不明。容疑者は、最後に目撃されたときはベージュのコートを着てた。でも、黒っぽいコートやジャケットを着ていたこともある。できれば生きた状態で確保したい。今後どうしても必要な情報を持っているから」

ジョーンズが言った。「ガス管爆弾を仕掛けた犯人なんですよね？」

「そうよ。仕掛けたのは彼」

「ここで何を探しているんでしょう？」女性の巡査が尋ねた。

「岩石の山」

制服警官が目を見交わした。

説明している時間はない。

「ジョーンズ、あなたは私と一緒に来て。西――ドックのほうに行くわ。ほかの三人は南側をお願い。その制服はここでは目立つから――」制服はベージュと明るい灰色だ。「――狙撃に好都合な場所がないか用心して。目撃者は残らず消そうとするはずよ。警察官だから殺さないと考える理由はない」

「了解、サックス刑事」一人が言い、三人は南に向かった。

サックスとジョーンズは三人と九十度違う方角――川のほうへと歩き出した。

ジョーンズの無線機がかすかな雑音を発した。耳を澄ます。相手の声はサックスには聞き取れなかった。まもなくジョーンズが報告した。「ESUが十分後に到着します」

岩石や鉄くずの山のあいだを縫って急ぎ足で進んだ。ジョーンズが首をかしげ、イヤフォン越しに届く声に聞き入った。それからささやくような声で言った。「了解」サックスのほうを向いた。「ナンバー照会の結果です。クイーンズのディーラーで一月《ひとつき》契約でレンタルされてます。借り手はアンドリュー・クルーガー。南アフリカの運転免許証を提示したそうです。居住地はケープタウン。ニューヨーク市内の住所を連絡先として残していますが、空き地でした」

ジョーンズは自分の携帯電話を持ち上げ、画面に表示された運転免許証の写真をサックスに見せた。「この男ですか」

その写真は、アクロイドになりすましていた人物とクルーガーが同一人物であることを裏づけていた。サックスはうなずいた。

ロストフと同じく、クルーガーもダイヤモンド業界専門のセキュリティ会社の一つに所属し、ドブプロムのライバル会社の依頼を受けて仕事をしているのだろう。

ふつうは仕事仲間の頭に弾丸を撃ちこんだりはしない……

サックスは目下の獲物に全神経を集中した。少し前に扱った事件で、容疑者の一人——精神の状態にやや問題があるとはいえ、きわめて魅力的な人物だった——は、サックスをローマ神話の狩りの女神ディアナの生まれ変わりにたとえた。

それはこれまで聞いた何よりうれしい褒め言葉だった。いくぶん狂気を帯びた人物からのものであったとしても。

二人は物音を立てずに動けるぎりぎりの速度で先を急いだ。二人とも身を低くしたまま、絶えず周囲に目を配り続けた。左、右。廃棄物の山の尾根——スナイパーが絶好の狙撃場所として選びそうなスポットだ。息が上がる。筋肉がこわばる。

だが、アメリア・サックスはほかの何よりこれを愛していた。

痛みは無視した。掘削現場で泥の墓に転落したとき負傷した膝の痛みも、ロストフと出くわしたときの痛みも。いまサックスの思考にあるのは獲物のことだけだ。

どこを見るべきか、ハンドシグナルでジョーンズに伝える。急ぐとき、速度を落とすときも身振りで指示した。ジョーンズのほうもときおりハンドシグナルで意思を伝えてきた。ジョーンズには銃撃戦の経験はないだろう。不安はあるだろうし、緊張してもいるが、意欲は充分だ……そして能力も充分だった。グロックを握る手は自信とスキルに満ちあふれている。

じりじりと進んだ。クルーガーと鉢合わせし、いきなり撃ち合いになるような事態は避けたかった。クルーガーに気づかれずに発見し、血を流すことなく確保したい。

生きた状態で……

クルーガーに背後に回りこまれる事態も避けたかった。五、六十メートル先でバックホーが瓦礫をバージ船に移している。エンジンの轟音と瓦礫が崩れる音、バージ船の底に岩石がぶつかる音は騒々しく、ほかの音はほとんど聞こえない。いつのまにかクルーガーにすぐそばまで迫られているということもありえるだろう。

だから前方に目を凝らし、左右と背後を抜かりなく警戒した。一瞬の油断もなく。

さらに二十メートル進む。どこ？　どこよ？　どこにいるの？

あと少しで川べりというところで、二人を発見した。

岩石や木材、ねじれた金属の山二つにはさまれた谷間で、クルーガーがヴィマルを引きずるようにして歩いているのが見えた。手袋をはめた左手でヴィマルの襟首をつかんでいる。右手は黒っぽいショートジャケットの内側に入れていた。銃を握っているのだろう。

ジョーンズは自分を指さしたあと、クルーガーとヴィマルがいるすぐ近くの瓦礫の山のてっぺんを指さした。ジョーンズの右側にそびえる山は、六メートルほどの高さがある。次にジョーンズはサックスを指さし、その手を半円状に動かしながら左側の山を指し示した。

いい作戦だ。ジョーンズはクルーガーを上から狙い、サックスは脇から接近する。サックスは最初に集合した地点の方角を指さし、三本指を立ててから——ほかの三人の制服警官の意味——ジョーンズに掌を向けた。いまいる場所から動かないよう三人に伝えてほしい。三人が何も知らずに偶然ここに来てしまった場合、ターゲットの正確な位置を三人に伝えるすべがない。

ジョーンズが少し退却し、小さな声で三人に無線連絡した。そして銃をホルスターに収めると、右側の瓦礫の山に登り始めた。サックスは急ぎ足で左の山裾に沿って右回りに移動し、クルーガーとヴィマルを最後に見た地点に接近した。

半円を描いて山を迂回したところで、あともう少しだけ二人に接近できれば、この作戦はうまくいくだろうと確信した。ジョーンズは右側の山のてっぺんに登り、銃の狙いをクルーガーに定めている。あとはサックスがもう少しだけ距離を詰め、降伏を呼びかけることができれば――バックホーやブルドーザーの轟音に負けずにクルーガーに呼びかけられれば、成功だ。

ジョーンズがサックスの視線をとらえてうなずいた。

サックスもうなずき、容疑者とヴィマルにさらに近づいた。二人は立ち止まっていた。クルーガーは冷酷な顔、これまでなりすましていた人物の表情とかけ離れた表情を浮かべた顔をヴィマルの耳もとに寄せ、何事かささやいた。あふれた涙を拭っていたヴィマルがうなずき、周囲に視線をめぐらせる。それから一点を指さし、二人は唐突に向きを変えてまた別の谷間へ――サックスやジョーンズから遠ざかる方角へと足早に歩き出した。どうやらヴィマルが指さした先にキンバーライトの小山があるようだ。

サックスはジョーンズを見た。ジョーンズは自分の目を指さして首を振った――二人の姿はもう視認できない。サックスはクルーガーに一番近い山を迂回しながら二人の跡を追った。そして二人の行く手をうかがった。

まずい……

少し先で、ニューヨーク市警の男性パトロール警官の一人がクルーガーに背を向けてしゃがんでいた。距離は五メートルもあるだろうか。クルーガーはわずかの迷いもなくジャケットの内側から銃を抜くと、パトロール警官の背中を狙って発砲した。パトロール警官は前に投げ出され、銃を取り落とした。防弾チョッキを着けているのが見えたが、あれだけの近距離だ。防弾チョッキが弾丸を食い止めたとしても、衝撃はすさまじい。

すぐには動けないだろう。立ち上がろうとしてもがいている。

クルーガーはヴィマルを逃がすまいと、首に左腕を回して引き寄せた。その状態のまま負傷した警官にじりじりと迫っていく。

二人の背後にいたサックスは、倒れたパトロール警官に近づくと、銃口をクルーガーに向けた。「クルーガー！　銃を捨てなさい！」

その声は届かなかった。クルーガーは警官にさらに一歩近づき、銃の狙いを定め、とどめの一発を放とうとした。

クルーガーの動きを封じるつもりで撃てば、サックスが放った弾はヴィマルにも当たってしまうだろう。

だから――死のガス管爆弾のありかを知っているのはクルーガー一人であることを痛いほど意識しながら――アメリア・サックスは重心を落とし、フロントサイトの白点をクルーガーの後頭部に合わせると、トリガーにかけた指にそっと力を加えて発砲した。

63

アンドリュー・クルーガーという本名が判明し、容疑者について適切な情報収集が可能になった。

サックスが容疑者の宿泊していた長期滞在型ホテルの捜索に行っているあいだ、ライム、FBIのフレッド・デルレイ、南アフリカ警察当局、そしてどんなときも頼りになるAISは、手持ちの情報を持ち寄った。

クルーガーのケープタウンでの住居は、海沿いのビクトリア&アルフレッド・ウォーター・フロント地区にあるフラットだった。南アフリカ警察当局によれば、かなりの高級住宅街だという。クルーガーに前科はないが、軍を退役したあと、ダイヤモンド業界の〝怪しげな〟事業家とつきあい始めた。父親はアパルトヘイトの熱烈な支持者だったものの、クルーガーはそれに染まらなかった。人種差別主義を嫌悪していたからとも考えられるが、それよりもおそらく、金儲けの観点から得策ではなかったからだろう。報酬さえ支払われれば、誰からの依頼でも受けた。貧しい黒人居住区出身でのちに富裕層の仲間入りをした、いわゆる〝ブラックダイヤモンド〟層のなかでも危険とされる事業家の仕事も請け負っていた。軍時代は爆薬を扱っていた。退役後、若いうちは採掘業界で働き、工学の勉強もした。爆薬を仕掛けて地震を偽装できる知識を持ち合わせていたのはそのためだろう。C4爆薬とガス管爆弾の入手にも、軍時代のコネが生きた。

クルーガーはAKアソシエーツという会社を経営していた。肩書きは代表取締役。共同経営者のテリー・デヴォアは、かつて黒人鉱業労働者を監督する仕事をしていた。会社は、宝石や貴金属業界向けの〝セキュリティ事業〟を専門としている。

この具体的な業務内容が判然としない〝セキュリティ事業〟を翻訳するなら、「企業の用心棒ですよ」と南アフリカ警察の刑事は説明した。デヴォアに事情聴取を試みたものの、妻とともに姿を消していた。

エドワード・アクロイドを名乗ってライムやサックスら捜査チームに協力したクルーガーは、ダイヤモンド業界に関する深い知識を披露したが、あれは嘘ではなかったようだ。南アフリカ警察が彼のケープタウンの住居を徹底捜索した結果、ダイヤモンドへの愛着は本物だったことを裏づける証拠が見つかった。ダイヤモンドに関する数百冊の書物、写真、科学論文から文化、芸術に至るあらゆる種類のダイヤモンド関連の文献。刑事の一人によると、クルーガーはダイヤモンドをテーマに詩まで書いていたようだ。

「読めた代物ではありませんがね」

また、ダイヤモンドの実物も押収された。ラフと研磨済みの石の両方があった。総額二百万ドルに近いと別の刑事は話した。ベッドサイドテーブルに奇妙なオブジェがあったと付け加えた。低出力のスポットライトが上に向けて設置され、透明ガラスのレンズ越しに天井を照らすようになっていた。そのレンズの上には十二個のダイヤモンドが並んでいた。ライトを灯すと、ダイヤモンドを透《とお》った光が星座のように天井に映し出され、その光の輪郭が虹のように七色にきらめくのだという。

七色の光は〝ファイア〟と呼ぶのだったなとライムは思い出した。

フラットの捜索により、クルーガーを雇ったと思われる企業名も判明した。クルーガーの会社名義の銀行口座に、二十五万ドルが二度振り込まれている。送金元はグアテマラシティの銀行の口座で、二度とも過去二週間以内に手続きされていた。摘要には〈支払い1〉〈支払い2〉とあった。

加えて、南アフリカ警察は、グアテマラシティに本社を置くダイヤモンド採掘会社、ヌエボ・ムンド・ミネリア――ニュー・ワールド鉱業――の会社案内も発見した。

しかし、家宅捜索でも、インターポールやユーロポールを含む警察資料の検索でも、いま緊急に必要な情報――残りのガス管爆発装置がどこに仕掛けられているのか――は入手できなかった。

もしかしたら、クルーガーのニューヨークでの滞在先から答えが見つかるかもしれない。成否はまもなく判明する。そうわかるのは、ライムのタウンハウスのすぐ前から、スポーツカーのエンジンの轟音とブレーキの甲高い音が聞こえたからだ。

クルーガーが宿泊していたブルックリンハイツの長期滞在型ホテルのグリッド捜索を終え――念を入れて二度行った――サックスがタウンハウスに戻ってきた。

リンカーン・ライムとサックスはいま、その成果を吟味している。メル・クーパーも一部の物証の分析に取りかかっていた。マクエリスはまだタウンハウスに残り、長さ一キロ弱の断層に関する知識を生かしてガス管爆弾が仕掛けられた場所を絞りこむ手伝いをしようと待機していた。

クルーガーのホテルの部屋からは、地中熱ヒートポンプ建設現場の見取り図、掘削工事の現場写真、周辺の地図、実際は爆発の揺れではあるが、その地震波断面から地震と誤って報道された記事が押収された。ほかに、キンバーライトのサンプルに含まれていたダイヤモンドについての分析資料が添付された、追跡不可能なアカウントを発信元とするメールも見つかっていた。分析の結果は、ドン・マクエリスの話と一致していた。クルーガーは、エゼキエル・シャピロとワン・アース運動についてもリサーチを行っていた。シャピロの住所をメモしたポストイットも残っていた。

サックスは、クルーガーがパテルの店を襲った際に持っていたものと特徴が一致するアタッシェケースも発見した。小型だが強力な携帯型顕微鏡、工具類、キンバーライトのかけらが入っていた。これをパテルの店に持っていったのは、石を分析するためだろう。キンバーライトに確かにダイヤモンドが豊富に含まれているなら、それを盗み、パテルを拷問してより詳しい情報を引き出すつもりだったに違いない。アタッシェケースには、C4爆薬の主材料であるRDXの痕跡のある箱と、〝תרמוסטט〟（ヘブライ語で〝サーモスタット〟）と書かれた箱——実体はガス管爆弾だが——も入っていた。

サックスはホテルの部屋を撮った写真をテープで貼り出した。「一つだけ本当のことがあった。クロスワード好きは嘘じゃなかったようよ。パズルの本が十冊以上あったから」

それを聞いて、ライムは思いだした。

殺人者から贈られたものを一瞥する。デジタル式の暗号クロスワード装置。エドワード・アクロイド——友人になれるのではないかと期待した人物からの贈り物。〝裏切り者〟を意味するJから始まる五文字の単語(解はJudas、ユダ)。ライムはそのメロドラマチックな考えを撃ち落とすかのように、メル・クーパーに指示した。

「通信機が入っていないか調べろ」

「え——?」

「奴は盗聴していたのかもしれない」

「ああ」クーパーはコンピューター用のミニ工具を使って装置の裏蓋をはずした。なかをひととおり見たあと、電波探知器のワンドをかざした。

「何もないよ。無害だ」

クーパーはもとどおり組み立てようとしたが、ライムは低い声で言った。「いや、いい。捨ててくれ」

「だけど、もったいな——」

「捨てろと言っているだろう」

クーパーは装置をくず入れに放りこんだ。ライムとサックスは証拠の分析に戻った。

ガス管爆弾はいったいどこにある?

答えが書かれた地図もメモもない。クルーガーのパソコンはパスワード保護されていて、プリペイド携帯二台とともにすでに市警本部のロドニー・サーネックのもとに送られていた。プリペイド携帯のほうはロックされておらず、モスクワの電話番号への発信履歴が残っていた。発信時刻はいずれもロストフの死後のものだった。ロストフの未知の共犯者がヴィマルを殺害した犯人であるように見せかけるために、クルーガーが発信したのだろうとライムは考えた。ロストフにロシア人の共犯者がいたとはまず考えられない。サックスはクルーガーの服のポケットからロシア産のたばこやルーブル硬貨を押収している。ヴィマルの死体の周辺にばらまくつもりだったのだろう。目くらましだ。

しかし、まず考えられないとはいっても、ロドニー・サーネックが分析を終え、クルーガーのプリペイド携帯二台の位置情報の履歴とロシア宛の電話が発信された場所は同じだと判明するまで、ヴィマルは近くの分署で保護される。

サックスはまた、いまとなっては有名なトヨタ車——ただしそのありかは判明していない——のキーと、ロストフの滞在先ホテルのルームキーも押収していた。

メル・クーパーが言った。「グアテマラの鉱業会社、ニュー・ワールドに関していくつか情報を見つけた。けっこうな大企業だよ。南米各地にダイヤモンド鉱山を所有してる。ただし、大部分は産業グレードだ。善良な人間の集まりではなさそうだね。露天採掘や森林伐採について環境保護団体や各国政府から非難の嵐を食らってる。採鉱労働者《ガリンペイロ》を金で雇って、先住民所有の土地を略奪させたり。戦闘も起きてる。本物の戦闘だよ。労働者や先住民に数十人の死者が出た」

ライムはFBIのフレッド・デルレイにもう一度電話をかけ、グアテマラシティのアメリカ大使館か領事館からニュー・ワールド鉱業の経営陣に事情聴取をしてもらえるよう国務省経由で頼めないかと相談した。

まあ、事情聴取に応じるとも思えないがな――ライムは胸の内で皮肉をこめてつぶやいた。

「微細証拠を見てみよう」

サックスが持ち帰った物証は、加熱処理前の蜂蜜、朽ちかけたフェルト、粘土質の土、古い絶縁体の断片、昆虫の翅《はね》の細片（おそらくミツバチ属《アピス》のもの。蜂蜜の存在からそう推測されるが、その二つは無関係という可能性は否定できない）。またホテルの部屋に残されていたブーツから、特徴的な濃厚土――軽量で吸水性の高い頁岩《けつがん》と粘土、麦わらと干し草のかけらが混じった堆肥《たいひ》――と有機肥料が検出された。

「これはあれだな」

「何が何だって、リンカーン？」

ライムはクーパーには答えず、ネットに接続すると、グーグル音声検索のコマンドを発した。「ルーフライトの成分を検索」専門家しか利用しないようなデータベースが必要になる場面がときにある。

答えは数ミリ秒で表示された。

「やはり！」

サックス、クーパー、マクエリスがそろってライムのほうを振り返った。

ライムは言った。「根拠の薄い推測ではあるが、ほかに手がかりになりそうなものがないからな。クルーガーは、ガス管爆弾の少なくとも一つを、キャドマン・プラザの政府関連ビルの北側に仕掛けた。ヴィネガーヒルのどこかだ」

ヴィネガーヒルとはブルックリンの伝統ある一角で、ブルックリン海軍造船所にも近い。地名はアイルランド反乱軍とイギリス軍のあいだで一七九八年に起きた戦闘にちなんでおり、ヴィクトリア朝時代に建てられた古式ゆかしい住宅と、いかめしく威圧感のある産業施設が共存する、不思議な雰囲気が漂う地域だ。

「どうしてわかった？」クーパーが尋ねた。

かつて自由に歩けたころとは違い、気ままに街を歩き回ることはできなくなったが、リンカーン・ライムはニューヨーク市の五区のすべてのあらゆる地域、あらゆるブロックについて知識の更新を怠らずにいる。「犯罪が発生した地域に関する知識の多寡が、犯罪学者の能力を決める」ライムは科学捜査の教科書にそう書いた。

クーパーの質問の答えは、ミツバチの翅と蜂蜜、ルーフライトの成分、肥料、そしてフェルトの組み合わせだ。いずれも旧海軍造船所のブルックリン・グレインジからきたものと推測できる。そこには世界最大の屋上農園があり、一万平方メートルの広大な農園で有機栽培のフルーツや野菜が栽培されている。ルーフライトというのは、野菜の栽培に向いているが、屋上庭園に使うには重すぎる通常の土に比べてはるかに軽量な農耕土だ。ブルックリン・グレインジでは大規模な養蜂も行われている。

そこからもっとも近い住宅街がヴィネガーヒルで、木造の建造物がひしめいていた。クルーガーの目には理想的なターゲットと映ったことだろう。彼の目標は、ニューヨーク市とニューヨーク州に掘削作業中止の命令を出させることであり、〝地震〟後に発生する火災の死傷者数が増えれば増えるほど好都合だ。

ドン・マクエリスが市街図の上にかがみこみ、断層がヴィネガーヒルのどの地点を通っているか、赤のマーカーで線を引いた。断層は北西に進んだあと、北に向きを変えて港に向かっていた。

「ここですね。私なら、この断層の左右三ブロックを捜索します」

断層全体を捜索することを考えれば範囲がはるかに限定されたとはいえ、ガス管爆弾が仕掛けられているかもしれない地下室を備えた建物は数え切れないほどある。

「地図をスキャンして周辺各署にコピーを送れ——消防署、警察署。急げ」

「はいよ」

「サックス。きみとプラスキーは現場に急行してくれ」

二人が玄関から飛び出していくのを見送りながら、ライムは言った。「メル。消防局に電話だ……最寄りの分署にも。かき集められるだけの人員を地下室の捜索に当たらせろ。ああ、それから、刑事部に問い合わせだ。窃盗課だな。不法侵入の痕跡はあったが盗まれたものが見つからなかった最近の通報を調べさせろ」

クーパーがうなずき、電話を手に取った。

ライムは大声でさらに言った。「パトロールだけでは足りん。警察と名のつくあらゆる組織の全員を動員させせろ！　全員だ！」

64

さすがに無理じゃない？

トリノを猛スピードで走らせ、マンハッタン橋に深紅の残像を残してブルックリン側へ渡りながら、サックスは考えた。左側にさっと目を走らせる――ヴィネガーヒルが見えた。ロン・プラスキーもいま、まったく同じことを考えているに違いない。ガス管爆弾を探し出せるわけがない。アルゴンクイン電力の変電所に一本だけそびえる煙突に見下ろされた街は、想像していたよりずっと広かった。全体で六ブロックしかないと分署長から聞いていたが、一つひとつのブロックが巨大なのだ。

シフトダウンをして出口ランプを下り、横すべりしながらジェイ・ストリートに出た。長年一緒に仕事をしてきて、レーシングドライバーのダニカ・パトリックばりの運転に慣れっこになっているはずのロナルド・プラスキーが息をのむ気配がした。サイレンは鳴らしていないが、青い回転灯の光が通りを覆った影をせわしなく切り裂き、産業施設、一軒家、アパート、住居に改装されたロフトなどを照らし出す。煉瓦壁、漆喰壁、石壁はどれも傷だらけだが、落書きはほとんどない。路上のくず入れはへこんだり割れたりしながらも、なかのごみを撒き散らすことなく保持していた。

サックスのマッスルカーのサスペンションはじゃじゃ馬のように遠慮なく跳ね、ここ数日間に何度も痛めつけられた背中や膝に路面の凹凸をじかに伝えた。しかもヴィネガーヒルの通りには、アスファルト舗装ではないものが少なくない。造成当初に敷かれたままずり減ったベルギーブロック――誤って玉石と呼ばれることもある――の石畳の区間が多い。何世紀ものあいだ、馬や人や車輪やタイヤの往来を支えてきてつるつるになった長方形の花崗岩が敷かれた通りも、やはりアスファルト舗装されていない。だが、ほかに車が通れる道はなかった。

サックスは車をジョン・ストリートへ進めた。そこに今回の捜索の指令本部が置かれている。変電所の向かい側の空き地は、まるでSF映画の撮影セットのようだ。灰色の金属ボックス、ワイヤ、変圧器。急ブレーキをかけて、赤煉瓦造りの産業施設の前に車を駐めた。前世ではおそらく工場だったと思しき建物には、広告会社やデザイン事務所、小規模メーカーなど六社のオフィスが入居していた。一階に〈モンティ・グルメチョコレート〉の店舗があり、サックスの鼻は、商品は店舗の奥で製造されているらしいと告げた。最後にチョコレートを食べたのはいつだったか。思い出せない。次の瞬間、そのことは完全に忘れた。

　ジョン・ストリートの変電所側に、消防車四台とニューヨーク市消防本部消防司令長の車、市警のパトロールカー六台、無印の警察車両一台が並んで駐まっていた。制服警官八名、私服刑事二名、最寄りの分署のスーツ姿の警部一名が見える。警部は背が高く痩せたアフリカ系アメリカ人で、黒檀のような肌をし、頭はつるりと禿げている。アーチボールド・ウィリアムズ。以前にも捜査で一緒になったことがある。ユーモアのセンスのある人物だ。あるとき、傷害事件の被害者が怯えきっているのを見て、「いやいや、私の名前は覚えやすいから、そんなに心配しないで平気ですよ。ほら、アーチ禿げ《ボールド》」と言って頭を指さした。被害者は即座にリラックスした。

　ウィリアムズが言った。「サックス刑事」それからプラスキーに目を向けた。プラスキーが自己紹介した。ウィリアムズがうなずく。

　刑事の隣に、制服姿の消防司令長がいた。青白い肌をしたずんぐり体形の五十代なかばの男性だ。ヴィンセント・スタネッロ。握手を交わしたとき、サックスは彼の体に大きな傷痕があることに気づいた。何年も前のやけどの痕らしい。

　スタネッロは、ガスキーを持った消防士が近隣のガス供給を止めて回っていると説明した。ガスキーとは、車道や歩道、民家の庭先に設けられた小さな四角い扉から地中に差し入れ、ガス本管を閉鎖するための柄の長い道具だ。「ガス供給の停止に六チーム。ライム警部から、ヴィネガーヒルの真ん中の一角に集中してくれと言われている。これが送られてきた」そう言って携帯電話の画面をサックスに向けた。ドン・マクエリスが断層を書き入れた地図が表示されていた。

「その赤い線が断層です。その左右二ブロックを捜索します」

スタネッロが溜め息をつく。「ここらのガス管を全部つなげたら、何キロ分になることやら。それに、うちで止められるのは公社が供給する天然ガスだけだ。民間事業者のプロパンガスを使っている住民も大勢いる。住宅やオフィスのタンクを直接いじらないかぎり、プロパンガスは止められない」

ウィリアムズが言った。「うちの中央窃盗課の者には、ほかの仕事は中断して通報記録をチェックするよう言ってある。ボットを稼働して、ヴィネガーヒルから九一一への通報の録音もチェックさせてる」ウィリアムズは肩をすくめた。「しかし、犯人が爆弾を仕掛けている現場を誰かが目撃したというなら話は別だろうが、そもそも通報さえされていないだろうね」

それからウィリアムズは尋ねた。「犯人が爆弾を仕掛けたのはいつごろかな」

プラスキーが答えた。「ここ一週間くらいだろうと考えています。一週間から十日くらい。推測の域を出ませんが」

「この様子だと、防犯カメラは期待できそうにないですね」サックスは周辺を見回した。数百の建造物がある。そのすべてが古く、大部分は木造だ。

サックスは言った。「避難させましょう」

「避難？　どの建物を対象に？」スタネッロが尋ねた。

「全部。さっきの地図の断層の左右二ブロックの全建物」

「大混乱が起きるぞ」スタネッロは疑わしげな調子で言った。「負傷者が出かねない。高齢者もいる。子供もいる」

ウィリアムズが言った。「もし爆弾がなかったら、マスコミから盛大に叩かれるだろうしな」

「もし爆弾が仕掛けられていて、住民を避難させなかったら、そのほうが何を言われるか怖いわ」アメリア・サックスは、わかりきったことをあえて指摘しなくてはならないことにいらだった。

この場の指揮を執るべき二人、ウィリアムズとスタネッロは、顔を見合わせた。

スタネッロが訊いた。「ヴィネガーヒルに爆発物があるというのは確かなんだね」

サックスは思った。確かかって？　何がどうだったら確かだということになるの？

声に出してはこう言った。「ええ、絶対に確かです」それから真実をひとかけら付け足した。「ここ二日間で二つ爆発させています。そのパターンを変えたと考える理由はありません。それにここまでの二件を考えると、今日この時間まで爆発していないのは遅いくらいです。いつ爆発してもおかしくないと思います」

一瞬の沈黙があった。ウィリアムズが口を開いた。「よし、いいだろう、避難を開始しよう。できるだけ多くの住民を避難させる。地下のガス管を点検して、安全が確認できた建物には印をつけ、住人に戻ってもらうようにしよう」

スタネッロがうなずいた。無線機を口もとに持ち上げ、部下に向けて避難開始の指示を出した。

「付近に小学校がありませんでしたか」プラスキーが言った。

「第三〇七小学校。ここから三ブロックほど先だ」

「全児童を避難させましょう」プラスキーが言う。

「断層からだいぶ離れてるが」スタネッロが携帯電話に表示した地図にうなずく。

サックスが取りなそうとしたとき、プラスキーが断固たる口調で言った。「今日は平日で児童が大勢いるでしょう。避難させてください」

スタネッロの動きが一瞬止まった。「わかった。こちらにまかせてくれ」

ウィリアムズが待機していた部下に近づいた。「よし、全員、車に乗ってくれ。スピーカーで避難を呼びかける。ガス漏れの危険がある、全員すぐに建物から出るようにとだけ言えばいい。手ぶらでいいからとにかく外に出ろと」

「行きましょ」サックスはプラスキーを促した。「私たちも一軒ずつ回って避難を呼びかける」それからウィリアムズとスタネッロに言った。「私たちは南から始めます。東に向かって、次に北に向かいます」

二人はトリノに乗りこみ、ヴィネガーヒルの南側を通るヨーク・ストリートに向かった。プラスキーは不安げな表情で通りの左右を見た。「何人くらい住んでるんだと思います？　奴はどこらへんに仕掛けたんでしょうね」

ヴィネガーヒルの住民は五万人程度ではないかとサックスは思った。断層沿いの全体を考えれば大した人口ではないかもしれないが、それでも多すぎるくらい多い。「平日のこの時間帯の人口は八千人くらいじゃない？」

「現実的に考えて、そのうちの何人くらい避難させられますかね」

サックスはこれに、暗い笑い声で答えた。

65

カルメッラ・ロメロは、チャンスと見ると、大真面目な顔でこう打ち明ける——私、スパイなのよ。

五十八歳のカルメッラは、自分の四人の子供と十一人の孫にそう主張してきた。その根拠は、政府に雇われてエージェントとして働いているからだ。

ただしカルメッラの場合、CIAの工作員《エージェント》であるわけではなく、またジェームズ・ボンドと同じ秘密情報部の一員であるわけでもない。勤務先はニューヨーク市警交通局だ。

寸胴型の体つきに灰色の髪をした、生まれつきのブルックリンっ子であるカルメッラは、いまから二年前、一番下の娘が巣立ったのを機に、何か仕事を始めようと決意した。

『ブルーブラッド～NYPD家族の絆～』のようなテレビの警察ドラマの大ファンということもあって、警察機関で働けたら何よりだと考えた（トム・セレック演じる市警本部長が上司だったら最高！）。

　年齢を考えると（ニューヨーク市警の採用に当たっての年齢制限は三十五歳）銃を携帯する本物の警察官にはなれないが、交通局は年齢制限を設けていない。それに、お隣のミスター・プリルがその日の気分で好き勝手な場所――消火栓の前、歩道上、横断歩道上――に駐車することに、カルメッラは日頃から鬱憤《うつぷん》をためていた。しかも、それを注意されたときの品性下劣な態度ときたら！　まったく。堪忍袋の緒はぶち切れた。世のミスター・プリルたちに、いけないものはいけないと教えてやらなければならない。ただし、カルメッラ・ロメロはユーモアを解する人間であり、他人のユーモアも大いに歓迎した。だから交通局が街中にこんな看板を立てたのを見て、驚喜した――〈ここに駐めようなんてバカなことは考えるな〉。そんな組織で働けるのなら、それ以上の幸せはないだろう。

　というわけで、『ブルーブラッド』の世界の住人にこそなれなかったが、それでも今日の仕事は、本物の警察官気分をわずかながら味わうチャンスだ。カルメッラを含め交通局の全職員（〝ブラウニーズ〟ではない〔交通局の職員は制服の色から〝ブラウニーズ〟と呼ばれていた〕。そのニックネームでは呼ばれたくない）は、ブルックリンのこの地域周辺の市の全職員とともに、ヴィネガーヒルのすべての建物から住人を避難させ、地下室のガス管を調べて、サーモスタットに見せかけた白い小型の爆発装置が仕掛けられていないか確認する。

ＩＥＤ！

ちょっと、即席爆発装置《ＩＥＤ》ですって（この名称を知っているのは、じゃじゃーん、『ブルーブラッド』でトム・セレック演じる市警本部長の息子が、ある事件の捜査を担当したおかげだ。交通局のブリーフィングでそんな用語が出てくることはまずない）。

今日一日、カルメッラ・ロジーナ・ロメロは、爆発物処理ガールだ。

彼女に割り振られたブロックには、エレベーターのない三階建て、四階建て、五階建てのアパートが並んでいる。マンハッタンへのアクセスがよいブルックリンのほかの大部分の地域と同じように、どのアパートもほぼ満室だ。しかも築年が古い。もちろん、大家が正直な人物であれば、最新の基準を満たすように改築されているはずではあるが、新しい建物と比較したら、ここに並んだアパートはいずれもマッチ箱のようなものだ。

自分の〝巡回地域〟の角に建つアパートに最初に入ろうとしたまさにそのとき、カルメッラはその場で凍りついた。

足の下で地面が揺れたような気がした。

いまのは何だ？　今日、市の全職員に向けて説明のあった偽の地震だろうか。

無線機がかりかりと音を立てた。「緊急連絡。避難誘導に当たっている全職員へ。ただいまの揺れはキャドマン・プラザ近くでＩＥＤが爆発したためと確認されました。全住民の避難が必要です。次の爆発と火災まで、およそ十分の猶予です」

カルメッラは爪先が外を向いた太い脚をばたばたと動かし、角の建物に向けて走った。インターフォンで各部屋を呼び出して避難を指示しよう。

その計画には大きな欠点があった。インターフォンがなかったのだ。ブザーさえついていない。知り合いにあらかじめ連絡して開けてもらうしかないようだ。または、エントランス前にいるから開けてと大声で怒鳴るか。

カルメッラは開けてと叫んだ。

反応なし。

考えて！　ほら、考えて、エージェント・ロメロ！　名案はないの？　ゆるんで浮いていた敷石を拾い、エントランスのドアの小さなガラス窓に投げつけておいて、破片を浴びないよう後ろに飛び退いた。内側に手を入れてドアを開け、建物に飛びこむ。「警察です！　ガス漏れが発生しました。建物から避難してください！」大声でそう叫びながら各部屋のドアを叩いて回った。

一番奥のドアが開き、Tシャツとジーンズ姿のラテン系の男性がいぶかしげな顔で廊下に出てきた。この建物の管理人だった。カルメッラが爆発の危険を伝えると、管理人は目を見開いてうなずき、住人に呼びかけると約束した。

カルメッラの無線機が音を立てた。「交通局のロメロ、応答してください。どうぞ《K》」

胸を高鳴らせ——だって通信指令部に呼び出されるなんて初めて！——応答した。

「ロメロです、K」

「現在地はフロント・ストリートですか」

「そうです、K」

「避難誘導に関連して、ブルックリンの中央窃盗課から一週間前に発生した侵入事件の報告がありました。フロント・ストリート八〇四番地。ヘルメットと安全ベストを着用した人物がカッターナイフを使って地下室の窓から侵入。盗まれたものはありませんでした。容疑者のプロファイルに一致します。爆発物をその建物に仕掛けたものと思われます」

「ここから三軒先だわ！」そう叫んでから、通信規則を思い出して付け加えた。「K」

そっけないほど涼しげな声で。しかし頭のなかでは叫んでいた。ディオス・ミオ！マジなの！

「爆発物処理班が向かっています、ロメロ。可能なかぎり住人を避難させてください。残り九分ほどです。それを忘れずに」

どこか遠くからサイレンの音が聞こえてきた。

「了解。K」

八〇四番地に向けてどかどかと疾走した。古いアパート。四階建て。この通りで一番大きい建物というわけではないが、完全な木造であることを考えれば、ほかのどれより火災に弱いだろう。ガソリンに浸したぼろきれのように一気に燃え上がるに違いない。

三月の寒空の下、窓はすべて閉まっていたが、通りに面した部屋の一部に明かりがともっていた。

ここにもインターフォンはなかった。

しかもドアにガラス窓がない。分厚い木製だ。

どうしよう。

残り時間はあと八分といったところか。

地下室の窓。鉄格子で守られていた。しかも格子がはずれないよう頑丈な南京錠で固定してあった。

「避難してください！」ロメロは大声で呼びかけた。「ガス漏れです！　避難して！」

返答はなかった。石を拾い、二階の窓を狙って投げた。一階の窓には鉄格子がはまっていたからだ。石は命中し、ガラスが砕けた。しかし、なかに誰かいるとしても、気づかなかったか、相手にしないことにしたらしい。

そうよ、ここがターゲットだ。間違いない。ガスの臭いが漂い始めている。

「避難してください！」

反応なし。

通りを見回す。向こう側の縁石に沿って何台もの車が駐まっていた。庶民的な車に交じって、レクサスが一台。ほかにも高級車が何台かある。カルメッラ・ロメロ工作員の専門分野は駐車車両だ。通りを渡ってレクサスに近づき、フロントフェンダーを膝で蹴った。フェンダーにへこみができた。盗難アラームが作動し、クラクションがやかましく鳴り出した。

トーラスとスバルは素通りし、メルセデスとインフィニティを蹴飛ばす。けたたましいクラクションの音が響き渡った。

窓が次々と開いた。最上階の窓から、女性と幼い子供が二人、こちらをのぞいた。

「避難してください！　ガス漏れです！」

制服が指示に重みを加えた。女性は即座に窓から消えた。ほかにも数人が窓から顔を出した。カルメッラは英語とスペイン語で避難指示を繰り返した。

通りの先を見る。爆発物処理班はまだ来ない。警察車両は一台も見えなかった。

残り六分。

エントランスのドアが開いて、人々が次々と走り出てきた。ガスの臭いは強くなる一方だ。カルメッラはドアを押さえ、走って建物から遠ざかるよう住人たちを促した。薄暗いロビーに向けて大声を出す。「ガス漏れです！　避難してください。この建物はまもなく爆発するおそれがあります！」

このアパートの部屋の四分の三に住人がいると仮定すると、まだ二十人から三十人が屋内にいる計算になる。寝ている人もいるだろう。障害があって自力では避難できない人もいるかもしれない。

だが、一人で全員を避難させるのは無理だ。

大きく息を吸いこむ。トム・セレック市警本部長の顔を思い浮かべ、カルメッラ・ロメロは地下室入口のドアへと走った。太く安定感のある脚を動かして危なっかしい階段を下りた。ガスの腐った卵の臭いがして、思わず鼻に皺を寄せた。吐き気の波がせり上がる。

地下室はじめじめして薄暗かった。表通り側の壁、目の高さより少し上にある鉄格子のはまった小窓から射す外光だけが頼りだ。室内の様子はろくに見えない。ガス管にちっぽけな装置が取りついていたとしても——きっと見つかりにくいよう故意に隠してあるだろう——見分けるなんて不可能だ。だからといって、電灯のスイッチを入れるわけにはいかない。

心のなかで毒づく。地下室で爆弾を探せって言うなら、懐中電灯くらい支給してよね。

地下は大きく三つの空間に仕切られているようだ。表通り側の空間、いまカルメッラがいるところは、納戸のように使われていた。ざっと視線をめぐらせると、頭上に電線や下水管が走っているが、ガス管らしきものは見当たらなかった。一つ奥の空間にはボイラーと温水器、十数本のパイプやチューブや電線があった。ガスの臭いは奥に行くほど強い。頭がくらくらして、いまにも失神しそうになった。窓に駆け寄って肘でガラスを破り、大きく息を吸いこんでから二つめの部屋に戻った。パイプとチューブの迷路を目でたどって爆弾を探す。

温水器を確かめた。電気式だった。ボイラーに近づく。全体が熱くなっていたが、いまは作動していない。しかし、パイロットランプか何か、点火装置がついているだろう。

犯人が仕掛けた爆弾はもちろん、このボイラーもいつ作動してガスに引火するかわからない。手で非常停止ボタンを探し当て、押した。

またまめまいがして、がくりと膝を折った。天然ガスは空気より軽く、天井付近にたまっているらしい。ガスの混じっていない新鮮な空気は低いところにたまっていた。息継ぎをし、吐き気を押し戻して、立ち上がった。ボイラーに接続されたガス管を見つけ、それをたどっていくと、外から引きこまれた管に行き当たった。直径は三センチあるかないか。一方はコンクリートの外壁の向こうに消えている。もう一方は、三番めの部屋に延びていた。カルメッラは奥の空間に進み、迷ったあげく、携帯電話の懐中電灯アプリをタップした。

爆発は起きなかった。

光をガス管に向けてたどっていく。ガス管は、住人が置いた荷物らしき十数個の箱や品物――巻いたカーペット、おんぼろの椅子、机――の陰に消えていた。

残り時間はきっと――一分。

背後のガラスの割れた窓越しに彼女に呼びかける声が聞こえた。無視した。

もうあとには引けない。

ブルーブラッド……警官の血筋……

カルメッラは光を左右に振った。あった！　見つけた！　白い小さなプラスチックケースがテープでガス管に固定されていた。その下に直径一センチほどの穴が空いて、ガスがかすかな音とともに漏れ出していた。

家具と箱の山をかき分けてケースに飛びついた。計画らしい計画はなかった。ケースをガス管から引っぺがす、それだけだ。あとはリード線に唾を吐きかけるとか。乾電池式なら、乾電池を抜くとか。猛ダッシュで窓まで戻って外に投げ捨てるとか。

さまざまな人の顔が脳裏をよぎった。亡くなった夫、最近家族に加わったばかりの双子の孫。カルメッラ・ロメロはプラスチックケースをガス管から引き剝がすと、階段に向けて全力疾走した。

それから数秒後、彼女がケースを見下ろしてスイッチがないことに気づくと同時に、何かがはじけるような小さな小さな音が聞こえ、青い炎が広がってカルメッラの視界を埋め尽くした。

66

アメリア・サックスは猛スピードでトリノ・コブラを走らせ、フロント・ストリートの角を曲がった。

曲がるなり、急停止した。消防車などの緊急車両が通りを埋めていた。

車を降りて救急車に駆け寄った。ストレッチャーにラテン系のがっちりとした体つきの女性が座っていた。

「エージェント・ロメロ?」サックスは確かめた。

男性救急隊員の応急処置を受けていた女性が目を細めた。

「そうですけど」

サックスは自己紹介して尋ねた。「怪我はいかがですか」

交通局捜査官カルメッラ・ロメロは、質問をそのまま救急隊員に振った。「私の怪我はいかがなのかしら?」

スピロズという名札をつけたたくましい救急隊員が答えた。「基本的には何でもありませんよ。眉毛は──化粧でごまかしてください。それと、小さな水ぶくれみたいなもの。これは薬で消毒していればそのうち治ります。あとは、手か。これはちょっと厄介ですね。深刻なやけどではないし、いまはまだ感じないと思いますが──痛みを抑える強力な薬を使ってありますから。まあ、あなたが男性なら、毛の一部か全部が焼けて、しばらく焦げくさい臭いをさせて歩くことになっていたと思いますよ。だって、私を見てください。毛深くてサルみたいって妻によく言われます」

ロメロはサックスに向き直った。「という状態らしいです」

スピロズが言った。「運がよかったですよ」

「ええ、本当ね」

しかし、サックスは知っていた。幸運が味方しただけではない。〝レハーバー〟が爆発したとき、アパートと、まだ部屋に残っていた十数人の住民の命が救われたのは、カルメッラ・ロメロのおかげだ。ガス管爆弾は、ガスが充満した地下室から彼女がプラスチックケースを持ち出して階段まで走ったところで炸裂した。機械式の点火装置が作動し、ケースに残っていたガス管を溶かすための可燃性の高い液体に引火した。その炎でロメロはやけどを負った。それでも、地下室から充分遠ざかっていたため、ガス爆発は起きなかった。

「あなたの上司と話をしておきました。表彰《サイテーション》されますよ」

ロメロが目をしばたたく。困惑しているらしい。

彼女を二度見したあと、サックスは微笑んだ。「ああ、違います。駐車違反の切符《サイテーション》ではなくて。表彰式で、表彰状をもらえるということ。市警本部長からじきじきに」

それを聞いてロメロの目がぱっと輝いた。どうやらニューヨーク市警本部長に関して、本人だけにわかる何らかのジョークがあるらしい。

鑑識のバンが到着して、サックスは立ち上がった——いくらかぎこちない動きで。バンのドライバーに手を振って合図をした。以前もサックスと仕事をしたことのあるアジア系アメリカ人の鑑識員は、うなずいて車をサックスの前まで進めた。

「そうだ、刑事さん」

サックスは振り返ってロメロを見た。

「実はちょっと気になることが」

「どんなこと？」

「住人の注意を引く方法がほかになくて、近くの駐車車両を何台か蹴飛ばしました。アラームを鳴らすのに」

「よく思いつきましたね」

「ええ。そのなかの一台がレクサスだったんです。持ち主が怒っちゃって。訴えるって言われました。さっき、その人から直接。私、弁護士に相談したほうがいいかしら。本当に訴えてくると思います？」

「その所有者はいまどこに？」

ロメロが指さしたのは、ビジネススーツに身を包んだ三十代の男性だった。ウォール街のビジネスマンらしい短めに刈った髪、丸眼鏡。人を小馬鹿にしたようなにやにや笑いを細長い顔に張りつけ、パトロール警官の胸に人差し指を突き立てて、横柄な態度で何か文句を垂れている。

アメリア・サックスは微笑んだ。「心配しないで。私が話をしてみます」

「お願いしていいのかしら、刑事さん」

「もちろん。腕が鳴っちゃうわ」

ヴィマル・ラホーリは、いま乗っている旧式の車はガソリンと排気ガス、オイルのにおいをさせているなと考えていた。最近の車よりずっと強烈だ。強烈なのは、運転席に座った怖いもの知らずの女性が超高速でかっ飛ばしているせいもあるかもしれない。

「大丈夫？」サックス刑事が訊いた。

「ええ。たぶん。はい」片手で旧式な車のシートベルトをつかみ、もう一方はアームレストをつかんでいた。

サックス刑事が微笑み、速度を少しだけ落としてつぶやいた。「いつもの癖で、つい」

ミスター・パテルの命を奪ったあの恐ろしい男を射殺してヴィマルを救ったあと、男が持っていた携帯電話を見つけたのだとサックス刑事から聞いた。疑わしい発信履歴が残っていたという。ロシア人の殺人犯が死んだあとに、ロシアの電話番号に発信していたらしい。別の人物が犯行に関わっているということか。サックス刑事とミスター・ライムは、第三の容疑者は存在しないと判断したが、市警のコンピューターの専門家がその発信履歴はアンドリュー・クルーガーから容疑をそらすために擬製されたものであると断定できるまで、ヴィマルをブルックリンの分署に足止めした。ようやく解放されたヴィマルは、サックス刑事に自宅まで送ってもらえないかと頼んだ。

サックス刑事は、喜んでと答えた。

車は角を曲がり、ヴィマルが住むクイーンズの家の前で停まった。まだ車から降りてもいないのに、玄関のドアがぱっと開き、母とサニーがもやに包まれた通りに飛び出してきた。

ヴィマルはサックス刑事に言った。「ちょっとここで待っててもらえますか」

「いいわよ」

ヴィマルは家の前の通路の途中で母と弟に迎えられ、三人は固く抱き合った。兄弟の抱擁は初めのうちこそぎこちなかったが、やがてヴィマルがサニーの髪をくしゃくしゃにしたとたん、取っ組み合いが始まり、二人は大きな声で笑った。

「怪我はない?」母がそう尋ね、医師のような目でヴィマルを眺め回した。

「平気だよ」

「おい、また銃撃戦に巻きこまれたんだって? 兄貴といると危険ってことだな。そうだ、兄貴、ニュースにも出てたよ」

サックス刑事が殺人犯を射殺してから十分とたたないうちに、集積場にテレビ局の中継バンが何台も魔法のように現れた。

サニーが言った。「カーキマーが電話してきたよ。NCRからわざわざ。向こうのニュースでもやってたって!」

NCR——デリー首都圏。つまり、何千万人もの人々がヴィマルのニュースを見たかもしれないということになる。

七十八歳になる大おばは、ヴィマルが知っているどのティーンエイジャーより多くの時間をネット上で過ごしていた。

母がもう一度ヴィマルを抱擁したあと、深紅のフォード車に歩み寄った。車内をのぞきこみ、サックス刑事と言葉を交わしている。きっと息子の命を救った礼を伝えているのだろう。

犯人が射殺される瞬間を見たかとサニーが訊いた。「すぐ目の前で射殺されたわけ?」

「詳しいことはまたあとで。その前にちょっと取ってきたいものがあるんだ」

家族で使っている車は駐まっていなかった。父は出かけているのだろう。よかった。父には会いたくない。いまは。もう二度と。

家のなかに入り、アトリエに下りた。鉄格子は新品に交換されていた。それはそうだろう。ここはニューヨークだ。可能なかぎりの防犯対策をしたほうがいい。しかし入口のドアの錠前や掛けがね、鉄のバーの固定具は取り外されていた。食料品や飲み物も消えている。

アトリエはもうアルカトラズ刑務所ではなくなっていた。

ヴィマルはクローゼットを開け、目当てのものを取って新聞紙でくるんだ。それから前庭に戻った。

すぐ戻るからと母と弟に告げて、サックス刑事の車の助手席にまた乗りこんだ。「渡したいものがあるんです。あなたと、一緒に捜査してくれたミスター・ライムに」

「ヴィマル。そんな、気を遣わないで」

「いや、受け取ってください。僕の彫刻なんですけど」

新聞紙を開き、彫刻をダッシュボードに置いた。去年製作したピラミッド形の作品だ。

自分は死ぬのだと覚悟した瞬間、まぶたに浮かんだ作品。高さは十八センチほど、幅もやはり十八センチ。サックスは前に身を乗り出してしげしげと見たあと、深緑色の花崗岩の側面をそっとなぞった。「すごくなめらか」

「ええ。なめらかです。それにまっすぐ」

「そうね、ほんと」

ミケランジェロは、まず静物の基本的な形を彫ることを学ばなくては、生きたものを石から削り出すことはできないと考えていた。

ヴィマルは言った。「インスピレーション源はダイヤモンドです。天然ダイヤモンドって、たいがい八面体をしてるんですよ。ピラミッドが二つくっついたみたいな形」

するとサックス刑事が言った。「それを二つに分割してからカットするのよね。多くはラウンドブリリアントカットに」

ヴィマルは笑った。「ぼくらの業界にすっかり詳しくなったみたいですね」ヴィマルも身を乗り出して彫刻に指をすべらせた。「去年、ブルックリンのコンクールで金賞をもらった作品なんです、これ。ほかにもマンハッタンのコンクールで金賞、ニューイングランド彫刻ショーでは銀賞をもらった」

父はコンクールへの出品を許さなかった。そこでヴィマルの友人が代理で出品した。

「金賞」サックスが言った。感心した風を装っているのは明らかだった――何の変哲もない幾何学的な形状をしているだけの彫刻なのに？

ヴィマルはいたずらっぽく言った。「ただのペーパーウェイトにしちゃ悪くない成績でしょう?」

サックス刑事が唇の片端を持ち上げた。「その言いかた。何かからくりがあるんでしょ。秘密のボタンを押したらぱかっと開くとか?」

「惜しい。裏側を見てください」

サックスが彫刻を持ち上げて引っくり返した。息をのむ。内側が人間の心臓の形にくりぬかれていた。ホールマーク社のカードに描かれているようなかわいらしいハートではなく、解剖学的に正確な心臓だ。静脈や動脈、心室も精細に再現されている。

製作には十八カ月かかった。手に入るなかで一番細い工具を駆使した。いってみれば、反転の彫刻だ。石ではなく、空っぽの空間が臓器になっている。

僕の作品は何点のできばえですか、シニョール・ミケランジェロ・ディ・ロドヴィーコ・ブオナローティ・シモーニ?

「作品名は〈秘密〉」

「ヴィマル、何と言っていいのか。とにかくすごいわ。すごい才能よ……」サックスは彫刻をダッシュボードに置き、助手席側に身を乗り出してヴィマルを抱き締めた。ヴィマルの頬が熱くなった。掌をおずおずと刑事の背中に当てた。

それから車を降りて家に戻った。家族の全員ではないにせよ、何人かが彼の帰りを待ちわびている家に。

67

午後九時、リンカーン・ライムは自分に宣言した。よし、酒を注ぐ時間だ。

危なっかしいが決意に支えられた手で、バーボン樽で熟成させたグレンモーレンジィのスコッチをウォーターフォードのグラスにツーフィンガー分注ぎ、水を数滴落とした。少量の水を加えると、ウィスキーが開花してより味わい深くなるとライムは信じている。

ウォーターフォードのグラスは勝利の象徴だ。生来、そういった贅沢品《ぜいたくひん》を好むたちではなかったが、あるとき、絶対に割れないプラスチックのタンブラーをいかげんに——四肢麻痺患者であるライムは何年も使っていた——卒業して、もっと優雅な容器を使う練習をしようと思い立った。万が一落とすと、百三十七ドルが床で粉々になる。

グラスの扱いは無事にマスターした。そして、客観的な証拠はないとはいえ、クリスタルガラスの容器から飲むほうがウィスキーはうまいと確信した。

サックスは二階でシャワーを浴びている。トムはキッチンで夕食の支度をしていた。ニンニクと、リコリスのような甘い香りのハーブかスパイスを使った料理のようだ。フェンネルだろうか。ライムは決して美食家ではなく、そもそも食べることにあまり興味がないが、食品の知識は犯罪捜査に役立つ。数年前、料理を趣味とするプロの殺し屋と頭脳対決をしたとき、さまざまな料理の材料が手がかりとなって逮捕に結びついた（殺し屋の余技は、単なる趣味にとどまらず、きわめて高価で切れ味のよいナイフを仕事に生かすという利点ももたらした。邪魔な目撃者は、カミソリのように鋭い日本製の魚おろし包丁を突きつけられると、訊かれたことに即座に答える）。

片手で重たいグラスを持ち、反対の手の指一本で車椅子を操作して、未詳四七号事件の証拠物件一覧表の前に移動した。

ロストフとクルーガーが排除され、事件捜査に関わった捜査員に負傷者が出なかったことに安堵していた。市長からねぎらいの電話ももらった。ノースイースト・ジオ社のCEOドゥワイヤーからも電話があった。だが、ライムの観点からは事件捜査は終わっていない。まだ完全に解決できていない点がいくつか残っている。たとえば、クルーガーが掘削坑にC４爆薬を仕掛ける手引きをしたあと行方不明のノースイースト・ジオ社の作業員。もう生きてはいないだろうが、どれだけ時間と労力がかかろうと、彼の家族のために遺体を見つけ出すつもりでいた。

正義の問題……

南アフリカ警察は、クルーガーの〝セキュリティ〟会社の従業員を追及する意気込みを示していた。事務職員の一部を事情聴取に呼び、テレンス・デヴォアと妻を南アフリカ共和国内に領土を持つ国レソトで逮捕した。要注意人物リストに名前が載っていて飛行機には乗れないこと、車で移動しようとすれば、どちらに向かっても指名手配されている国に戻ってしまうことを考えると、逃走ルートとしてあまり賢い選択ではない。

デヴォアは、明日あさってにも南アフリカ共和国に引き渡される。

ニューヨーク市警の対外部門とＦＢＩは、国務省の協力を得て、計画の黒幕たるダイヤモンド採掘会社二社に接触した。ドブプロムからの回答はまだ届いていない。期待しないで待てとライムは言われていた。クルーガーを雇ったグアテマラのニュー・ワールド鉱業は、折り返しの電話はかけてきたが、事件にいっさい関与していないと強い調子で否定した。

捜査のうち、ロシアと中米方面は事実上行き詰まっている。

だがライムは、かならず行き詰まりを打開するつもりでいた。

もう一つ、より差し迫った問題は、爆弾がほかにも存在するか否かだ。届いたＣ４爆薬は三キロ分だったからといって、ノースイースト・ジオの掘削坑に仕掛けられた爆弾が三つだけとは限らない。クルーガーはプラスチック爆薬を四つか五つの塊に分けたかもしれない。ほかにもガス管爆弾を仕掛けているかもしれない。市警はいまも、ノースイースト・ジオ社の建設現場周辺の断層に沿って聞き込みを続行している。消防本部はブルックリンに指令本部を置いて、火災の前触れである次の地震に備えている。爆発物処理班とＥＳＵは、ノースイースト・ジオ社と連携し、ようやく掘削坑を掘り返す作業を始めようとしていた。

いまも残る未解決の疑問。

一覧表を眺めていると、また一つ疑問が浮かんだ。携帯電話の音声コマンドを使って電話をかけた。

「よう、リンカーン。どうした？」ロン・セリットーの迷惑そうな声が聞こえた。

「今回の捜査を振り返っていた。爆発しなかったガス管爆弾のことを私に伝えに来た日に関して確かめたいことが一つある。クレア・ポーターといったか、女性が住む建物の地下に仕掛けられていた爆弾だ」

「ああ、あの件な。それがどうした？」

「きみはここに来る前に現場に行ったか？　よく思い出してくれ。重要なことだ」

「思い出すも何もない。答えは〝行ってない〟だよ。本部にいたら、誰かから電話で報告があった。現場には一度も行ってない。どうしてだ？」

「未解決の疑問があってね」

「まあいい。ほかに用は？　いま『ウォーキング・デッド』を見てる」

「何を見てるって？」

「おやすみ、リンカーン」

ほかの疑問が続けて意識の表面に浮かび上がってきた。

だがライムは車椅子を操作して居間の入口に向け、疑問を解決する努力を後回しにして、今夜のメインイベントの主役に視線を注いだ。

アメリア・サックスが入ってきた。胸もとが深く開いた裾の長い緑色のノースリーブドレスに身を包んでいる。

「とてもすてきだ」ライムは言った。

サックスが微笑む。それから、こらえきれなくなったように応じた。「あなたは考えごとがあるみたいな顔してる」

「考えごとはあとでもできる。おい、トム！　食事だ！　ワインを開けてくれ。頼む《プリーズ》。ありがとう《サンキュー》」

ライムはまたサックスを見つめた。そのドレスはサックスに本当によく似合っていた。

第五部　ブリリアンティアリング　三月十七日　水曜日

68

メキシコ人弁護士トニー・カレーラス＝ロペスは、いつもどおり泰然とした様子でベストの裾を整え、向かい合わせに座ったクライアントを見つめた。

エドゥアルド・カピーリャ――エル・アルコン、〝タカ〟――は、歴史上もっとも鳥類を連想させない犯罪者だろう（ラ・トルトゥーガ、すなわち〝カメ〟のほうが似合っている）。脂肪をたっぷり蓄えた体つき、はげ頭、斜視ぎみの目、上を向いた幅広の鼻。しかし外見とは裏腹に、彼は地球上でもっとも危険な人物の一人だ。ゆえに両手両足に枷《かせ》がかけられ、鎖は床の鋼鉄の輪に固定されていた。

二人はブルックリンのキャドマン・プラザにあるニューヨーク州東部地区連邦裁判所内の面会室にいる。裁判所の建物はモダンかつスタイリッシュで、傷や汚れはほとんど見当たらない。貧困地域出身の被告人が数えきれないほどここを通り過ぎていったが、彼らが犯したのは連邦法であり、州裁判所で裁かれる被告人に比べると、身なりのよい者が多かった。

いま面会室にいる二人はスーツを着ている。被告人もだ。ジャンプスーツで出廷すると、それだけで有罪というイメージを陪審に与え、憲法修正第六条で保障された公正で偏見のない裁判を受ける権利を侵害しかねないという配慮から、そのような習わしになっている。

アメリカ合衆国憲法は隅々まで配慮が行き届いて実に魅力的だ……カレーラス＝ロペスはときおりそんな風に思う。

面会室前の廊下には刑務官が二人張りついていた。エル・アルコンが脱走しないよう――脱走を意味する英語の気の利いた言い回しを借りるなら〝タカ〟が籠から飛び立って《フライ・ザ・クープ》いかないよう――目を光らせるためだけにそこに配置されている。

黄色い法律用箋の上で、カレーラス＝ロペスのペンがさらさらとささやくような音を立てていた。連邦検事ハンク・ビショップが法廷に提出した瞠目《どうもく》すべき新情報に関して自分の考えをメモしているのだと誰もが思うだろう。新情報によれば、新たに行われた証拠の分析により、倉庫での銃撃戦のあいだ、彼のクライアントはバスルームに隠れていたのではなく、銃を握って捜査陣に向けて発砲していた可能性が高いと判明したという。

リンカーン・ライムめ。いまいましいことに、あの男はこのトニー・カレーラス＝ロペスをはめたのだ。

だが、言うまでもなく、彼にライムを罵る資格はない。そもそもカレーラス＝ロペスがライムに接触したのは、ライムをはめるためだったのだから。証拠が改竄されたおそれがあるという突拍子もない話をでっち上げ、ライムと会って、その目の奥をのぞきこもうとしたのだ。カレーラス＝ロペスは人の本心を見抜くプロだ。だからライムの目を見ればわかると考えた――事件はブルックリンのダイヤモンド鉱床をめぐって起きているのではなく、まるで別の目的、エル・アルコンに直結する目的のために進行していると疑い始めているかどうか。実際に会ってみて、ライムは気づいていないとカレーラス＝ロペスは確信した。ライムは指紋や微細証拠の分析にかけては天才的な科学捜査官であるかもしれないが、事件の本質にはまったく気づいていない。

事件の本質とは、いまから一時間以内に、エル・アルコンは自由の身になるということだ。この裁判所から彼を脱走させ、ベネズエラの隠れ家に送り届ける計画は、滞りなく進んでいる。

アメリカ合衆国とベネズエラのあいだでは逃亡犯罪人引渡し条約が結ばれていないため、ベネズエラに逃げれば送還されずにすむという話が巷《ちまた》に流布し、ベネズエラが困惑しているという噂が広まっている。しかしこれは誤解だ。二国のあいだで一九二二年に締結された条約は現在も有効だ。ただ、その条約には、引渡し処分に該当するものとしてやや常識はずれの犯罪が並んでいる。たとえば重婚罪がその一つだ。また、逃亡中の殺人犯や麻薬密売人をアメリカに送還する際の規則は定められているが、ベネズエラ側にその規則を守る意思がなければ送還されない。そのときどきの状況によって、ベネズエラ側は送還に消極的になる。

エル・アルコン脱走計画は、時間をかけて練り上げられた――ロングアイランドの倉庫での銃撃戦後にエル・アルコンが逮捕された瞬間からすでに始動していた。

法廷で誰がどう弁護しようと無罪を勝ち取れないことはわかりきっている。エル・アルコンは事実、倉庫の表向きの所有者クリス・コーディの銃を取り、戦術チームの一員だった刑事バリー・セールズを撃った。脱走以外にエル・アルコンを自由の身にする方法はない。そこでカレーラス＝ロペスは、メキシコの麻薬カルテルがときおり使っているトラブルシューター、スイスのジュネーブ在住のフランソワ・ルタンという男に連絡した。百万ドルは着手金としてすでに支払い済みで、残金の三百万ドルはエル・アルコンの脱走成功後に送金する約束になっている。

当初ルタンは、ニューヨーク以外の土地で実行しようと提案した。ニューヨークには障害が多すぎる。だが、それはうまくいきそうにないとわかった。裁判管轄区の変更は不可能だ。裁判権はニューヨーク州東部地区のみに帰属する。さらに、有罪を宣告された場合――これはまず確実だろう――これまで脱獄に成功した者がいないことで有名なコロラド州の〝スーパープリズン〟に政府の飛行機で移送されるまで、重警備の拘置所に収容されることになる。

ニューヨーク以外に選択肢はない。裁判から収監までの流れを考えると、最大の弱点はブルックリンの連邦裁判所だった。そこでルタンは、エル・アルコンが公判のために裁判所に行くタイミングに合わせて大規模避難が行われるような計画の立案に着手した。一斉避難の混乱にまぎれて護送用装甲車両を乗っ取り、エル・アルコンを脱走させる計画だ。

だが、たとえば爆弾を仕掛けたという予告電話をかけるといった単純な方法では、あまりに見え透いていて、その後の警備態勢がかえって強化される結果を招きかねない。

そこでルタンは、ガス漏れによる爆発事故を裁判所で演出しようと考えた。それが脱走計画の一環であるとは誰も想像しないような理由を事前に用意しておけばいい。具体的には、近隣で行われている地中熱ヒートポンプの掘削作業を中止させることを表向きの目的として傭兵を雇い、近隣にガス管爆弾を仕掛けさせるのだ。

ルタンは、ダイヤモンドを多く含有するキンバーライトをボツワナからニューヨークにひそかに送り届けた。カレーラス＝ロペスは、メキシコから連れてきた部下たちにそれを渡し、地中熱ヒートポンプ建設現場周辺や、その建設現場で出た掘削くずが運ばれる廃棄物集積場にばらまかせた。加えて、部下の一人が著名なダイヤモンドカッター、ジャティン・パテルにキンバーライトを渡した。パテルはキンバーライトを分析させ、たしかにダイヤモンドを豊富に含むものであることを確認した。ただし、パテルがキンバーライトをどう判断しようと、計画の成否には関係なかった。キンバーライトがパテルの手もとに届けばそれで足りる。

ルタン自身は、グアテマラのニュー・ワールド鉱業から仕事を一任されたトラブルシューターを装った。ニュー・ワールド鉱業は実際には計画にまったく関与していない。ルタンはアンドリュー・クルーガーを雇い、クルーガーは爆弾を仕掛け、パテルと分析者ワイントラウブを殺害した。そこへ理性のたがが外れたロシア人が唐突に割りこんできて、ニューヨークでダイヤモンド鉱床が発見されたことを隠すための画策を開始したが、計画に影響が及ぶことはなかった。何より重要なのは、ブルックリンの裁判所周辺にガス管爆発装置が仕掛けられていると警察に信じこませることだった。

それ以降、どこかでガス漏れが発生すれば、警察はクルーガーのしわざであり、地中熱ヒートポンプ建設を中止させる計画のうちの一つと即座に判断するだろう。

哀れなアンドリュー・クルーガー。彼は何も知らない駒にすぎなかった。自分はグアテマラの採掘会社に雇われていると信じ、まさかだまされ利用されているとは疑いもしなかった。さらにいえば、彼は失敗するためだけに利用された――この計画におけるクルーガーの最大の役割は、ダイヤモンド鉱床発見をなかったことにするための計略を警察に見抜かせることだった。

この点でリンカーン・ライムは、そうとは知らずに計画に加担したことになる。

眉間に皺を寄せ、真剣なまなざしをして、カレーラス＝ロペスは法律用箋にまた一つメモを取った。首を振り、項目の一つに線を引いて消す。それから別の項目を追加した。これは重要な文書だ。明日の夜、メキシコシティで開く予定のパーティで、彼自身が料理して客をもてなすための買い物リスト。妻は料理が苦手だが、彼は大好きだった。

鶏肉、ポブラノペッパー、サワークリーム、コリアンダー、ブルゴーニュの白ワイン（シャブリ？）

エル・アルコンが裁判関係の書類を読むふりをしながら、アネホテキーラを味わう空想にふけっていたとき、裁判所の建物がかすかに揺れた。

クルーガーではなく、カレーラス＝ロペスの部下が地中熱ヒートポンプ建設現場に仕掛けたＣ４爆薬が炸裂した結果だ。このＩＥＤはタイマーではなく無線信号で起爆するようにしてあった。エル・アルコンが裁判所にいるタイミングに合わせて爆発しなくては意味がない。

廊下の刑務官二人は一瞬顔を見合わせたが、すぐにまたまっすぐ前を見つめた。

カレーラス＝ロペスの携帯電話が短い着信音を鳴らした。彼はメールを確かめた。

おばさんが出発した。

カレーラス＝ロペスの屋外で待機していた部下が、裁判所の空調システムに天然ガスの臭いのする気体――ガスそのものではなく、臭気剤――を注ぎこみ始めたという意味だ。
カレーラス＝ロペスは携帯の画面を切り替えて地元ニュースを確認した。またも地震に見せかけた爆発が発生したという速報が流れていた。ブルックリンの住民に向けて、ガス漏れに警戒し、ガスの臭いがしているようなら屋外へ避難するよう促している。

おばさんの迎えの車が到着した。

これはブルックリンの川沿いの建設現場にヘリコプターが着陸し、いつでも離陸可能な状態で待機しているという連絡だ。カレーラス＝ロペスとエル・アルコンはそのヘリコプターでスタテン島の飛行場に向かい、そこからプライベートジェットでまずはカラカスへ、そこからメキシコシティへと飛ぶ。

カレーラス＝ロペスは次の展開に備えた。裁判所全体に緊急避難指示が出されるはずだ。廊下の刑務官二名はカレーラス＝ロペスを面会室から立ち退かせ、エル・アルコンを一階の被告人出入口から護送用の装甲バンに乗せて拘置所に連れ戻す。

しかしエル・アルコンの避難は、連邦の刑務官が想定している手順どおりには進まない。装甲バンの運転席で待機しているのは、本来の担当刑務官ではないからだ。刑務官の制服を着たカレーラス＝ロペスの部下が本物の刑務官をサイレンサー付きの銃で始末し、バンを乗っ取る手はずになっている。そのあとバンを被告人出入口につけ、エル・

アルコンと刑務官二名が下りてくるのを待つ。三人がバンに乗りこみ、ドアが閉まるや、本物の刑務官二名は死に、バンはヘリコプターが待機している建設現場へと一直線に向かう。

エル・アルコンは、明日にはカラカス郊外の隠れ家にいて自由を謳歌していることだろう。カレーラス＝ロペスは――彼と脱走計画を結びつける証拠は何一つない――自宅に戻り、メキシコ風にアレンジした鶏肉のワイン煮《コックオーヴァン》をこしらえているだろう。

そして計画の成功に一人乾杯するだろう。

グラシアス、ムッシュ・フランソワ・ルタン。

おっと、フランス語で〝メルシー〟と言うべきか。

そう考えているところへ、天然ガスの臭いが漂ってきた。

目を上げてクライアントの視線をとらえた。エル・アルコンの額にごく浅い皺が寄っていた。カレーラス＝ロペスは黄色い法律用箋から買い物リストを破り取り、几帳面に折りたたんでポケットにしまった。

それからわずか六十秒後、面会室のドアが勢いよく開き、刑務官があわただしく入ってきた。

「建物全体に避難指示が出た」それから一人がカレーラス＝ロペスに向かって言った。「あなたは正面出口から外へ」次にエル・アルコンに向き直った。「おまえは一緒に来い。一言たりとも口をきくな。足もとを見て、我々の指示に従って歩け」

被告人への配慮から、あるいは規則に従って、刑務官は同じ指示をスペイン語で繰り返した。エル・アルコンは立ち上がり、刑務官は腰をかがめて床の輪から鎖を外した。

カレーラス＝ロペスは気遣わしげな表情を装って尋ねた。「いったい何があったんですか」

「ガス漏れです。ガス管爆弾を仕掛けた男。ニュースでやってたでしょう。この建物か近所に、もう一つ仕掛けたようです。さあ、行って！　急いで！」

「そいつはたいへんだ《ディオス・ミオ》！」カレーラス＝ロペスはつぶやき、自分の成功を内心で褒め称《たた》えながら出口に向かった。

69

彼はカオスを願った。願いは聞き届けられた。

アントニオ・カレーラス＝ロペスは、裁判所と通りをはさんだ向かい側、被告人出入口が見通せる場所にいた。予定どおりコーヒーショップの二階から作戦を見守っている。

裁判所前の通りは、集まってきた大勢の救急要員でごった返していた。実際には爆発も大火災もまだ発生していないのだから、救急要員というより救急準備要員とでもいうべきかもしれない。消防隊に警察、救急隊。もちろんマスコミも集まっている。野次馬もいた。これから始まる修羅場を動画に収めようと、敬礼しているファシストたちのように携帯電話を高々と掲げている。通行人や見物人に向け、非常線の外側まで退却するよう呼びかける声がスピーカーから流れていた。「大至急下がりなさい！　大規模火災と爆発の危険があります。下がりなさい！」厳しい調子だった。しかし警告にすなおに従う者はいなかった。

コーヒーショップの裏ではカレーラス＝ロペスのリムジンが待機している。ルタンの計画に全幅の信頼を置いているとはいえ、どこまでも現実的な人間である彼は、自分のための安全ネットを用意していた。脱走計画が失敗し――それはありえないことではない――彼の部下が刑務官によって射殺され、エル・アルコンが拘置所に戻された場合、カレーラス＝ロペスは即座に高飛びする。

彼には家族と財産がある。手料理で客をもてなす約束も待っている。費用を全額支払済みのプライベートジェットもある。

カレーラス＝ロペスははっと身を固くした。エル・アルコンを護送する装甲バンが裁判所前に近づいてきた。少し前に新しいメールを受け取っていた。

おばさんは帰宅の途についた。

バンに乗っていた本物の刑務官は死に、カレーラス＝ロペスの手下がバンを乗っ取って運転手と警護官になりすますのに成功したという連絡だ。

さあ、いよいよ勝負どころだ。

面会室の前にいた刑務官二人がまもなくエル・アルコンを伴って現れ、彼をバンに乗せるはずだ。いまはサブマシンガンを持った刑務官が三人、被告人出口付近に立ち、野次馬を警戒していた。三人は任務に集中できているようには見えない。無理もないだろう。囚人に逃げられては困るだろうが、一方で、ガス爆発が起きたとき、自分が炎に巻かれて死ぬのはいやに決まっている。いまごろはガスの臭いが相当強くなっているはずだ。ニューヨーク市の全住人と同じく、三人の刑務官も、ガス管爆弾のタイマーが着々とカウントダウンを進めていることを知っているだろう。爆発までの猶予は十分だ。

そのとき、エル・アルコンと刑務官二人――この二人きりだった――が出入口に姿を現した。

エル・アルコンの枷をかけられた足で可能なかぎり急いでバンに近づく。バンのドアが開いた。三人が乗りこむ。ドアが勢いよく閉まった。

同時に、車内でかすかな光が二つ閃いた。

サイレンサーを装着した銃が、刑務官を殺害した光だ。

バンは発進し、通行止めの措置が取られていた通りを加速しながら遠ざかり、次の交差点を曲がった。

またメールが届いた。

　おばさんは無事。

　この最後の暗号メッセージは、刑務官二名は死に、バンは合流ポイントに向けて順調に走行していることを示していた。

　カレーラス＝ロペスは向きを変え、コーヒーショップの裏の階段を急ぎ足で下り、待っていたリムジンに乗りこんだ。運転手が挨拶をし、キャデラックのリムジンは通行止めになった通りを迂回して走った。まもなくハイウェイに乗った。バンから五分遅れだ。

　護送用のバンにはGPSが搭載され、位置情報はつねに追跡されているはずだ。そこでルタンは、拘置所までのルートの途中、ハイウェイを下りてすぐの地点を合流スポットに指定した。バンがハイウェイをそれたことに追跡している者が気づいたとしても、渋滞を避けるためにいったん一般道に下りたと解釈するだろう。

　実際にはバンはすぐに停止し、エル・アルコン一行は車を捨てる。バンが動かないことにいつかは誰かが気づき、拘置所の警備部門に伝えるだろう。しかし応援の者が駆けつけるころには、エル・アルコンとカレーラス＝ロペスはとうに消えている。

　トニー・カレーラス＝ロペスを乗せたキャデラックは、バンとの距離を着実に詰めていた。バンは百メートルほど先に見えていた。一分後、ハイウェイの出口にさしかかった。バンがハイウェイを下りた。カレーラス＝ロペスのリムジンもそれに続く。そして二台は、廃工場を囲む雑草だらけのがらんとした駐車場に乗り入れた。工場の屋上にそびえる看板には〈H＆R製　所〉の文字しか残っていない。高さ二メートル近くある文字は、かつては鮮やかな赤色だったのだろうが、いまは傷がついて白っぽく色褪《あ》せたピンク色に変わっていた。

バンとリムジンは、ヘリコプターと別のバンのそばで停まった。ヘリコプターはローターをゆっくりと回転させている。もう一台のバンの前にはカレーラス＝ロペスの部下たちが待機していた。

カレーラス＝ロペスは背後をさっと確認した。警察の尾行はない。頭上にもヘリコプターは飛んでいないし、イースト川がアッパー湾に注ぐ河口の波立つ水面に船の姿はない。

当局は何一つ疑っていない。だがあと十分もすれば、バンが拘置所に到着しないことに誰かが懸念を抱き、応援の車をよこすだろう。

カレーラス＝ロペスはリムジンを降り、「もう行っていいぞ」と運転手に声をかけ、五百ドル分の札を渡して握手を交わした。

「ありがとうございます。ご一緒できて光栄でした。またアメリカにいらっしゃることがあれば、ぜひ声をかけてください」

アメリカに来ることはもうないだろう。それでもカレーラス＝ロペスは言った。「そうだな、楽しみだ」

キャデラックは車体をゆっくり揺らしながら、アスファルトがひび割れて凸凹した駐車場から出ていった。

カレーラス＝ロペスはバンのほうに手を振った。エル・アルコンはいまごろ車内で死んだ刑務官たちの現金や銃を奪っているだろう。財布めあてで人を殺したことがある男だ。入っている現金を奪おうとしたのではない。型押し模様の入った革の財布が気に入ったから……それと、そこに入っていた持ち主の妻と娘の写真が気に入ったからだ。その写真をベッドサイドテーブルに何年も飾っていたとエル・アルコン本人から聞かされた。

さすがのカレーラス＝ロペスも、それを聞いて戦慄した。自分はなんとおぞましい男をクライアントに持っているのか。

バンのドアが開いた。

「どうも《オラ》！」カレーラス＝ロペスはバンに向かってスペイン語で呼びかけた。

次の瞬間、凍りついた。そして小声で言った。「くそ《ミエルダ》」

なぜなら、バンから降りてきたのはエル・アルコンではなかったからだ。出動服に身を包み、マシンガンを抱えた赤毛の女刑事だった。その後ろから三人の――四人か、いや、六人いる――警察官が続いて降りてきた。うち三人の防弾ベストには〈ＥＳＵ〉、残り三人には〈ＦＢＩ〉の文字が入っていた。

「どういうことだ！」カレーラス＝ロペスは叫んだ。

警察官二名がヘリコプターに駆け寄ってパイロットを引きずり下ろし、残り四人はもう一つのバンの前にいた男たちを逮捕した。女刑事は、若い金髪の制服警官を従え、足早にカレーラス＝ロペスに歩み寄った。「両手を挙げなさい！」女刑事が叫ぶ。カレーラス＝ロペスは溜め息をつき、乾ききった舌で唇を舐めたあと、両手を高く挙げた。たしかリンカーン・ライムの自宅で見かけた女だ。

なぜ？　なぜこうなった？

計画は完璧だった。

それがこれほど完璧に失敗するとは。

なぜ？　その一言がカレーラス＝ロペスの頭のなかを延々と回り続けた。

女刑事に手錠をかけられ、制服警官からボディチェックを受けているあいだ、カレーラス＝ロペスは疑問の答えを必死で探した。

メールは正しい暗号を使っていた。

エル・アルコンは確かにバンに乗りこんだ。この目で見たのだから間違いない。

発砲した瞬間の閃光も見た。

……本当に見たか？

カレーラス＝ロペスは利口な男だ。だからすぐに悟った——そうか、そういうことか。

警察は計画の存在を嗅ぎつけたのだ。あるいは推理した。そして、カレーラス＝ロペスの部下が運転手や刑務官を殺害する前に彼らの身柄を確保し、司法取引を持ちかけて暗号や計画の詳細を聞き出したのだろう。

　車内で閃いた光は、銃が発したものではなく、携帯電話か懐中電灯の光だ。どこかから見ている者に、エル・アルコンと一緒に乗りこんだ刑務官が殺害されたと思わせるための演出だ。バンが交差点を曲がって見えなくなると同時に別のバンにあとを引き継ぎ、戦術チームを乗せたこの二台めがこの工場までのルートを走った。

　だが、それでは最大の疑問の答えにならない。誰かが――リンカーン・ライムに決まっている――脱走計画の存在を見抜いたのだとして、そのきっかけはいったい何だ？

　女刑事が言った。「そのまま座って。私が支えるから」

　カレーラス＝ロペスは女刑事の手を借りて地面に座った。「お願いだ、教えてくれ。なぜわかった？　いったいなぜこの計画がわかった？　どうしても知りたい。教えてくれないか」

　女刑事は答えなかった。近づいてきた黒いリムジンを目で追っていた。リムジンが停まり、背の高い男が降りてきた。

　カレーラス＝ロペスは溜め息をついた。連邦検事のハンク・ビショップだった。

　女刑事が検事に近づき、短いやりとりを交わした。当然のことながら、話しているあいだも二人の視線はカレーラス＝ロペスに向けられていた。

　最後にビショップがうなずいた。それから二人はゆっくりとした足取りでカレーラス

＝ロペスに近づいた。

70

ライムはバリアフリー仕様のバンに乗っていた。バンはブルックリンの川沿いの逮捕現場からそう離れていないところに駐まっている。ウィンドウ越しに外を眺め、警察無線から聞こえる警察官同士の歯切れのよいやりとりに耳を澄ましていた。

昨夜、サックスと過ごした夕食のひとときは素晴らしかった。しかしそこでの話題は映画や政治ではなかったし、一般的に夫と妻が食卓で交わす大小さまざまなトピックのいずれでもなかった。二人は、ダイヤモンド地区で発生した事件に関して、ライムの関心を引きつけて離さない未解決の問題について話し合った。

「全体像にうまくはまらない点が残っているんだ、サックス。うまく組み合わさらないピースが残っている」

「たとえば？」

サックスは絶品のブルゴーニュワインを味わっていた。むろんシャルドネだ。オーク樽の香りが強すぎない、さすがフランス産と思わせる繊細な味わい。カリフォルニア産ではこうはいかない。ライムはそう信じて疑わず、夕食前に飲んでいたグレンモーレンジィからカベルネソーヴィニオンに切り替えた。せっかくワインを飲むのなら、赤、それもどっしりとしたフルボディに限る。

ライムは未解決の問題をサックスに説明した。「そもそもジャティン・パテルはどこからキンバーライトを手に入れた？」

サックスは首をかしげた。「それは考えてみたことがなかった。いい質問ね」

ライムは少なからず皮肉めいた口調で続けた。「地中熱ヒートポンプ建設現場や廃棄物集積場の近くを通りかかった誰かが、何の変哲もない黒っぽい色をした石にたまたま目をとめ、ダイヤモンド商の店に持ちこんで分析を依頼したのか？」

「たしかに奇妙な話ね」

「もう一つ問題がある。偽の地震を起こした件だ。いくらなんでもありそうにない話ではないか。偽物だと私たちが見抜くことを前提にしているように思える」

「言えてる。展開の速い事件に振り回されてるあいだは、一歩引いて全体を眺めてみる暇がなかったし」

ライムは言った。「仮にミスター・Yという人物がいるとしよう」

「どうしてXじゃないの」

ライムは笑みを浮かべた。「忘れたか？　Xはすでに私が使っただろう」

「そうだった。じゃあ、ミスター・Yで」

「ミスター・Yも何かを企んでいる。ミスター・Y自身、または彼に雇われている人間が、名を隠してクルーガーに接触し、自分はニュー・ワールド鉱業の依頼で動いている者だと話す。そして、ブルックリンの掘削現場でダイヤモンドが豊富に含まれるキンバーライトが発見されて、ニュー・ワールド鉱業は戦々恐々としていると言う。クルーガーを雇い、偽の地震を起こして地中熱ヒートポンプ建設を中止させ、パテルほかキンバーライト発見を知っている人間を始末してくれと依頼する」

「そしてミスター・Yは」サックスは言った。「アフリカ産のキンバーライトをニューヨークに送り、地中熱ヒートポンプ建設現場に置く」

「そのとおりだ。植物の破片が発見されたね。学名コレオネマ・プルケルム、園芸種名ピンクファウンテン。この花もアフリカ原産だ」

ライムはここで、ベルモットをきかせたフェンネル風味のクリームソースを添えた仔牛肉をまた一切れ口に運んだ。事故後は何年もトムに食べさせてもらっていた。だが最近は、誰かに切り分けてもらうか、そもそも一口大で供される料理であるかすれば、食べる行為そのものは自分でこなせるようになっている。

サックスが言った。「ここまではいいわ。ミスター・Yは、ダイヤモンド採掘を阻止するために偽の地震を起こすという手の込んだ計画を立てた……でも、それとはまったく別の目的を隠していた。それは……？」

「なかなかわからなかったよ。すぐにはわからなかった。だが、こう自問してみた。なぜブルックリンなのか。なぜノースイースト・ジオ社の建設現場なのか。ブルックリンにはほかにも建設現場がいくらでもあるだろうに、ミスター・Yはなぜそこを選んだ？キャドマン・プラザに何か特別な点があるからだ。あの界隈に特徴的なものといえば？」

「政府関連のビル。裁判所」

ライムはまた微笑んだ。「パズルにまだ使われていないピースはないか。点と点を結ぶピースが残っていないか」

「その言いかた」サックスは言った。「とっくに答えがわかってて訊いてるのよね」

「先日、プラスキーがここに来たとき、ガスの臭いがすると言った。それを聞いて私は、ロンがクレア・ポーターのアパートに寄ってからここに来たせいだと考えた。レハーバー、ガス管爆弾が最初に確認された現場だよ。爆発はしなかったが、ガス管が溶けて、かなりの量のガスが漏れた。そこでロンの服に臭いが染みついたものと思ったわけだ。だが、さっき電話で確かめた。ロンはその現場には行っていなかった」

「とすると、ガスの臭いがしたのはどうして」

「臭いの元は、エル・アルコン事件の資料が詰まった箱だ。ミスター・Yから届いた箱」

「ミスター・Y！」サックスの目が輝いた。「カレーラス＝ロペスね」

「そのとおりだ。カレーラス＝ロペスの部下が資料の箱を届けに来た。それまでどこに置かれていたにせよ、その場所に臭気剤もあったわけだ。臭気剤を試してみたのかもしれないし、単に漏れたのかもしれない。その臭いが資料についた。というわけで、ガス管爆弾とエル・アルコンの弁護士が結びついた。とすると、エル・アルコンの裁判ともおそらく結びついている」

サックスは思案顔で言った。「倉庫の銃撃戦後に検出された射撃残渣は捏造されたものだという証拠を探してくれといって、カレーラス＝ロペスがあなたのところに相談に来たわけもそれで説明がつくわね」

「ああ。未詳四七号事件捜査の進捗を確かめようとしたのだろう。私たちの手の内をのぞき、ダイヤモンドをめぐる陰謀の真偽を疑っていないことを確認しようとした。私が死刑に相当する殺人罪の証拠をビショップに引き渡していなかったら、カレーラス＝ロペスは単なる客で終わっていた――いや、スパイか」

サックスはフォークを置いた。「ねえ、ライム、もしかして――カレーラス＝ロペスはエル・アルコンを脱走させようとしてるのかもしれない……明日にでも。何か手を打たなくていいの？」

ライムは肩をすくめた。「明日までは何も起きようがないさ。実はついさっき、新しい友人のハンク・ビショップに問い合わせた。エル・アルコンは明日の午前十時に裁判所に到着する。せっかくの食事がまだ途中だしな」

サックスはいたずらっぽい目でライムを見た。「どうせロンとロナルド、フレッド・デルレイにも連絡したんでしょ。それにESUの誰かにも。何時ごろ来る約束になってるの」

「三十分後だ。デザートを楽しむ時間はたっぷりある。トム！　おいトム！　アメリアに何やら特別なデザートをフランベして出すと言っていなかったか？」

そして今朝、昨夜打ち合わせておいた作戦をセリットーとデルレイが実行した。カレーラス＝ロペスはおそらく、自分の手の者に刑務官の制服を着せ、護送車を乗っ取る計画でいるだろう。そこでFBI捜査官と市警の潜入捜査官が、裁判所内と周辺にいた全刑務官の身元を照会した。二人のなりすましが発覚した。二人はサイレンサーを装着した拳銃を携帯していた。デルレイは、誰にも真似のできない迫力ある説得スタイルで、罪の軽減と引き換えに計画の詳細を吐かせた（「俺が三重に保証してやるよ。おまえたちが行くことになる刑務所はおっかねえところだぞ。おっかねえ連中がわんさかいる。このまま黙ってるとな、おまえたちは二人ともそのおっかねえ刑務所で末永く暮らすことになる。どうだ、俺の言いたいことはわかるな」）。

そこまでは順調だった。

ここで意見が食い違った。ライム、サックス、デルレイ、セリットー――そしてニューヨーク市警幹部と市政府の役人の意見が。

ガス爆発が実際に起きる恐れがないことはわかっていた。カレーラス＝ロペスの手下は、一斉避難を促すための臭気剤をまくだけだ。本物のガス漏れを起こして、大事なクライアントを焼死させるわけにはいかない。連邦裁判所とニューヨーク市警には、ガスの臭いがしても無視し、危険はないと宣言するという選択肢もあった。窓を開けて換気してくれと呼びかけるにとどめ、裁判を続行するという選択肢だ。

だがライムの考えは違った。カレーラス＝ロペスを逮捕できれば、司法取引を持ちかけて、エル・アルコンのアメリカ側のパートナー――ミスター・X――の名前を引き出せるかもしれない。

逮捕するには、脱走計画を実行させなければならない。ただし、エル・アルコンを乗せた護送バンと戦術チームを乗せた別のバンを途中で入れ替え、後者だけがヘリコプターとの合流地点まで行く。そこでカレーラス＝ロペスと手下の全員を逮捕する。

そのとおりの作戦が実行された。一つのトラブルもなく。

いま、ライムの電話が低い音を鳴らしてメールの着信を告げた。

H・ビショップ

参考までに。カレーラス＝ロペスは司法取引に応じた。アメリカ側のパートナーは、ロングアイランドのガーデンシティ在住のロジャー・ホイットニー。恩に着るよ、リンカーン。

バンのドアが開く音が背後から聞こえた。

サックスが乗り口に立っていた。肩にかけたマシンガンの銃口を下に向けている。ヘルメットは左手に持っていた。緑色のドレス姿もあでやかだったが、出動服姿も負けないくらい魅力的だとライムは思った。

「乗せてもらえるかしら？」サックスが訊く。

「ああ、座席は空いているよ」

サックスは乗りこんできてドアを閉めた。シートに腰を落ち着け、マシンガンからマガジンを抜き取り、チャンバーの弾を排出した。二人の視線が合った。

「というわけで」サックスが言った。「一件落着ね」

「一件落着だ、サックス」

71

昨日は結局、父と顔を合わせることなく終わった。

母と弟と一緒に食事をすませてから、ヴィマルはアディーラに会いに出かけた。夜遅く帰宅したとき、車は家の前に駐まっていたが、父はもう床についたあとだった。

そして今朝起きてみると、父はまたどこかへ出かけて留守だった。

どこに行ったにせよ、母は何も聞かされていなかった。むろん、弟もだ。といっても、父がふだん家族に向かって口を開くのは、自分の考えをご宣託か何かのように伝えるときだけだ。

父が何を画策しているかは見当がつく。そのことを考えると、恐怖にとらわれた。父はヴィマルの新たな師匠を探しているに違いない。ヴィマルがいくら優れた技術を持っていようと、そう簡単に見習い先は見つからないだろう。ヴィマルにはマイナスのイメージがついた。今後はダイヤモンド業界最悪の悲劇がどこまでも彼について回ることだろう。強盗殺人事件だ。むろん、ヴィマル自身は何も悪いことはしていないし、事件はまったく別の性質のものだったことが判明している。それでも、一流のダイヤモンド加工職人たちがその違いについて深く考えることはせず、自分たちの仲間であり天才カッターでもあったジャティン・パテルの悲劇とヴィマルを永遠に結びつけて語るに違いない。

ヴィマル・ラホーリは、アフリカの血のダイヤからシベリアの奴隷労働、ベルギーの武装強盗事件まで、奇跡の宝石を巡る暗く陰惨な事件を象徴する存在になった。

それでも父は懇願し、ときには怒鳴り散らして、ヴィマルを誰かに押しつけるだろう。

ヴィマルはいまアトリエにいて、ラピスラズリの重さ半キロの塊を眺めていた。この濃い瑠璃《るり》色をした鉱物はヴィマルのお気に入りの一つだ。一般的にはジュエリーに使われることが多い石だが、彫刻に向く大きな塊も比較的安く手に入る。ジュエリーと芸術において長い歴史を持つ石だ。ツタンカーメン王の黄金のマスクにも使われている。中国には山腹の村の風景を彫った翡翠の置物があるが、ラピスラズリを使ったものも存在する。ラピスラズリはアフガニスタンのバダフシャン州で初めて発見され、いまもそこで産出されるほか、シベリアやアンゴラ、ミャンマー、パキスタンといったエキゾチックな土地で採掘されている。しかしいまヴィマルが手にしている石は、コロラド州のプレザント峡谷で産出されたものだ。

手のなかで何度も向きを変えながら石を眺め、ヴィマルの情熱にあふれた手によってどんなものに生まれ変わりたいと感じているのか、石が語りかけてくるのを待つ。だが、いまのところ石は沈黙したままだ。

と、階段を下りてくる足音が聞こえた。

そのリズムを聞けば、誰の足音か察しがつく。ヴィマルは黄鉄鉱の斑《ふ》が入った鮮やかな瑠璃色の石を置き、作業台の前の椅子に座った。

「ヴィマル」

ヴィマルは父にうなずいた。父の目は充血していた。それを見てヴィマルは思った

――誰も買いたがらない娼婦を強引に売りつけようと、ポン引きはよほど頑張ったらしいな。

父は封筒を二つ持っていた。一つは大きく、一つは小さい。ヴィマルはそれを一瞥し

た。ダイヤモンド加工の契約書が入っているのだろう。それからまた父の顔を見た。

父が言った。「昨日は話をしそこねた。疲れてしまってね。そのまま寝てしまった。しかしおまえが無事だということはおまえの母さんから聞いたよ。犯人と——殺人犯との一件で怪我はなかったと」

「まあね」

「そう聞いて救われた思いがしたよ」父は言った。それから、自分の言葉のむなしさに気づいたような顔をした。

父はラピスラズリを見つめた。「ミスター・パテルの子供たちが家族を連れて帰省している。子供たちと妹さんが葬儀と火葬をすませた」ヒンドゥー教では、遺体はかならず荼毘《だび》に付す。インドでは葬儀と火葬は同じ場所で行われる。伝統に従えば、屋外に薪《たきぎ》を積み、そこで遺体を焼く。しかしアメリカでは、ヒンドゥー教の葬儀、アンティエスティは、西洋の習慣や法律に合わせる形で行われていた。

父が先を続けた。「今夜、追悼の集まりが妹さんの家で開かれる。私が出かけていた理由の一つはそれでね。準備を手伝っていた。今夜、おまえも行くだろう?」

「行くよ。もちろん行く」

「弔辞を述べたらどうだ。やらなくてもかまわないが」

「やるよ」

「よし。おまえならきっとうまくやれる」

沈黙。

出かけていた理由の一つはそれ……

もう一つの理由が明かされる時が来たというわけか。さて、新しい師匠は誰になった？

ヴィマル・ラホーリは心に決めた。誰の弟子にもならない。ここまでだ。今日こそ父にノーと言おう。

遅すぎたくらいだ。

深呼吸をして口を開きかけたとき、父が小さいほうの封筒を差し出した。今日は手の震えがさほどひどくなかった。「これを」

ヴィマルは用意していた長い独白をひとまずのみこみ、封筒を受け取った。それから父の目をのぞきこんだ。

父が肩をすくめた――開けてみなさい。

ヴィマルは封筒を開けた。なかのものを一目見たとたん、息が止まりかけた。父の顔を見て、また封筒のなかを見る。

「これ――」言葉に詰まった。

「デヴ・ヌーリの会社が振り出した小切手だよ」

指定された受取人はヴィマル・ラホーリ。彼にしか現金化できない。

「でも父さん、十万ドルに近い金額だよ」

「そこから税金を取られる。それでも三分の二は手もとに残るだろう」

「だけど……」

「ヌーリに頼まれておまえが研磨した石、な。平行四辺形に加工した石」父の〝平行四《パラレロ》辺形《グラム》〟の発音はややぎこちなかった。「非公開オークションに出したら三十万ドルで落札されたそうだよ。デヴはおまえに十パーセント渡すつもりでいた」

ニューヨーク周辺の才能あるダイヤモンドカッターの収入は、年五万ドルほどだ。ミスター・ヌーリがたった一日の仕事に三万ドルを支払うつもりでいたのなら、世界中どこの基準に照らし合わせてもかなり太っ腹といえる。

「しかし、私はそれでは足りないと断った。二人で話し合いをした。いまおまえも見たとおり、最終的には三十パーセントで合意した。十万ドルに届いていないのは、もうおまえに渡した分は差し引くと言ってヌーリが譲らなかったからだ。まあ、それには文句は言えない」

ヴィマルは微笑まずにはいられなかった。

「銀行に口座を開いて、預けておきなさい。おまえの金だ。何に使おうとおまえの自由だよ。ところで、もう一つ言っておきたいことがある。これからひっきりなしに電話がかかってくるだろう。ニューヨーク周辺のディアマンテールは一人残らずおまえに仕事を頼みたがっている。弟子にしたいと言ってきた者がもう何人もいたよ。平行四辺形のカットの噂を聞きつけたんだ。一部ではヴィマル・カットと呼んでいるそうだ」

興味深い展開だ。ヴィマルはのけ者《パリア》扱いされていないらしい。しかし同時に失望もした。父はまたもやプレッシャーをかけようとしている。これまでと違って露骨ではないが、プレッシャーには違いない。

父が続けた。「仕事を引き受ければ、いい金になるだろう。しかしその前に、これを検討してみなさい」そう言って大きいほうの封筒を差し出した。

大学の入学案内だった。ロングアイランドにある四年制認定大学のものだ。真ん中あたりのページに黄色いポストイットが貼りつけてある。ヴィマルはそのページを開いた。芸術学部の修士課程の紹介ページだった。彫刻科では、在学中の一学期間をフィレンツェとローマで勉強することになっていた。

心臓の鼓動が乱れた。ヴィマルは顔を上げて父を見た。

父は言った。「さてと。伝えるべきことは伝えた。あとはおまえしだいだよ。別の学校がよければ、それでもかまわない。しかし、別の学校に決めるとしても、私や母さんとしては、おまえにはジャクソンハイツのミケランジェロになってもらいたいと思っている。ロサンゼルスのミケランジェロではなくてな。だが、いま言ったとおり、決めるのはおまえだ」

そんなつもりはなかったのに、ヴィマルはこらえきれなくなって父に両腕を回した。ぎこちなさはすぐに消え、ヴィマルが、そしておそらく父も予期しなかった長い長い抱擁になった。やがて二人は互いから腕をほどいた。

「今日は五時にここを出て、ミスター・パテルの妹さんの家に行くぞ」父は向きを変えて階段のほうに向かった。「ああ、そうだ。アディーラを誘ったらどうだ?」

ヴィマルは目をみはった。「え、どうして……?」

父の表情は謎めいていたが、暗に伝えようとしているメッセージはきっとこうだろう

――自分の親の知性《インテリジェンス》と情報収集能力《インテリジェンス》を侮るんじゃない。

父はアトリエを出て、階段を上っていった。ヴィマルはラピスラズリを手に取り、またあちこちに向きを変えながら、石が語りかけてくるのを待った。

72

「バリー」ライムはタウンハウスの居間で、スピーカーモードにした電話に向かって言った。

「リンカーン。まったく、あなたには腹が立ってしかたがありませんよ」

「ほう。それはなぜかな」

「私は一番下の棚に並んでいる安い酒で満足できるタイプの人間だったんです。なのに、

あなたのおかげで本物の、スコッチの味を覚えちまったじゃないですか。まあ、そう言って怒ってるのは主にジョーンですがね。私はそうでもない」

沈黙。

ライムが先に口を開いた。「奴の首根っこを押さえたよ、バリー。死ぬまで塀のなかだ。エル・アルコンだよ」

「本当ですか。だって、この前は不確実だと言ってたのに」

「確実になった」

また沈黙があった。

「奴のパートナーも捕まえた。アメリカ側のパートナー」

セールズの息遣いだけが伝わってきた。

「あなたが捜査に協力したとか」

「いやいや。私はほとんど何もしていないさ」

セールズが笑った。「またそんな嘘を。私は信じませんからね」

「好きなように考えてくれてかまわない」

「いかにもリンカーン・ライムらしいせりふだな。私の尊敬するリンカーン・ライムの」それから、感傷的になりかけた雰囲気を引き戻すかのように、セールズは言った。「そうだ。あれから姉と話したんですよ。いいことを考えてくれました。仮の義手をつけたらどうかって。先端がフックになってるやつ。姉が子供たちを連れて見舞いに来たら、みんなでウルヴァリンごっこをするって寸法ですよ。それなら子供たちも怖がらずにすむ」

「何ごっこだって？」

「マーベル映画のキャラクターです」

「クズリ《ウルヴァリン》が主人公の映画があるのか？」

「さては家に引きこもってますね、リンカーン」

「ともかく、甥や姪と無事に会えそうなら安心したよ」

「近々また会いましょう。次は私がウィスキーを用意しておきます」

電話を切り、ライムが車椅子を操作して証拠物件の並んだテーブルの前に戻ろうとしたところで、携帯電話が鳴り出した。

〈応答〉をタップする。

「リンカーン」その声は、やかましいエレキギターのリックにかき消されそうだった。

ライムはぴしゃりと言った。「ロドニー。頼む。音量を下げろ」

「でも、これジミー・ペイジですよ」

溜め息が出た。だが、耳が痛いほどやかましい音楽のせいで、ニューヨーク市警サイバー犯罪対策課に所属するコンピューターの専門家には聞こえていないだろう。

「気にしないでください。言ってみただけですから。知ってました？　レッド・ツェッペリンはアメリカで最も売れたアルバム・ランキングで二位をキープしてるんですよ」

サーネックは音楽のボリュームを下げた。少しだけ。カーリーヘアを肩まで伸ばし、タトゥーを入れてボディピアスをし、シャツの前をへそまで開けた人物――最近のヘビーメタルバンドのギタリストが昔のイメージどおりの外見をしているとすれば――を誰もが想像するところだろうが、実物のサーネックは、コンピューター専門家《ナード》と聞いて誰の頭にも最初に浮かぶイメージそのものだ。

アメリア・サックスが居間に入ってきて、腰をかがめてライムにキスをした。

サーネックが言った。「キンバーライト事件《アフェア》に関して、ちょっとお知らせしておきたいことがあって」

「サイバー犯罪対策課ではそう呼んでるの？」サックスが訊いた。おもしろがっているような声だった。

「僕は気に入ってるんだけどな。悪くない。なんとなくいい響きでしょう。いやそんな話はともかく、本題ですが、僕が預かってた、カレーラス＝ロペスって弁護士のプリペイド携帯の件です。発着信記録をチェックしました。裁判所とブタ箱《フースゴー》でまとめて逮捕した連中との通話もあるんですが――」

「裁判所と、どこだって？」

「ブタ箱。昔の西部劇でよく言ってたじゃないですか。ブタ箱《ポーキー》って」

「ロドニー。いいから要点を言え」

「なかなかおもしろいことがわかりましたよ。ほとんどの通話やメールは、パリにいる人物とやりとりされてます。第六アロンディスモン。フランス語で〝区〟って意味です」

「知ってる」サックスが言った。

「ジャルダン・デュ・リュクサンブール周辺。公園の名前です。まあ、きっとこれも知ってるんだろうけど」

「それは私も知らなかった」

サーネックが続けた。「ここ何週間か、パリにいるその彼または彼女に何度も電話をしたりメールを送ったりしてます。何かを報告してるみたいな感じで」

「コンサルタントとか？」サックスは証拠物件が入った箱が並んだ分析テーブルに近づいた。「ライム、あなたは計画を立てたミスター・Yは弁護士だろうと言ってたけど、実はその人物なのかもしれないわね」

「ありうるな」

「ライム」サックスは袋に入った証拠物件を一つ持ち上げて見せた。カレーラス＝ロペスのスケジュール帳だ。表紙の裏側に貼られたポストイットに、〈フランソワ・ルタン〉という名前が書いてあり、その横に一連の数字が並んでいた。口座番号かもしれない。

フランス風の名前。カレーラス＝ロペスが電話をかけていたパリにいる人物とは、この男だろうか。

サーネックが言った。「で、ここから話はさらに奇妙な展開に」

ここまででもう、充分に奇妙な事件だというのに、さらに？

「何日か前に訊かれましたよね、十二進法の暗号のこと。やりとりされてるメールが、まさにそのアルゴリズムを使ってるんですよ。0から9までの数字と、AとBを使った暗号です。重なるときは重なるものですね」

まさか――ライムの目はゆっくりと動いて証拠物件一覧表を凝視した。

「解読は無理なんだな？」

「僕が『ダンシング・ウィズ・ザ・スターズ』に出られないのと似たようなものです」

「何にだって？」

「えーと、要するに不可能です」

「切るぞ」ライムは電話を切り、メル・クーパーに向けて大声で言った。「ＡＩＳから届いた荷物。国際便で届いた荷物だ。どこにある？」

前の晩に配達されていたが、事件捜査で手いっぱいでまだ開けていなかった。

クーパーがカッターを使って開封した。手紙はない。ダリル・マルブリーからの短いメモがあるだけだった。

お届けします。何かわかったら連絡を。

クーパーが小さな証拠品袋を取り出した。三日月型をした金属片が入っている。放射線検査で陽性とされているが、健康に被害が及ぶほどの強さではない。ライムは金属片を見つめた。

マルブリーはこう言っていた。ばねのような物体で、汚い爆弾《ダーティ・ボム》のタイマーに使う部品ではないかと懸念される。機械式の起爆装置だ。解除する手段のあるデジタル式は避けられる傾向にある。

実物を見たいま、断言できる。その推測は誤りだ。

そしてこの金属片がほのめかしている真実は、ある意味、汚い爆弾よりもやっかいな種類のものだった。

ライムはマルブリーに電話をかけた。

「リンカーン！　お元気ですか」

「時間がない。重要な問題が発覚したようだ。きみが送ってきた金属片に関して」

「ええ」マルブリーの声から朗らかさが消えた。

「二つほど質問がある」

「どうぞ」

「この金属片を残した人物について、あれから何か判明しているか」

「電話をかけたとき出入りしていたカフェをようやく突き止めましたよ。その店は──」

「リュクサンブール公園の近くにある」

「驚《モン・》いたな《デュー》、リンカーン。そのとおりですよ。どうして――」

「ＥＶＩＤＩＮＴチームはほかに何を見つけた？」

「何も。指紋なし、微細証拠なし、ＤＮＡなし。わかっているのは外見的な特徴だけ」

「どんな男だ？」

「白人男性、四十代から五十代。完璧なフランス語を操りますが、アメリカ英語の癖がわずかに聞き取れる」

ライムは革張りのヘッドレストに頭をもたせかけた。いくつもの考えが頭のなかを渦巻いた。「これは爆弾のパーツではないよ、ダリル。テロ組織は関係ない」

「本当に？」

「きみは何一つ心配することはない」ライムは間を置いてから続けた。「私が心配すべきことのようだ」

「あなたが？　なんだかなぞなぞみたいですね」

「あとで詳細な報告を送る」ライムは言って電話を切った。

そして一覧表に目を走らせた。ありえない。だが、そうはいっても……

「ライム、何なの？」サックスが尋ねた。ライムの眉間の皺に気づいたのだろう。

ライムは答えず、ロドニー・サーネックに電話をかけ直し、カレーラス＝ロペスが何度も発信していたというパリの電話番号を尋ねた。

「もう使われてないですよ、リンカーン。何度もピンを打って機能してるかどうか試しましたから」

「いいから番号を教えてくれ」

サーネックが読み上げた。

「ありがとう」ライムはぼそりと言って電話を切ると、その電話番号を見つめた。

それから、自分の携帯電話を使い、音声認識でメールを作成し、フランスの電話番号に送信した。簡単なメッセージだった。


この番号にメールか電話をくれ——リンカーン・ライム

送信したあと、ライムはサックスに言った。「この事件はずいぶんと複雑《コンプリケーテッド》だと何度も言い合ったね」

「ええ」

「機械式時計の追加機能をなんと呼ぶか覚えているか。カレンダー、ムーンフェイズ、潮汐《ちょうせき》表示、複数の時間帯」

「複雑機構《コンプリケーション》よね。この話はどこに向かってるの？」

「マルブリーのパリの容疑者が使っていた暗号パッケージ、それにカレーラス＝ロペスと通信相手が使っていた暗号パッケージは、いずれも十二進法だ。十二だぞ。時計も十二時まである」

それから金属片に顎をしゃくった。「これは起爆装置の部品ではない。機械式時計のばねだ。放射性を帯びているのは、汚い爆弾に使われていたせいではない。置き時計か腕時計の文字盤のラジウム塗料のそばにあったからだ。AISが捜査対象としていた男、エル・アルコンの脱走計画を立案した男は、同一人物だよ。その男には趣味がある。時計製作だ」

「ライム。うそよね！」

本当だ。ライムはそう確信していた。

その人物とは、チャールズ・ヴェスパシアン・ヘイルその人だ。目立たずに行動したいときは別名のリチャード・ローガンを名乗る。だが、その男のことを考えるとき、ライムはいつもニックネームで呼ぶ――〝ウォッチメイカー〟と。

ライムは一瞬目を閉じた。ほんの何日か前、未詳四七号の犯行を思い返しながら、ウォッチメイカーのことを考えた――未詳四七号は利口だが、ウォッチメイカーの天才ぶりにはとうてい及ばないと。だが、クルーガーは単なる歯車にすぎなかったと判明したいま振り返れば、計画のあちこちに天才のしるしがはっきりと見て取れる。

「ライム」サックスが言った。「ルタンって名前。これ、フランス語の時間《ル・タン》よ」

ライムは短い笑いを漏らした。「奴ならメキシコにもコネがあるな。何年か前の事件を覚えているだろう。犯罪組織の一つがウォッチメイカーを雇った。たしか暗殺計画だった。カレーラス＝ロペスはもともとウォッチメイカーを知っていたのだろう。そしてエル・アルコンを留置場から脱走させる仕事を依頼した」

サックスが尋ねた。「返事が来ると思う？　計画が失敗したとわかったとたん、携帯電話をセーヌ川に投げこんだんじゃないかって気がするけど」

だが、携帯電話はまだ水没していないという確信がライムにはあった。ウォッチメイカーはある理由のために、その理由のためだけに、携帯電話を処分せずにいるはずだ。

十分ほどたったころ、ライムの携帯電話が着信音を鳴らした。そのあとも続けざまに何度か鳴って、複数のメールが届いたことを知らせた。

久しぶりだ、リンカーン。聞くかぎりでは元気でやっているようだね。こうなるのではないかと恐れていたよ。エル・アルコンの脱走計画の舞台をニューヨークに設定した時点から、きみが首を突っこんでくるのではないかと心配だった。しかし、悲しいかな、別の街に移すことはできなかった――エル・アルコンの裁判地を変更するという意味でも、計画の舞台を移すという意味でも。ブルックリンがセキュリティ上の唯一の弱点だった。

だから、きみを欺くために可能なかぎり巧妙な計画を立てたが、結果はきみも知ってのとおりだ。着手金は支払われたが、きみのおかげで残り三百万ドルをもらいそこねたよ。だが、悔やまれるのはそこではない。私の評判に傷がついたという事実だ。

噂はすぐに広まるだろう。世間はこう考えるかもしれない。あいつの時計は、以前ほど正確に時を刻んでいないのかもしれないなと。なんといっても、年に一千分の二秒狂うだけで、その時計は正確ではないとされるのだから。時間とは、かくも正確なものだ。

今回のようなことは二度とあってはならない。次に会うときは――かならず会うことになるよ、請け合ってもいい――きみと私が会う最後の機会になるだろう。それまでしばしの別れだ、リンカーン。いまの気持ちをきみに届けるよ。その意味を考えて、きみがいくつもの眠れぬ夜を過ごすことを期待して。Quidam hostibus potest neglecta; aliis hostibus mori debent.

敬具

チャールズ・ヴェスパシアン・ヘイル

古典文学を研究したことはないが、ライムはその文章を翻訳できるだけのラテン語の知識を持ち合わせていた。

――放っておけばいい敵もいれば、生かしておいてはいけない敵もいる。

その文章をもう一度読んだ。ウォッチメイカーがどこからメールを送ってきたのか、次にどこへ行こうとしているのか、何かヒントが隠されていないかと目をこらした。だが、手がかりらしきものはなかった。いまごろはもう、プリペイド携帯は処分されているだろう。ライムは自分の携帯電話の電源を落とし、バッテリーを抜いて電話機ごと処分したあと、携帯電話会社に連絡し、その番号を解約するようクーパーに頼んだ。

ライムは固定電話の前に移動し、接続されたマイクに向かってコマンドを発した。

「AISのダリル・マルブリーに電話」

通話機能が働き、かすかな電子音とともに、数字が信号となってすばやく送り出された。

呼び出し音が二度聞こえてから、女性の事務的な声が応答した。「はい」

「ダリル・マルブリーを頼む」

「申し訳ありません。ただいま席をはずしております」

「重要な用件だ」

「電話をいただいたことをかならず伝えます。よろしければ伝言――」

「リンカーン・ライムから電話だと伝えてくれ」

短い間があった。「少々お待ちくださいい、ミスター・ライム。すぐにおつなぎいたします」

（了）

謝辞

チームの全員に深い感謝の意を捧げる。ウィル・アンダーソンとティナ・アンダーソン、シサリー・アスピノール、ソフィー・ベイカー、フェリシティ・ブラント、ペネロピー・バーンズ、ジョヴァンナ・カントン、フランチェスカ・チネッリ、ルカ・クローヴィ、ジェーン・デイヴィス、ジュリー・ディーヴァー、アンディ・ドッド、ジェナ・ドーラン、キャシー・グリーソン、ジェイミー・ホッダー＝ウィリアムズ、ケリー・フッド、エマ・ナイト、キャロリン・メイズ、メリアム・メトゥーリ、ウェス・ミラー、クレア・ノジエレス、ヘイゼル・オーメ、アビー・パーソンズ、セバ・ペッツァーニ、マイケル・ピーチ、ベッツィ・ロビンズ、ケイティ・ラウス、リンジー・ローズ、ロベルト・サンタキアラとチェチリア・サンタキアラ、デボラ・シュナイダー、ヴィヴィアン・シュースター、ケイリー・シメク、ルイーズ・スワネル、ルース・トロス、マデリン・ワーチョリック。

訳者あとがき

多くの宝飾店が集まるニューヨークのダイヤモンド地区で殺人事件が発生。被害者は、現場となった宝飾店の店主と、その店であつらえた婚約指輪を引き取りに訪れていた年若いカップルの計三人。直後に事件を知らせる電話が市警に寄せられたが、その人物は名乗ることなくそのまま姿を消した。

アメリア・サックスの現場検証の結果、店にはほかにも多数のダイヤモンドが保管されていたのに、それは残されたまま数百万ドル相当の原石四つだけが現場から消えていることが判明する。また店主の遺体には拷問の痕跡があった。

犯人は初めからその四つのダイヤモンドを狙ってこの店を襲ったのか。なぜその四石がその日、店にあることを知っていたのか。店主を拷問して、いったい何を聞き出そうとしたのか。事件を通報した人物は犯人を目撃したのか、そうだとするならなぜ名乗り出て保護を求めないのか。

いくつもの疑問が浮上するなか、市内で婚約者カップルが襲われる事件が続けて発生。ニューヨーク市警の捜査顧問リンカーン・ライムは、サックスをはじめとする常連チームを率いて捜査を開始するが、まもなく〝プロミサー〟を名乗る人物から犯行声明が出され、それをきっかけに事件は予想外のスケールで思いがけない展開を見せ始める。

国際スリラー作家協会が発行するオンラインマガジン『The Big Thrill』二〇一八年五月号にディーヴァーが寄稿したコラムによると、長編執筆に当たっては「成功の実績があり、かつ誰も読んだことのないもの」を創り出すよう心がけているという。つまり、「ディーヴァー作品の必勝フォーマット」――何が起きたのかを振り返って解き明かす推理小説ではなく、このあとどうなるのか、何が起きるのかに読者の興味を惹きつけるスリラー小説であること、事件発生から解決まで三日ほどの短期決戦であること、データマイニングやイリュージョン、今作のダイヤモンド業界など作品ごとのテーマを明示すること、最低三つはひねり《ツイスト》を用意すること――を主軸として踏襲しつつ、作品ごとに異なる要素を盛りこんで肉付けしていくわけだ。

ライム・シリーズでいえば、主人公が四肢麻痺の天才科学捜査官であることがシリーズ開始時点での斬新な要素だった。ライムとサックスは前作『ブラック・スクリーム』でイタリアに〝出張〟して国際的な活躍を見せたが、これはそれまでのシリーズ作品とは大きく違う新たな要素ということになるだろう。

そしてシリーズ第十四作となるこの『カッティング・エッジ』では一転、ライム・チームはふたたび本拠地ニューヨークに戻って、市内で発生した連続殺人事件の捜査に腰を据えて取り組む。まるきり無関係と思われた複数のできごとが、捜査が進むにつれて有機的にからみ合っていく展開のみごとさ、真相解明に必要な情報をフェアに開示したうえで読者の推理を裏切る結末のどんでん返しの鮮やかさは、今作でもさすがディーヴァーとうならされる。

しかも『ウォッチメイカー』や『バーニング・ワイヤー』といった過去の人気作品に匹敵する、あるいはそれ以上に複雑でスピード感のあるストーリー構成となっている。最後の最後にいきなり豪快な宙返りを決めるジェットコースターから振り落とされないよう、しっかりつかまっていてほしい。

また、すっかりおなじみのライム・チームのメンバーは、前作では冒頭で登場するのみだったが、今作では全員がふたたび顔をそろえ、いつもどおりの頼もしい活躍を見せている。彼らのときに愉快なやりとりももちろん健在で、ライムがロナルド・プラスキーについて「言うことがますます私に似てきた」と心のなかでつぶやくシーンなど、思わずにやりとさせられる。

とはいえ、これまでと大きく違う点も一つ。前作と今作のあいだにライムとサックスが結婚していることだ。本文中にライムの視点からサックスを「妻」と呼んでいる箇所があり、二十年来、二人を友人のように見守ってきた者として、「妻」とタイプする指が感慨に震えた……というのは大げさにしても、心にしみるものがあったことは確かだ。

最後に、ディーヴァー作品の今後の刊行予定を。

シリーズ第三作『ファイナル・ツイスト』で第一シーズンの三部作がいったん完結したコルター・ショウ・シリーズは、英語圏で二〇二二年秋に刊行が予定されている"Hunting Time"で再始動する。この新作では、これまで人を追跡するのが専門だったショウが、一転して追われる側に回るという。この邦訳版は、二〇二三年の刊行予定。

また二二年から二三年にかけ、スタンドアローン作品一つとライム・シリーズの次回作が予定されている。どのような内容になるのか詳しいことはまだ伝わってきていないが、こちらの二作もぜひ楽しみにお待ちいただきたい。

二〇二二年八月

本書は、二〇一九年十月に文藝春秋より刊行された単行本を
文庫化にあたり二分冊としたものです。

文春文庫

カッティング・エッジ　下

定価はカバーに
表示してあります

2022年11月10日　第1刷

著　者　ジェフリー・ディーヴァー
訳　者　池《いけ》田《だ》真《ま》紀《き》子《こ》

発行者　大沼貴之
発行所　株式会社 文藝春秋

東京都千代田区紀尾井町 3-23　〒102-8008
TEL 03・3265・1211㈹
文藝春秋ホームページ　http://www.bunshun.co.jp

落丁、乱丁本は、お手数ですが小社製作部宛お送り下さい。送料小社負担でお取替致します。

印刷製本・凸版印刷

Printed in Japan
ISBN978-4-16-791966-5

（　）内は解説者。品切の節はご容赦下さい。

青い虚空

ジェフリー・ディーヴァー（土屋　晃　訳）

護身術のホームページで有名な女性が惨殺された。やがて捜査線上に〝フェイト〟というハッカーの名が浮上。電脳犯罪担当刑事と元ハッカーのコンビがサイバースペースに容疑者を追う。

テ-11-2

ボーン・コレクター（上下）

ジェフリー・ディーヴァー（池田真紀子　訳）

首から下が麻痺した元NY市警科学捜査部長リンカーン・ライム。彼の目、鼻、耳、手足となる女性警察官サックス。二人が追うのは稀代の連続殺人鬼ボーン・コレクター。シリーズ第一弾。

テ-11-3

コフィン・ダンサー（上下）

ジェフリー・ディーヴァー（池田真紀子　訳）

武器密売裁判の重要証人が航空機事故で死亡、NY市警は殺し屋〝ダンサー〟の仕業と断定。追跡に協力を依頼されたライムは、かつて部下を殺された怨みを胸に、智力を振り絞って対決する。

テ-11-5

エンプティー・チェア（上下）

ジェフリー・ディーヴァー（池田真紀子　訳）

連続女性誘拐犯は精神を病んだ〝昆虫少年〟なのか。自ら逮捕した少年の無実を証明するため少年と逃走するサックスをライムが追跡する。師弟の頭脳対決に息をのむ、シリーズ第三弾。

テ-11-9

石の猿（上下）

ジェフリー・ディーヴァー（池田真紀子　訳）

沈没した密航船からNYに逃げ込んだ十人の難民。彼らを狙う殺人者を追え！　正体も所在もまったく不明の殺人者を捕らえるべくライムが動き出す。好評シリーズ第四弾。（香山二三郎）

テ-11-11

魔術師《イリュージョニスト》（上下）

ジェフリー・ディーヴァー（池田真紀子　訳）

封鎖された殺人事件の現場から、犯人が消えた!?　ライムとサックスは、イリュージョニスト見習いの女性に協力を依頼する。シリーズ最高のどんでん返し度を誇る傑作。（法月綸太郎）

テ-11-13

12番目のカード（上下）

ジェフリー・ディーヴァー（池田真紀子　訳）

単純な強姦未遂事件は、米国憲法成立の根底を揺るがす百四十年前の陰謀に結びついていた——現場に残された一枚のタロットカードの意味とは？　好評シリーズ第六弾。（村上貴史）

テ-11-15

（　）内は解説者。品切の節はご容赦下さい。

ウォッチメイカー（上下）
ジェフリー・ディーヴァー（池田真紀子　訳）
残忍な殺人現場に残されたアンティーク時計。被害者候補はあと八人…尋問の天才ダンスとともに、ライムは犯人阻止に奔走する。二〇〇七年のミステリ各賞に輝いた傑作！　（児玉　清）
テ-11-17

ソウル・コレクター（上下）
ジェフリー・ディーヴァー（池田真紀子　訳）
そいつは電子データを操り、証拠を捏造し、無実の人物を殺人犯に陥れる。史上最も卑劣な犯人にライムとサックスが挑む！　データ社会がもたらす闇と戦慄を描く傑作。（対談・児玉　清）
テ-11-22

バーニング・ワイヤー（上下）
ジェフリー・ディーヴァー（池田真紀子　訳）
人質はニューヨーク！　電力網を操作して殺人を繰り返す凶悪犯を追うリンカーン・ライム。だが天才犯罪者ウォッチメイカーの影が…シリーズ最大スケールで贈る第九弾。（杉江松恋）
テ-11-29

ゴースト・スナイパー（上下）
ジェフリー・ディーヴァー（池田真紀子　訳）
政府に雇われた狙撃手が無実の男を暗殺した。その策謀を暴くべく、秘密裏に捜査を始めたライムたち。だが暗殺者による隠蔽工作が進み、証人は次々と消されていく……。（青井邦夫）
テ-11-33

スキン・コレクター（上下）
ジェフリー・ディーヴァー（池田真紀子　訳）
毒の刺青で被害者を殺す殺人者は、ボーン・コレクターの模倣犯か。NYの地下で凶行を繰り返す犯人。名探偵ライムは壮大な完全犯罪計画を暴けるか？「このミス」1位。（千街晶之）
テ-11-37

スティール・キス（上下）
ジェフリー・ディーヴァー（池田真紀子　訳）
NYでエスカレーターが誤作動を起こし、通行人が巻き込まれて死亡する事件が発生。四肢麻痺の名探偵ライムは真相究明に乗り出すが…。現代の便利さに潜む危険な罠とは？（中山七里）
テ-11-41

ブラック・スクリーム（上下）
ジェフリー・ディーヴァー（池田真紀子　訳）
拉致された男性の監禁姿が、動画サイトにアップされた。被害者の苦痛のうめきをサンプリングした音楽とともに――。犯人の自称「作曲家《コンポーザー》」を追って、ライムたちは大西洋を渡る。
テ-11-44

（　）内は解説者。品切の節はご容赦下さい。

スリーピング・ドール（上下）
ジェフリー・ディーヴァー（池田真紀子 訳）
怜悧なカルト指導者が脱獄に成功。美貌の捜査官、キャサリン・ダンスの必死の追跡は続く。鍵を握るのは一家惨殺事件でただ一人、難を逃れた少女。彼女はその夜、何を見たのか。（池上冬樹）
テ-11-19

ロードサイド・クロス（上下）
ジェフリー・ディーヴァー（池田真紀子 訳）
ネットいじめの加害者たちが次々に命を狙われる。犯人はいじめに苦しめられた少年なのか？　ダンス捜査官は巧緻な完全犯罪計画に挑む。キャサリン・ダンス・シリーズ第二弾。
テ-11-25

シャドウ・ストーカー（上下）
ジェフリー・ディーヴァー（池田真紀子 訳）
女性歌手の周囲で連続する殺人。休暇中のキャサリン・ダンスは友人のために捜査を開始する。果たして犯人はストーカーなのか。リンカーン・ライムも登場する第三作。（佐竹　裕）
テ-11-31

煽動者（上下）
ジェフリー・ディーヴァー（池田真紀子 訳）
尋問の末に殺人犯を取り逃したダンス捜査官。責任を負って左遷された先で、パニックを煽動して無差別殺人を犯す犯人と対決する。シリーズ最大の驚きを仕掛けた傑作。（川出正樹）
テ-11-39

クリスマス・プレゼント
ジェフリー・ディーヴァー（池田真紀子 他訳）
ストーカーに悩むモデル、危ない大金を手にした警察、未亡人と詐欺師の騙しあいなど、ディーヴァー度が凝縮された十六篇。あの〈ライム・シリーズ〉も短篇で読める！（三橋　曉）
テ-11-8

限界点（上下）
ジェフリー・ディーヴァー（土屋　晃 訳）
凄腕の殺し屋から標的を守るのが私のミッションだ。巧妙な計画で襲い来る敵の裏をかき、反撃せよ。警護のプロVS殺しのプロ。ドンデン返しの魔術師が送り出す究極のサスペンス。
テ-11-35

オクトーバー・リスト
ジェフリー・ディーヴァー（土屋　晃 訳）
最終章から第一章へ時間をさかのぼる前代未聞の構成。娘を誘拐された女の必死の戦いを描く物語に何重もの騙しを仕掛けた逆行サスペンス。すべては見かけ通りではない。（阿津川辰海）
テ-11-43

（　）内は解説者。品切の節はご容赦下さい。

わたしたちに手を出すな
ウィリアム・ボイル（鈴木美朋　訳）
ハンマーを持った冷血の殺し屋が追ってくる。逃避行をともにすることになった老婦人と孫娘と勇猛な元ポルノ女優。米ミステリー界の新鋭が女たちの絆を力強く謳った傑作。（王谷　晶）
ホ-11-1

その女アレックス
ピエール・ルメートル（橘　明美　訳）
監禁され、死を目前にした女アレックス——彼女が秘める壮絶な計画とは？「このミス」1位ほか全ミステリランキングを制覇した究極のサスペンス。あなたの予測はすべて裏切られる。
ル-6-1

死のドレスを花婿に
ピエール・ルメートル（吉田恒雄　訳）
狂気に駆られて逃亡するソフィー。かつて幸福だった聡明な女は、なぜ全てを失ったのか。悪夢の果てに明らかになる戦慄の悪意！『その女アレックス』の原点たる傑作。（千街晶之）
ル-6-2

悲しみのイレーヌ
ピエール・ルメートル（橘　明美　訳）
凄惨な連続殺人の捜査を開始したヴェルーヴェン警部は、やがて恐るべき共通点に気づく——『その女アレックス』の刑事たちを巻き込む最悪の犯罪計画とは。鬼才のデビュー作。（杉江松恋）
ル-6-3

傷だらけのカミーユ
ピエール・ルメートル（橘　明美　訳）
カミーユ警部の恋人が強盗に襲われ、重傷を負った。執拗に彼女の命を狙う強盗をカミーユは単身追う。『悲しみのイレーヌ』『その女アレックス』に続く三部作完結編。（池上冬樹）
ル-6-4

わが母なるロージー
ピエール・ルメートル（橘　明美　訳）
『その女アレックス』のカミーユ警部、ただ一度の復活。パリで爆発事件が発生。名乗り出た犯人はまだ爆弾が仕掛けてあるという。真の動機が明らかになるラスト1ページ！（吉野　仁）
ル-6-5

監禁面接
ピエール・ルメートル（橘　明美　訳）
失業中の57歳・アランがついに再就職の最終試験に残る。だがその内容は異様なものだった——。どんづまり人生の一発逆転はなるか？　ノンストップ再就職サスペンス！（諸田玲子）
ル-6-6